관
상

일러두기

이 글은 소설입니다.

작품에 나오는 인물들에 대한 기술은 작품을 소설화함에 있어 재구성된 것입니다.

후손들의 혜량을 바랍니다.

관상

1

관상의 神

백금남 장편소설

책방 쪼꼰닉

관 상 1

1판 1쇄 발행 2013년 9월 11일
1판 2쇄 발행 2013년 9월 24일

지은이 백금남
펴낸이 주성호
펴낸곳 도서출판 책방

출판등록 2013년 8월 12일 제300-2013-89호
주소 서울시 종로구 필운대로 40, 2층
주문전화 02-2264-6953 팩스 02-2272-2408
문의전화 010-9031-5024(영업) 02-6269-8166(편집 고즈넉)
이메일 zhuchenghao@naver.com

ⓒ (주)주피터필름, (주)미디어플렉스, 2013

ISBN 979-11-950962-1-3 04810
　　　979-11-950962-0-6 (전2권)

잘못된 책은 구입하신 서점에서 교환해 드립니다.
이 책은 저작권법에 따라 보호받는 저작물이므로
무단 전재와 복제를 금합니다.

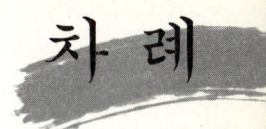

차례

서장 • 6

1장
운명의 아이들 • 10
저 별 우는 소리 • 17
보이지 않는 얼굴을 보라 • 36

2장
살아남은 자는 할 일이 있다 • 86
쫓겨난 세상에서 조우하는 것들 • 116

3장
운명의 곁에서 서성거릴 때 • 126
칼날을 쥐고 동굴 속으로 • 140
스승은 제자에게 무엇으로 남는가 • 142
눈이 맞은 자들의 말로 • 156
십이궁도를 배우다 • 170
생긴 대로 사는 이유 • 174
내 안의 괴물 • 183
제자, 스승의 상을 보다 • 187
용의 눈, 이리의 얼굴 • 202
완벽한 상을 그리는 법 • 245
하늘의 부싯돌이 되려 한 사내 • 278
내경, 인연에 눈멀다 • 311

서 장

동천에 얼치기 관상쟁이가 살았다.
벼슬살이 하다 상관에게 배신당하고 그 길로 떠돌다 관상쟁이 물이 들었다. 관상을 배워 겨우 오관이나 살필 줄 알았는데, 하루는 꿈을 꾸었다. 꿈에 관상의 신이 나타나 얼치기 관상쟁이의 얼굴을 보고는 이런 말을 했다.
"보아하니 한쪽 눈이 없으면 입신양명하겠다."
기이한 말이라 그는 이렇게 물었다.
"두 눈이 멀쩡해도 출세를 할까 말까 한데 한쪽 눈이 없으면 출세하겠다니요?"
"이놈아, 두 눈 속에 양과 음이 있다. 그래서 달과 태양이 함께 존재하는 것이다. 하지만 네놈의 상판을 보니 달이 태양을 가리는 격이라 출세를 못 하고 있는 게다."
그가 꿈을 깨고 동경 앞에 앉아 제 관상을 보니 정말 그렇다 싶었다.
달이 해를 가리는 격이라니……. 해를 가리는 오른쪽 눈이 없으면 입신양명하겠다 싶다.
　관상에 미치다 보니 이상한 꿈자리가 정상의 사고를 망가뜨리는 것도 모른 채 그는 그 길로 우물가로 나가 칼을 숫돌에 시퍼렇게 갈았다. 방으로 들어와 다시 동경 앞에 앉았다. 그 칼로 제 눈을 찌를 참이었다.
　아내가 이상하게 여겼다. 새벽부터 동경을 찾고 칼을 가는 것이 아무래도 수상해 부엌에서 밥을 하다 말고 사랑채로 건너왔.
　방문을 열어보니 남편이 동경을 앞에 두고 칼을 든 채 부들부들 떨고 있다.
　"지금 뭐하는 거예요?"
　관상쟁이는 동경 속의 눈을 노려보다 고함을 꽥 질렀다.
　"문 닫아."
　"뭐하냐고 묻지 않아요?"
　관상쟁이는 고개를 홱 돌려 아내를 노려보았다.
　"남아가 세상에 나 기개 한 번 펴고 살려고 그런다. 그런데 이놈의 여편네가 앞을 막아서는구나."
　"아니 지금 무슨 말을 하는 거예요?"
　"얼른 문 닫고 썩 물러서지 못할까."
　남편의 눈에서 불이 쏟아졌다.
　아내는 설마 하면서 부엌으로 들어서려다 느닷없이 들려오는 비명소리에 놀라 다시 사랑채로 달려갔다.
　남편이 칼로 오른쪽 눈을 찌른 채 엎어져 버둥거린다.
　"아니 이게 무슨 짓이에요?"
　남편의 눈에서 칼부터 뽑아내고 맨발로 달려 나가 의원을 찾았다.
　나중에 이 소식을 들은 천하의 관상쟁이 이천수(李韆羞)가 쯧, 하고 혀를 차며 한마디 했다.
 "세상이 망하려니 관상쟁이가 제 얼굴도 지키지 못하는구나."
 이천수는 언젠가 그 얼치기 관상쟁이와 딱 한 번 스쳐 지나듯 만난 적이 있었다. 그는 이렇게 말했다.
 "그대를 출세시키는 것은 눈이 아니라 그대의 심상(心相)일세."
 한쪽 눈을 잃은 얼치기 관상쟁이가 이천수의 옷자락을 잡았다.
 "그대는 누구시오?"
 "나? 나 역시 상을 보는 사람이네."
 그 말만 남기고 이천수는 사라져버렸다.
 얼치기 관상쟁이가 가만 생각해보니 꿈에 나타난 신의 얼굴이 바로 그 사람이었다. 그는 먼눈을 싸매고 그 관상쟁이를 찾아갔다.
 그리고 그에게 관상을 배웠다. 스승 이천수는 처음부터 관상을 가르쳐주지는 않았다. 공동묘지에서 파왔을 인골의 뼈다귀나 살피고 맞추게 했다. 하루 종일 그 짓을 했다. 그게 일이었다.
 나중에는 몸서리가 났다. 다 포기하고 도망가려 하자 그제야 스승은 인골의 출처를 가르쳐주었다. 인골은 공동묘지나 제 아비의 무덤에서 파온 것이 아니라 하늘같은 이의 인골이라 했다.
 모든 사실을 안 그는 눈물을 흘리며 그 인골을 안고 살았다.
 그가 비로소 세상의 상을 보게 되었을 때, 하늘의 상이 다가왔다. 하늘의 상을 살피니, 오리라 여겼던 인물들이 태어나고 있었다.
 새 생명 하나가 상대에게 돌 두 점을 주고 한 점을 가져간다.
 그는 그 길로 상 속으로 들어갔다. 돌 한 점을 소중히 안고 가는 그가 어두운 세상 벽에 등불 걸려는 자임을 알아보았기 때문이었다.

1장

운명의 아이들

·

저 별 우는 소리

·

보이지 않는 얼굴을 보라

운명의 아이들

1

 푸르른 강바닥에 그림자를 드리운 단애. 그 단애 위에 날아갈 듯 지은 이서루(移西樓).
 울멍울멍 제멋대로 앉은 자연 암석 위에 생긴 대로 세워진 누대 기둥들이 태초의 것인 양 고풍스럽다. 이서루가 내려다보이는 안가에 한 여인이 잠들어 있었다.
 산달이 가까워 초저녁잠이 많아졌는지 눈을 감고 잠이 들기 무섭게 꿈속으로 빠졌다.
 어딘지도 모르는 세상이었다. 천지가 꽃밭. 결 좋은 바람에 이슬 머금은 꽃잎들이 몸을 흔들었다. 금사(銀絲)와 은사(金絲)가 허공에서 뒤엉키며 떠돌고.
 어디쯤일까.
 알 수 없는 빛들이 쏟아져 들어와 서성거렸다. 말머리에 올빼미 눈을 한 사내가 보였다. 은빛 가면을 쓰고 춤을 추기 시작한다. 봉황이 날고 천조(天鳥)가 날아오르고. 사내가 춤을 추다 하늘을 가리켰다. 은 사와 금사가 뒤엉키다 사라진 곳에서 엄청난 빛이 쏟아졌다. 하늘이 울고 수없이 많은 사람들이 몰려왔다. 잠시 후 황금 수레를 탄 동자가 순식간에 집 안으로 들어왔다.

태종 15년 10월 25일, 한성부 서호 마른내골.

"애야."

누군가 흔들었다.

"당신이에요?"

"애가 아직 한밤중이구나."

그제야 눈을 떴다.

"아, 어머님."

"꿈을 꾸었더냐?"

"네, 어머님."

이미 날이 환히 밝은 뒤였다. 그녀는 주위를 둘러보았다. 방금 전까지 자신을 깨우던 시어머니가 보이지 않았다. 그제야 정신이 번쩍 들었다.

그렇지.

시어머니가 있을 리 있나. 시어머니는 노환으로 오늘내일 하는 노모를 위해 친정에 가셨으니, 아직 돌아올 때 아니지.

그녀는 다시 사방을 둘러보았다. 역시 시어머니의 모습은 없다. 그러고 보니 새벽이 아니다. 새벽 같은 초저녁이다.

무거운 배를 안고 그녀는 문으로 다가갔다. 문을 열자 주위에 서성이던 찬바람이 기다렸다는 듯 후르르 방안으로 들어와 앉았다.

채 걷지 못한 빨랫감이 빨랫줄에 그대로 널려 있는 게 눈에 보였다.

저걸 걷어야 할 텐데.

밖으로 나서려다 그녀는 멈칫했다. 바람이 더 심해지는 것 같기도 했지만 허공에 서린 서광과 이상한 냄새에 덜컥 겁이 났다. 누군가 부르는 것 같아 움쭉달싹할 수가 없었다.

"이리 나와 보라마."

"이리 나와 보라니까 기래."

"누구예요?"

그렇게 물어도 대답이 없다.

이 양반은 왜 얼른 오질 않아.

산모는 안 되겠다 싶어 밖으로 나섰다. 찬바람이 그녀를 감아 안았다. 그 순간 거대한 손이 하늘에서 내려와 그녀를 확 끌어내는 것 같았다. 봉당으로 내려서다 너무 놀라 주저앉고 말았다. 뒤이어 양수가 터져 흘렀다.

그녀는 방으로 다시 들어가려고 몸을 뒤채었지만 이미 산통이 시작되었다. 생살을 도려내는 것 같은 통증에 저도 모르게 다리를 벌리고 이를 악물었다. 불룩이 나온 배가 계속해서 요동쳤다.

산문이 완전히 열릴 때까지 그녀는 홀로 눈물을 흘리며 산통과 싸웠다. 이마에서 밤이슬 같은 땀방울이 굴러 떨어졌다. 바람이 더욱 거칠어졌다. 어느 한순간 지극한 고통이 그녀를 다시 덮쳤다.

뒤이어 아이의 머리가 세상 밖으로 나타났다.

아아악!

한순간 산모는 문득 핏덩이의 울음소리를 아스라이 들었다. 자신의 비명소리에 묻혀 간신히 들려오는 울음소리가 꼭 어른의 웃음소리 같았다.

그녀는 아래를 내려다보았다. 이제 막 세상으로 나온 핏덩이가 치마폭 위에서 힘차게 허우적거렸다. 산모는 손을 뻗쳐 아이를 안으려 했다. 그러다 깜짝 놀랐다. 아이의 눈에 시퍼런 서광이 일고 있었다.

그 서광 속에 자신이 낳은 아이가 있었다. 그 아이가 일어나 밖으로 걸어나가는 모습이 보였다. 깜짝 놀라 어미는 아이를 쳐다보았다. 아이는 그대로였다. 점차 눈에서 뿜어나던 서광이 사라졌다. 그녀는 내의를 찢어 실을 솎아 태를 묶고 이빨로 잘랐다. 그러고는 아이를 품에 안고 비틀거리며 방안으로 들어갔다.

그녀가 아이를 포대기에 싸 젖을 물렸을 무렵에야 시어머니가 돌아왔다.

"아이고, 느낌이 이상하더라니. 글쎄, 무슨 일이야 그래. 오늘내일 했다만서도. 사내구나. 사내야."

시어머니가 기쁨을 감추지 못하고 탄성을 터트렸다.

산모는 망설였다. 아이를 낳을 때의 모습을 말해야 하겠는데 필시 애를 낳다가 실성한 것이 아니냐고 할 것 같아서였다.

"이 사람은 어딜 간 것이야? 제 여편네 애 낳는 것도 모르고. 또 술에 취해 널브러진 거 아니냐."

"곧 돌아올 것이구먼요."

산모가 파리한 얼굴로 말했다.

"이 사람아, 왜 보고만 있는 것인가. 정신 좀 차리라고 매달려보기라도 하지 않고."

"얼마나 속이 시리면 그러겠어요. 이제 나아지겠지요."

"하이고, 속을 풀 때도 됐으련만."

그렇게 말하고 시어머니는 다시 아이의 얼굴에 시선을 붙박았다.
"아이고, 아주 제 아빌 쏙 빼다박았네 그랴."
아이의 어미가 희미하게 웃었다.

2

한기(韓紀)는 좀 전부터 뜰 가에서 서편 하늘을 지켜보고 있었다.
우우우
여느 때와 달리 바람 소리가 산짐승의 울음소리처럼 사납다. 가끔 번개가 치고 천둥이 울었다. 이따금 동쪽 하늘에 서광이 나타났다 사라지고는 했다.
어스름이 질 무렵, 한 번씩 나타났다 사라지던 서광이 갑자기 사라지지 않자 사람들이 고개를 갸웃거렸다. 그들은 지난날 장대동에서 우물이 크게 울던 때를 기억했다.
그때 우물이 세 번 우레처럼 울었는데 용한 점쟁이가 이렇게 예언했다.
"그것은 우물이 운 것이 아니다. 강이 운 것이지. 강에 사는 용들이 승천할 날을 기다리다 새끼 용이 죽어 함께 승천하지 못할 것을 알기에 크게 운 것이다."
어스름이 지면서 기이한 냄새까지 떠돌기 시작하자 마을 사람들이 하나둘 큰길가로 모여들어 웅성거렸다.
"뭔 냄새야?"

"어디서 나는 거야?"

"이러다 용이 되지 못한 이무기에게 마을이 망하는 거 아니야?"

사람들이 그 근원지를 찾아 여기저기 살펴보고 다니는데, 좀 전부터 서쪽 하늘을 지켜보던 한기는 몸을 한 번 부르르 떨었다.

동쪽 하늘에 서린 저 서기는 뭐지? 서강이 울던 날도 저 서기를 보았던가? 간밤에 천둥소리를 들었던가? 번개는? 폭풍우가 한동안 온 산을 뒤흔들었다는 기억은 어디서 온 것일까……

어머니가 돌아가시기 전이었을 것이다. 꽃잠이 들 나이가 아닌데도 초저녁에 왜 그렇게 잠이 많았던지. 어느 날 잠이 들기 무섭게 광명에 휩싸인 용 한 마리가 불덩어리가 되어 집 안으로 들어왔다. 아내가 곁에 있다 그 엄청난 동체를 치마폭으로 감싸안았다.

한기는 고개를 갸웃했다. 그때 태몽이 분명하다고 생각되었지만 그래서?

차갑고 슬프게 온 서리는 삶의 바탕을 뒤흔들기 마련이다. 여름날의 잔상이 씻기듯 부끄러운 기억 하나쯤은 재빨리 어스름 속으로 사라질 수도 있는 것을. 언제나 날선 예감은 틀리지 않는 모양이다. 어김없는 일상 속을 뒤집고 들어오는 이것은 무엇일까.

어제 저녁 집 안을 돌아보다 부엌에서 들려오는 이상한 말.

"아니 그러니까 채만이 놈이 마님 방에서 나오더란 말이유?"

"글쎄 그렇다니까. 심상치가 않어. 어떻게 주인나리만 집을 비우면 안채 출입인지. 아이고, 저러다 경을 치고 말지."

그 소리를 듣고 한기는 고개를 내저었다. 하필이면 그때 집사람의 진통이 시작됐는지 모를 일이었다.

행랑채 할멈의 다급한 목소리에 끌려 한기가 안채로 갔을 때 이미 산모의 양수는 터져 있었고, 조산 할미가 아이를 받을 채비를 했다.
 이내 묵선거의 문이 열리고 아버지 한상질의 음성이 쏟아졌다. 사실을 알고 난 한상질의 눈이 뒤집어졌다.
 "분명히 산달이 아니지 않느냐? 아직도 세 달이 남았다고 하지 않았느냔 말이다. 엊그제 그 말을 한 것 같은데 산통이라니?"
 "그러게 말입니다."
 "어허, 이것 참!"
 아랫것들에 의해 물이 데워지고 미역국이 끓여지고 그렇게 한동안 청주한문(淸州漢門)에서도 명망이 자자한 청수골 한상질의 집은 법석대다가 다음날 새벽이 되어서야 신생아의 울음소리로 인해 잠잠해졌다.
 칠 개월 만에 태어난 아이. 아이의 상을 보던 사람들이 하나 같이 놀랐다. 살아 있었지만 아이의 모습이 너무 해괴했기 때문이었다.
 얼굴과 몸은 뚜렷했지만 아직도 여물지 않아 보였다.
 한기는 아이를 살피다 배꼽 부분에서 이상한 점을 발견했다. 문득 떠오르는 상머슴 채만의 배꼽점을 떠올렸다. 동시에 부엌에서 들려오던 말이 기억 속에서 터져나왔다.
 "이, 이럴 수가!"
 한기의 시퍼렇게 날선 눈빛이 안채를 향해 달려갔다.

저 별 우는 소리

1

 장독대 위 연등 속의 촛불이 시린 바람에 몸서리를 쳤다. 자지러지다 어떻게 몸을 비틀어 일어났다. 물이 차지자 갈대숲으로 숨어든 메기를 잡는 사공의 매질 소리가 가끔 들려왔다. 그때마다 강이 울었다.
 새벽별이 몸을 숨기려다 여인을 흘끔거렸다. 달빛 속의 여인은 그림 같았다. 여인이 마지막 절을 올릴 무렵 머리 위로 유성이 흘렀다.
 여인이 장독대 위에 준비해놓았던 수등(水燈)을 들었다. 기름종이로 만든 그릇 배였다. 그 중앙에 초가 꽂혀 있었다. 기름종이 바닥에는 연꽃 그림. 사방으로 백호와 청룡이 연등을 에워싸듯 포효하고 있었다.
 여인은 수등을 소중히 들고 또 한 손에 연등을 들고는 뜰을 가로질렀다. 사나운 바람이 그녀의 치맛자락을 물고 길길거렸다. 이슬이 내려앉은 벌판이 보였다.
 그녀는 벌판 중앙으로 난 길을 따라 강으로 나아갔다.
 죽창이 열렸다. 봉두난발의 사내. 어질러진 방안, 밀어버린 빈 술상…….

사내는 부르르 몸을 떨고 마당으로 나섰다. 그는 아내를 찾아 집 이곳저곳을 기웃거리다 강 쪽으로 난 토담 앞으로 다가갔다.

멀리 들판 가운데를 걸어가는 아내의 등불이 보였다.

사내는 멀거니 바라보다가 하아악, 하품을 하며 부르르 몸서리를 치고는 신발을 끌며 방으로 들어갔다.

자고 있던 갓난아기가 그 바람에 잠을 깨고 울었다.

아기를 멍하니 내려다보던 사내는 입을 쩝 다시고 돌아서버렸다. 돌아선 그의 눈이 점점 붉어졌다.

그는 문을 벌컥 열어 다시 강으로 시선을 던졌다. 한참을 노려보듯 강을 바라보다 불현듯 우는 아기를 번쩍 안아들었다. 핏덩이가 바람이라도 맞을새라 단단히 보로 싸안고 강으로 향했다.

여인은 이미 강기슭으로 내려섰다. 강바닥을 때리던 사공이 무심히 뒤돌아보다 잠시 후 머리를 홰홰 내저었다. 늘 보아오던 모습이라는 듯이.

여인은 어느새 물 바닥 앞에 쪼그리고 앉았다. 연등을 곁에 놓고 조심스레 기름 종이배의 초를 꺼내 불을 붙였다. 불이 당겨지자 여인은 수등을 물 위로 띄워 두 손을 모았다.

사내의 검은 그림자가 불쑥 강 언덕 위로 올라섰다.

갑자기 아기가 아앙, 하고 울어댔다. 사내는 아기를 달랠 생각도 없이 언덕을 내려와 아내 곁에 섰다. 아기의 울음소리에 소스라치게 놀라 돌아보던 여인이 화들짝 일어났다.

"여보!"

여인이 낮게 사내를 불렀다.

"춥지 않아?"

여인이 말없이 고개를 내저으며 아기를 받아 안고 얼렀다.

"벌써 데리고 나오면 어떡해요. 울지 마라, 울지 마라, 아가야."

어미의 품에 안기자 아기는 이내 울음을 멈추었다.

사내가 말없이 강 건너 불빛을 바라보았다. 아스라하다.

"새벽마다 구시렁스럽게 무슨 짓인가?"

여인이 말없이 사내의 어깨에 얼굴을 놓았다.

"벌써부터 날이 이러는 걸 보면 올 겨울도 만만치 않을 모양이에요."

그렇게 말하면서 그녀는 망설이고 있었다. 아이를 낳을 때의 그 이상함. 분명히 헛것이려니 생각하면서도 벌써 며칠을 망설였는지 몰랐다. 남편은 조리를 해야 할 임산부가 새벽마다 구시렁스럽게 무슨 짓이냐고 하지만 삼대독자 외아들이었다. 분명히 무슨 암시가 분명한데 그것이 아이의 앞날에 흉인지 복인지 알 길이 없었다.

아내의 품에 안긴 아기가 갑자기 하품을 했다.

물끄러미 그 모습을 쳐다보던 사내가 이내 웃옷을 벗어 아내의 등에 걸쳐주고 시선을 들어 하늘의 상을 살폈다. 이제 막 떠오른 별 하나. 그 곁에 새로운 별 하나가 붙어서고 있었다.

아, 또 하나의 생명이 태어나고 있었구나.

"며칠 전 아이를 낳을 때 말이에요."

여인이 문득 입을 열었다.

사내는 대답이 없었다.

"이상한 현상을 목격하지 않았겠어요."

그제야 사내가 강바닥으로부터 시선을 걷어와 아내를 돌아보았다.

사내의 얼굴이 점점 굳어졌다. 자초지종을 듣고 나서는 갑자기 허공으로 얼굴을 쳐들고 껄껄거리며 웃었다.

"헛것을 보았구려."

여인이 더 말을 잇지 못하고 고개를 숙였다. 아이를 낳느라 잠시 실성을 해 헛것을 보았다는 생각을 다시 했기 때문이었다.

사내는 강 건너 불빛을 바라보다 다시 하늘의 상을 살폈다.

28숙의 별들. 하늘을 둥글게 28방으로 나누면 28숙이 된다. 그곳을 상징하고 있는 별이 28방의 별이다. 특별히 밝은 두 개의 별이 더욱 가까워져 있었다.

그렇구나.

아내는 헛것을 본 게 아니었다. 상서로운 두 개의 별. 별을 싸고도는 신들이 분명히 어떤 길을 가르쳐주고 있었다. 좌우 할성(轄星)이 지나치게 밝다. 이는 혁명의 조짐이다. 그 별의 기운이 두 별에 드리워져 있는 게 분명하다. 저 푸른빛이 목성에 닿을 때 세상이 바뀐다는 말이다.

그렇다면 아비처럼 시장바닥에서 상이나 보고 살아갈 팔자는 아닌 모양이구나.

그는 하늘의 상을 그대로 아이의 얼굴로 옮겨왔다. 260가지 하늘의 상이 아이의 면상에 펼쳐졌다. 각 면상의 명칭이 바로 그 별의 이름이다. 아이의 이목구비가 잘 그려놓은 그림 같다. 어느 한곳도 죽은 곳이 없이 밝고 윤이 난다. 그러나 숨골인 대천문을 향해 다가오는 저 패성(孛星). 저 떠돌이별은 무엇인가.

상은 더 없이 존귀한 봉황의 상이다. 그러나 시대를 잘못 만나면 닭상보다 못한 것이 봉황상이다. 불길하다. 패성이 대천문을 통해 양 눈을 침범하고 있다.

관상쟁이의 눈에 살성이 들었다? 관상쟁이가 그 눈에 의해 입을 닫게 된다는 말이니 그것은 죽음이다?

죽음?

그는 또 하나의 별을 바라보았다.

살성의 그림자는 다가드는 별에 의해 영향 받고 있었다. 그 영향이 어느 정도인지는 모르겠으나 그렇다고 나쁜 기운만 주는 것 같지도 않아 보인다.

그는 그 별의 임자가 누구일까, 잠시 생각했다.

이 시각 어디선가 자라고 있을 생명. 그들이 하나 되어 나뒹굴며 세상의 상을 정확하게 읽고 가늠하여 열어갈 것이라는 생각이 들자 사내는 지그시 눈을 감았다 떴다.

2

한기는 정자에 누워 멍하니 추녀 너머의 허공을 올려다보았다.

무슨 꿈을 꾸었던 것일까.

깊은 밤. 분명 핏덩이의 방으로 들어서던 사람은 자신이었다. 자신이 자신을 보아도 을씨년스런 모습. 머리는 봉두난발에 눈은 퀭한데 살기가 이글거렸다. 핏덩이는 아무것도 모르고 깊이 잠들어 있었다.

이불이 개켜진 횃대 앞에서 한기는 베개를 향해 손을 뻗쳤다. 베개를 잡는 손이 사시나무처럼 떨렸다.

베개를 들고 눈을 번뜩이며 아기를 내려다보았다. 아무리 보아도 자신을 닮지 않았다. 그는 더 망설이지 않고 베개로 아이의 얼굴을 덮었다. 숨이 막히자 아이가 버르적거렸다. 베개를 짓누르기 시작했다. 아기가 계속 버둥거렸다. 그의 손에 점점 힘이 가해졌다.

그런 어느 한순간이었다. 문이 사납게 열리더니 바람이 몰아쳐 들어왔다. 아기의 숨통을 막고 있던 한기는 한순간 구석으로 나가떨어졌다. 갑자기 하늘이 울고 번개가 쳐댔다.

그는 멍하니 입을 벌리고 나타난 사람을 바라보았다. 남자가 아니고 여자였다. 상상할 수도 없이 추악한 모습이었다. 머리가 하얗게 세었다. 푸른 금강석으로 된 관을 쓰고 있었지만 눈이 칼끝처럼 날카롭게 찢어졌다. 코는 매부리코. 입술은 종잇장처럼 얇았으며 한 일자로 다물어져 얼음장처럼 차보였다.

그녀는 오른손에 작은 부채를, 왼손에 피의 잔을 들고 있었다. 손은 거북이 등껍질처럼 거칠고 마른 엉겅퀴처럼 메말라 윤기라고는 없었다. 손톱은 칼날처럼 날카롭게 자라 있었다. 그러나 그녀가 입은 옷은 상상할 수도 없을 정도로 화려한 것이었다.

"왜 아이를 죽이려 하지?"

음성이 심장을 얼릴 것처럼 차디찼다.

"저 아이는 내 자식이 아니기 때문이오. 그, 그대는 누구시오?"

한기는 몸을 덜덜 떨며 그렇게 물었다. 그녀는 대답을 않고 오히려 이렇게 물었다.

"그렇다고 산 생명을 어떻게 죽일 수 있나?"

"누구신지 모르겠지만 저 아이만 우리들에게 소중한 것이 아니오. 내게는 저 아이 외에 식구들이 있고 그 식구들도 잘 돌봐야 할 의무가 있소."

한기는 겁에 질린 목소리로 대답했다.

그녀는 입꼬리를 비틀어 웃었다. 소름끼치는 웃음소리였다.

"어리석은 놈. 너는 저 아이를 죽일 수 없다. 저 아이는 앞으로 이 땅을 지킬 테니까. 만약 저 아이를 죽인다면 큰 재앙이 미치리라."

환영은 그 말만을 남기고 홀연히 사라져버렸다.

멍하니 여인이 사라진 곳을 바라보다 한기는 눈을 떴다. 꿈이었다.

한기는 천천히 일어나 앉았다.

낙심(落心)은 꿈이 되는 것인가. 어쩐지 꾸어서는 안 될 꿈을 꾼 것 같았다.

바람이 불어와 도포자락을 흔들었다. 안방으로 들자 아내는 부엌으로 나갔는지 보이지 않았다. 솜에 싸인 핏덩이가 손발을 꼬무락거리는 게 보였다. 일곱 달 만에 나와 몸이 채 여물지 않았으므로 포대기에 싸지도 못하고 솜에다 뉘어놓은 모양이었다.

한기는 아이를 안았다.

"내가 미쳤구나. 너를 죽이려 했다니……."

비로소 정신이 든 한기는 그제야 눈 밑을 훔쳤다. 자신이 꾼 꿈이 신성한 하늘의 뜻이든, 사악한 악마의 뜻이든 아이를 죽일 생각을 잠시나마 했다는 사실이 스스로 생각해도 믿어지지 않았다.

그러나 다음 순간 한기는 문득 채만의 배꼽점을 떠올렸다. 손이 자신도 모르게 아이의 배꼽을 뒤졌다. 있었다. 채만의 배꼽에서 본 그 점이 거기에 있었다.

한기는 자신도 모르게 아기를 놓아버리고 말았다. 그 바람에 아이가 으앙, 하고 울었다. 아내가 방안으로 들어서다 깜짝 놀라 멍청히 섰다.

뒤돌아보는 한기의 눈가에 다시 살기가 떠돌았다.
"요망한 년!"
저주스런 음성이 아내를 향해 흘렀다.

3

검은 구름이 비를 담고 북녘으로 흐르고 샛바람이 죽창을 흔들었다. 어제 강가에서 아내와 아기를 사이에 두고 하늘의 상을 살피던 사내가 문을 열고 나섰다.
옆집 박씨가 지나가다 인사를 했다.
"아침은 드셨는가?"
"그라오."
"어디 가오?"
사내가 대답 않고 가버리자 박씨가 멀뚱히 보고 있다가 다시 불렀다.
"어이, 지겸이. 잊지 않았지? 내 아들 이름자 지어주기로 한 거."
흐흐흐, 하고 지겸이 웃었다.
"커서 똥장군이나 새빠지게 질 상판대기를 타고난 놈의 이름자를 지어보면 뭐해?"
"뭣이여?"
"하긴 장군도 장군 나름이지."
그렇게 중얼거리며 사내는 서호 나루로 나갔다.
그의 뒤태를 지켜보고 있던 박씨가 고개를 갸웃했다. 눈을 뜨기가 무섭게 술이나 찾던 주태백이가 주막으로 가질 않고 멀쩡한 정신으로 어딜 간다는 게 별일이라는 생각이 들었기 때문이다.

천하의 김지겸이 애를 낳더니 드디어 정신을 차렸나? 하기야 늦게 자식을 보았으니…….

김지겸은 강원도 삼척에서 내리 십 수 대를 살아온 토박이 중 토박이였다. 연안 김씨 한림학사공파 11대 손. 그의 아버지 김충식도 독자였고, 그 역시 독자였다. 조부 대에 이르러 한성부 건천동(乾川洞: 마른내골)으로 옮겼지만 관상이나 봐주며 살아갈 처지는 아니었다. 한때는 관직이 의금부 도부외 도사까지 이르렀으니.

지겸이 서호를 벗어나 운송나루에 이르자 말을 준비한 운송현 나장들과 이방이 그를 기다리고 있었다. 강바람이 썰렁했다.

"사또께서 기다리고 계시오."

나졸들과 함께 기다리던 이방이 말했다.

"가십시다."

지겸 일행이 한양을 벗어나 운송현으로 들어서니 어느새 해가 중천이다.

동헌으로 들어가려면 세 개의 문을 거쳐야 한다. 맨 먼저 읍성 밖 남문을 거치고 성 안 민가를 지나 홍살문을 거친다. 문지기는 없지만 바로 그 문이 관아의 경계를 알리는 상징이다.

기다리던 사또가 반색하며 맞았다.

"아이고, 만나기가 쉽지 않구려. 위에서는 벌써 며칠째인데 이러고만 있느냐고 성화지……."

"검험부터 만나야겠습니다."

검험을 만난 지겸은 그에게서 사건의 전말을 다시 들었다. 일전에 왔을 때 들었던 말과 별반 다르지 않았다.

정이섭은 운송현에서 소문난 거간꾼이었다. 우시장에 그가 떴다 하면 술렁거릴 정도로 재주가 좋았다. 거간 솜씨가 탁월했기 때문이었다. 자연히 소를 사려는 사람들의 돈을 그가 가지고 다녔는데 이게 화근이었다. 이틀 전에 누군가에게 살해당했다는 것이다.

이미 시신은 가매장을 한 뒤고.

벌써 그렇게 되었나?

저번에 왔을 때 보니 시체가 옥사 안에 그대로 버려지다시피 했던데.

날카로운 칼로 목이 찔렸는데 전문가의 솜씨 같지는 않았다. 작은 상처가 여럿 나 있는 건 단번에 찌르지 못하고 주저주저했다는 말이었다. 시체 썩는 냄새가 지독했었다. 석빙고에서 얼음을 실어다 채웠지만 날이 더워 별 소용이 없었던 모양이었다.

"가매장을 했다면 갱초(2차 검안서)가 올라왔겠습니다?"

시기상으로 그럴 때가 된 것 같아 물으니 검험이 고개를 내저었다.

"지금 작성하고 있는데요……."

"그럼 초초(1차 검안서)라도 봅시다."

초초를 살펴보니 전에 자신이 시체를 살펴본 것과 별반 다르지 않았다. 뭔가 수사가 제대로 이루어지지 않는 모양이었다.

"수사가 제대로 되고 있는 것 같지 않군요?"

지겸이 초초를 보다 말했다.

"하이고, 말도 마쇼. 용의자만 잡아들였지 제대로 조사가 되어야지요. 그저 주리를 틀어 자백을 받으려고 하니 이놈도 범인 같고 저놈도 범인 같고……."

"지금이 어떤 세상인데 고신으로……."

"그러게 말입니다. 세상이 어제 같지 않아 현장에서 체포해도 물증을 내놓으라고 위에서는 난린데. 그러다 보니 사건에 연루된 놈만 죽어나는 판이지요. 그나마 지금 남은 놈들은 조사를 하다 잡아온 놈들입니다. 분명 저 중에 범인이 있다고는 하는데 잡아낼 재간이 없으니 말입죠."

"그 용의자들 어디 있습니까?"

"저를 따라오쇼."

형옥으로 가니 용의자들이 옥사 한곳에 모여 웅성거리고 있었다. 먼저 잡아온 용의자들은 고신으로 만신창이가 되었고 다시 의심나는 사람들을 모조리 잡아들인 모양이었다.

"저 사람들 아직도 내보내지 않았구려. 내 아니라고 하지 않았소."

고신 당한 사람들을 보다가 지겸이 말했다. 고신을 하기 전 한 번 살펴보고 아니라고 했던 사람들이었다.

"그래도 의심스러워 주리를 틀자 실토를 하는 바람에……"

검험이 말을 얼버무렸다.

"실토를 했소?"

"그래 확인해보면 아니고."

"겁이 나고 못 견뎌 헛자백을 한 건 아니고?"

검험이 고개를 끄덕였다.

"그러니 사또께서 안 되겠다고 다시 관상 선생을 부른 것이죠."

"저들이 아니라는 걸 알았는데 더 주리를 틀 이유가 없지 않소."

"그렇잖아도 오늘 내보내려고……"

"다행이군. 이 사람들은 아직 주리를 틀지 않았으니."

"관상 선생 올 때까지는 사또께서 손도 대지 못하게 해서……"

쭉 살펴보니 고신한 흔적이 없다. 하지만 하나 같이 생김생김이 귀하지 못하고 눈동자에 원기가 서렸다. 뱀이나 전갈처럼 독하게 생긴 상도 있어 예사롭지 않다. 악상 중의 악상들.

먼저 첫 번째 사내. 이제 서른이나 되었을까. 키가 홀쭉하니 크고 말상이다. 이마 한가운데 변지(邊地: 머리카락이 닿는 좌우 중앙) 부위에서 약간 오른쪽으로 떨어진 부위인 역마(驛馬)에 적색의 반점이 감돌았다. 그 때문에 여기 잡혀온 것이지만 살인을 저지른 얼굴이 아니었다. 오른쪽 볼이 붉은 것은 고뿔에 걸려 폐와 대장에 영향을 받아서이다.

두 번째 사내는 가모치(加母致: 가물치)상이다. 뱀을 닮은 머리. 검은 빛을 띤 몸체. 얼굴 역시 검어 나이가 들어 보이나 이십대였다. 거무튀튀하기도 하고 갈색 같기도 한 분명치 않은 반점이 불규칙하게 산재해 있다. 아랫도리가 실하지 않은 것까지 닮았다.

가모치의 얼굴에 붉은 기가 나타나면 흥분했다는 증거다. 더욱이 양 이마에 붉은 실 같은 것이 보이면 아무리 수고를 기울여도 이득이 없다. 잘해 봐야 그 성질머리 때문에 강바닥을 때리는 어부의 매질에 놀라 죽어갈 수밖에 없다. 그래서 탁한 곳을 좋아한다. 숨어 사는 것이다. 꼴은 사납게 생겼어도 겁이 많다. 눈에도 살성의 그림자가 없다. 범인이 아니야.

세 번째 사내는 개구리상이었다. 상체가 두툼고 다리가 길다. 서른은 됨직한데 그래서인지 이십대로 보이는 사내. 얼굴이 얽었고(곰보) 거기다 젊은 사람이 대머리다. 입이 크고 퉁방울처럼 눈이 튀어나왔다. 목소리도 우렁찼다.

어미 간문(눈 끝 부위)이 붉은데 홀연히 살을 맞았으니 그곳이 어둡다. 결혼하고 첫날밤도 보내지 못하고 잡혀온 것이 분명하다. 준두(코끝)가 평소보다 붉어졌으므로 흉액이 숨어들어 형옥으로 끌려와 곤욕을 당하고 있는 것이다.

개구리상은 성질이 즉흥적이라 갈피를 잡기 어렵다. 언제 어느 때 돌발적인 행동을 할지 몰라 항시 경계하는 상이다.

어디로 뛸지 자신도 모르는 상이라 그렇게 일러주었지만 범인은 역시 아니다.

수사를 하다 혐의점이 있어 용의자로 체포한 인물들일 터인데 엉뚱한 사람들이나 또 잡아들인 모양이었다.

네 번째 사내는 돼지상. 이십대 중반의 사내. 콧구멍이 보일 정도로 코가 납작하게 뒤집어졌다. 소위 말해 들창코. 거기에다…… 얼굴 양쪽, 뺨과 관자놀이 사이가 돌출하여 한 쌍을 이루는 뼈 관골(顴骨)에 갑자기 적색이 생겼다. 동료의 모략이 있었지 싶다. 그를 고발한 자가 그의 여편네를 회유하는 기운이 느껴진다.

"이 사람 즉시 방면해야겠소."

지겸이 말하자 검험이 갸우뚱했다.

이방이 형옥을 돌아 동헌으로 달려가는가 했는데 이내 사또가 달려왔다.

"방면하라니요?"

"한시가 급합니다. 이자를 고발한 자가 이유가 있지 싶소."

사또가 어이없다는 얼굴로 반문했다.

"그게 사실이오?"

사내를 내보내면서 이방을 딸려 보냈다.

그들이 가고 이제 남은 사람을 살펴보니 두 사람이었다. 지겸은 마저 그들을 살펴보았다.

역시 젊은이들인데 맨 처음 사내는 전형적인 닭상이었다. 조선 팔도 어디서나 볼 수 있는 상. 그저 아침에 일찍 일어나고 저녁에 일찍 잠드는. 농사나 짓고 죽어라고 일이나 하는.

그런데 왼쪽 눈 밑 볼록한 부분에 적색이 들었다. 그 부분은 자식궁이다. 이곳이 중간에서 끊기거나 꺼지면 자식의 수명을 보장 못 한다. 총각이나 처자도 이곳이 꺾이면 그 자식이 십대 안에 비명횡사하고 만다. 궁합을 볼 때는 필히 눈 밑을 잘 살펴야 하는 이유가 여기 있다.

두 번째 사내를 보았더니 쥐상. 약삭빠르게도 생겼다. 눈이 새까만 것이 재기가 엿보인다. 인중 양옆의 윗니를 덮는 부위 식록(食祿)에 청색이 들었다.

"이 사람 잡아들인 지 얼마나 되었소?"

김지겸이 쥐상을 살피다가 검험에게 물었다.

"오늘로 이틀 됐습니다."

"이틀이라."

"왜 그러오?"

이번엔 사또가 물었다.

"아닙니다."

지겸은 그 사내의 청색 부위를 다시 살피고 나서 옥사를 나왔다.

"있는 것 같소?"

사또가 뒤따라오며 물었다.

"차나 한잔 주십시오."

"차?"

"차라리 술을 한잔 주시든가. 목이 마르니."

"그럽시다. 때가 된 것 같으니 아예 점심상을 보아드리지."

술 한 사발을 반주 삼아 식사를 끝내고 쉬고 있는데 이방이 돌아왔다.
"어떻더냐?"
사또가 물었다.
그자를 따라갔던 이방이 고개를 설레설레 내저었다.
"왜 그러느냐?"
"사실이었습니다."
"그래?"
"그자를 모함한 놈이 친구였는데 글쎄 그자의 아내와 한방에 누워 있었습니다."
"그럼 연놈이 짜고 남편을 모략질했다 그 말이냐? 그래 연놈을 가만 두었단 말이냐?"
"내빼는 바람에 사내는 놓치고 말았습니다."
"어허, 이럴 수가! 그래 여자는?"
"남편이란 작자가 눈을 뒤집고 설쳐대는 바람에……. 달래놓고 오긴 했는데, 아이고, 지금도 정신이 하나도 없습니다. 도시 이해가 되어야지요."
아무리 생각해도 그 상황이 난해했는지 이방이 고개를 홰홰 내저었다.
사또가 뒤늦게 지겸을 돌아보았다.
"어떻게 안 것이오?"
지겸이 빙긋이 웃었다.
"얼굴 양쪽 관골에 적색이 생겨 짙어지고 있다는 것은 부부의 애정운이 사악한 기운으로 인해 방해 받을 때 일어나는 현상입니다. 그 빛이 최고조에 이르러 흑점이 되어가고 있었으니까요."

"그래서 보냈다?"

"사악한 기운이 정점에 이르렀으니 필시 그자는 안사람에게 배신당할 것을 알고 있었을 겝니다."

"거참 신기하구려. 부인에게 당할 변고가 어떻게 얼굴에 나타난다는 것인지?"

사또는 도저히 이해가 안 된다는 표정이었다.

"당사자가 느끼고 있어서 그렇겠지만 기라는 것이 그런 겝니다. 심장에 충격을 받아 관골에 적색이 생기고 눈이 붉어졌던 겝니다. 열이 치받은 거지요."

"그래요?"

김지겸이 이방을 돌아보았다.

"혹 둘 사이에 애가 없었소?"

이방이 눈을 크게 떴다. 그걸 어떻게 아느냐는 듯이.

"있었소. 이제 한두 살쯤 되었을까. 여편네가 남편이 겁이나 달아나버리니까 아비 품에 안겨 울고 있습디다."

"그 애 때문에 큰일은 없을 게요."

"어미가 도망가버렸으니 큰일 아니오?"

사또가 말했다.

"혹시 동종의 기운을 아실랑가 모르겠습니다. 풍수에서 잘 쓰는 말인데 구리 광산에서 구리를 캐내 종을 만듭니다. 그런데 어느 날 멀쩡하던 종이 울기 시작하는 겁니다."

"때리지도 않았는데 말이오?"

"물론이지요."

"에이 설마……."

"설마가 아닙니다. 나중 사람들이 알아보았더니 종이 울던 그 시기에 구리 광산이 무너졌다는 겁니다. 그 기는 통하고 있다는 말이지요. 자식이 객지에 나가 있는데 갑자기 어미의 가슴이 무너지는 겁니다. 그럼 틀림없이 자식에게 변고가 있다는 이치와 같은 것이지요. 그게 사실일까 하고 몇 사람의 피나 정액을 받아 그릇에 넣어 밀봉하고 한양에서 멀리 떨어진 경상도에 가져다놓았는데, 그 주인에게 변고가 생기면 같은 시각에 그릇 속의 액체가 흔들리거나 그 피만 썩어버리는 예가 있습니다."

"거 정말 신기하고 대단하네."

"그 사람의 눈이 붉었지만 젖어 있습디다. 애를 걱정하고 있었다는 말이지요. 바람난 아내. 그런 아내에게 맡겨 놓은 자식. 그래 심장과 연결된 관골이 타고, 애가 타니 입이 마르고, 간이 타니 연결된 눈에 열이 채이고 젖었던 겁니다."

"하, 정말 재주는 재주군. 도대체 그걸 어떻게 읽어낼 수 있다는 것인지."

사또가 고개를 홰홰 내저으며 말했다.

김지겸이 다시 형옥으로 나아가 용의자들을 살피기 시작했다.

"범인이 있는 것 같소?"

사또가 다가오더니 물었다.

지겸이 고개를 끄덕였다.

"눈 안쪽 부위에 붉은 점이 일어난 사내와 식록 부위에 푸른 기운이 일어난 자가 이상하기는 한데…… 아직 자세히 살피지 못해 뭐라 할 수가 없군요."

"그럼 어서 살펴주시오. 나 이런 꼴 보기가 처음이라 되게 설레네."

김지겸은 다시 찬찬히 살펴보다 눈 안쪽 부위에 붉은 점이 일어나 있는 사내와 식록 부위에 청색이 도는 사내를 끌어내었다.

눈 안쪽 부위에 붉은 점이 일어난 곳을 유심히 살폈으나 살성이 느껴지지 않았다.

식록 부위에 청색이 도는 사내를 살펴보니 살성이 아직도 가시지 않았다.

"이자!"

김지겸은 식록 부위에 청색이 나타난 자를 범인으로 지목했다.

"왜 그러시오?"

사또가 눈을 휘둥그렇게 뜨며 물었다.

"데려가 캐보세요."

"그럼 저놈들은?"

"운수가 사나워 잡혀온 자들입니다. 왼쪽 눈 밑에 붉은 기운들이 그것을 증명합니다. 뒤로 돌아선 저 사람은 눈 태양 부위에 적색이 일어나 어미로 뻗쳐 잡혀온 것인데 엄동 혹한의 풍진을 무릅쓸 일진이지요."

"그럼 이자는?"

김지겸이 골라낸 사내를 보며 사또가 눈으로 물었다.

"윗니를 덮은 식록 부위에 청색이 나타난 것은 배고픔을 뜻합니다."

"배고프다?"

사또가 뇌까렸다.

"세상의 고통 중에 배고픔의 고통이 제일 큰 것입니다. 그래서 칼로 자진은 해도 스스로 굶어 죽지는 못한다는 말이 있습니다. 정말 독하지 않고서는 스스로 아사하지 못한다는 말이지요. 그런데다 눈에 살성이 스며들었어요. 너무 배가 고파 살의를 느꼈다는 말입니다. 배고픔을 못 참아 살인을 하고 만 것이죠. 그 바람에 오장이 살을 맞아 망가져 버렸어요. 청색이 가시지 않고 눈동자가 정상적이지 않아요."

"그게 보인단 말이오? 대단하군. 내가 보기에는 그 눈이 그 눈이고 그 입이 그 입인데."

"공자도 한때 실록에 흑색이 돌아 상갓집 개란 말을 들을 정도로 배고픔과 멸시를 겪었습니다."

"희한해. 어찌 찰색만으로 범인을 가려낼 수 있는지……. 원인이 있으면 결과가 있다 뭐 그런 식으로 이해해도 되겠소?"

"그렇습니다."

"내장의 상태가 얼굴에 나타난다는 말은 일찍이 그대의 힘을 빌렸던 김감찰의 말을 들어 알고 있었소만 이렇게 신통할 수가. 그러니까 기침을 하면 폐에 찬기가 들었다, 뭐 그런 이치요?"

지겸이 고개를 끄덕이며 하하하, 웃었다.

"코끝이 붉어지지요. 폐는 입과 관계가 있지만 숨을 쉬는 코와 관계가 있으니 말입니다."

"오호! 찰색으로 질병까지 알아낼 수 있다니……."

"범인이나 데려가 자백부터 받아보시지요."

"아하, 그렇구면."

사또는 확인을 해봐야 되겠다는 듯이 용의자를 앞세우고 바삐 형옥을 빠져나갔다.

보이지 않는 얼굴을 보라

1

상머슴 채만이 한기의 사랑채로 들었다.

보료 위 안석에 기대 있던 한기가 눈꼬리를 째고 노려보았다. 종잡을 수 없는 일로 한기의 몰골은 창백하다 못해 푸른빛이 돌았다. 만사를 놓은 듯.

늘 쓰던 벼룻집의 벼루와 연적, 붓, 두루마리에 먼지가 뿌옇게 앉아 있었다. 그 곁에 놓인 화선지 한 장. 그 위에 휘갈겨진 검은 글씨.

한명회(韓明澮).

아버지 한상질이 손자가 태어나면 부르리라 지어놓은 이름이었다.

채만이 들어와 앉자 한기가 서슬 푸르게 노려보다 어금니를 물며 눈을 지그시 감았다. 입꼬리가 증오로 씰룩거렸다.

이미 아이를 죽이려 했을 때 꾸었던 꿈은 잊은 지 오래였다. 잠시 잊고 있던 채만을 향한 증오심만이 부글부글 끓었다. 생각하면 할수록 아내가 괘씸하고 채만이 이놈을 용서할 수 없었다.

감히 어디라고…….

잠시 후 눈을 번쩍 뜬 한기가 벌떡 일어나 채만의 가슴을 걷어차고는 얼굴을 닥치는 대로 짓밟았다.

"이놈, 말해라. 말하란 말이다."

피를 흘리며 채만이 자신의 얼굴을 두 손으로 감쌌다. 허리를 구부린 새우처럼. 얼굴에서 터진 피가 방바닥 이곳저곳에 튀었다.

비명소리에 한상질이 달려와 그 광경을 바라보다 어쩔 줄 몰라 하고 있는 아랫것들에게 고함을 질렀다.

"가서 데리고 나오너라."

아랫것들이 우르르 방안으로 들어가 채만을 끌고 나왔다.

"광 속에 묶어라."

한상질이 소리쳤다.

한기는 퍼질러 앉아 씩씩거렸다.

"못난 놈!"

한상질이 노려보다 혀를 차며 묵선거로 들어버리고, 어둠이 내릴 때까지 그는 그렇게 앉아 있었다.

피가 튄 화선지. 벼룻집 위에 있던 한명회란 이름이 적힌 화선지가 바닥으로 떨어져 그의 앞까지 밀려와 피에 젖어 있었다.

밤이 이슥해서야 일어났다. 결심을 굳힌 그의 손에 벽에 걸린 장도(長刀)가 잡혔다. 칼을 빼들고 광을 향해 다가갔다.

상기둥에 묶인 채만이 한기가 칼을 들고 소리 없이 들어서자 사색이 되었다.

"바른대로 아뢰는 게 좋을 것이다. 네놈이 마님 방에 들었다는 걸 알고 있으니."

채만은 겁에 질려 말을 잇지 못하고 떨기만 했다.

"왜 말을 못 하는 것이냐? 바른대로 아뢰어라. 그렇지 않고는 목숨을 보전치 못할 것이니."

"아, 아닙니다."

"무엇이 아니란 말이냐?"

"마님이 친정집 심부름 시키신 것은 맞습니다요. 나리께서 사다주신 곶감이 너무 맛나 입에 넘어가지 않으신다며 친정어머니에게 전하라 하시기에 전해 드린 것뿐입니다요. 또 손수 지으신 친정아버님의 속적삼을 보내신다기에 그 심부름을 한 것이 전붑니다요."

"이놈! 너를 죽일 것이다. 네놈이 실토하지 않는다면 내 그년을 죽여서라도 진실을 밝힐 것이야."

"나리, 그것이 아닙니다."

"기다리거라. 내 네놈의 명줄을 끊어줄 테니."

한기가 광문을 걷어차고 나와 안채로 걸음을 옮겼다. 성큼성큼 내딛는 걸음마다 살기가 묻어났다.

마침 안방으로 물그릇을 들고 들어서던 노복이 신방돌로 올라서는 한기를 보고 화들짝 물러섰다.

안방 문이 벌컥 열렸다. 아이에게 젖을 물리고 있던 어미가 돌아보았다.

"나리."

젖꼭지를 여미며 후다닥 일어나자 한걸음에 다가선 사내는 안사람을 향해 칼을 겨누었다.

"이년, 말하거라. 누구의 씨더냐?"

나직이 내뱉는 음성이었지만 독기가 서려 있었다. 그 바람에 아내가 사색이 되어 남편을 뜨악하게 올려다보았다.

"나리!"

"그런 눈빛으로 날 보지 말거라. 내 너의 부정을 모를 것 같으냐. 언제부터였느냐? 말하라. 바른대로만 말한다면 살려는 주마."

아이의 어미가 한기의 바짓가랑이를 잡고 늘어졌다.

"나리, 이 핏덩이가 나리의 자식이라는 걸 어이 모른단 말이오. 도대체 그럼 이 핏덩이가 누구의 자식이란 말이오?"

"내가 이곳에 머문 것은 작년 봄 4월 한 달이었다. 이 달로 꼭 7개월이다. 그 전이나 후는 바다 건너 명나라에 있었고. 그런데 어떻게 네년이 7개월 만에 아이를 낳을 수 있단 말이냐?"

"나리, 아이를 자세히 살펴보시옵소서. 아직 여물지도 않고 세상으로 나왔나이다."

"이년, 내 모를 것 같으냐. 내 너를 죽이리라. 여봐라."

늙은 노복이 신방돌에 서서 안채를 살피며 벌벌 떨다가 황급히 방 안으로 들어왔다.

"저 핏덩이를 가지고 나가버려라."

솜에 싸여 있는 아이를 향해 노복이 손을 뻗자 어미가 달려들었다.

"아니 되오."

아이의 어미가 짐승처럼 달려들자 늙은 노복이 멈칫했다. 그러자 앙, 하고 아이가 울었다. 한기가 다가가 어미를 발길로 걷어찼다. 뒤이어 한기의 발이 어린애의 숨통을 짓눌렀다.

아내가 달려들어 남편의 종아리를 깨물었다. 한기가 칼을 들어 두 손을 높이 쳐들어 그녀를 찌르려고 눈을 뒤집었다.

그때 방문이 드르륵 열렸다.

한기의 아비 한상질이었다.

"그만두지 못하겠느냐!"

한기가 칼을 높이 쳐든 채로 돌아보다 피를 내뱉듯 소리쳤다.

"이대로 지나칠 수는 없습니다."

"어찌 모른단 말이냐. 네놈이 그들을 죽이고 성할 것 같으냐."

"아버님!"

비록 가세가 기울었어도 한상질은 한때 조선의 개국공신이었다. 병마도절제사까지 지낸 사람이다. 아들 한기는 사헌부 감찰을 지냈다. 한씨 가문에서도 가장 윗자리에 놓이는 사람들. 그렇다고는 하나 아들이 제 손으로 안사람과 자식을 죽이고 성할 정도는 아니었다.

잘나가던 벼슬아치가 낙향하면 유지들이 저절로 기어들게 마련이다. 그렇게 되면 조정에서도 무시하지 못할 세력을 과시하게 되지만 이제 그들은 고을의 사또 하나 이겨낼 만한 힘이 없었다.

한상질은 아들을 밖으로 끌고 나갔다.

대밭에 바람이 든 모양이었다. 빈 속 안으로 한스런 바람이 들고 있었다.

쏴아, 쏴아

그 바람 소리를 뒤로 하고 한기와 한상질이 묵선거로 들어갔다.

"에이!"

한상질이 도포자락을 확 뒤로 젖히며 자리에 앉았다. 찻상을 마주하고 한기도 앉았다. 바람이 불 때마다 대숲이 거칠게 몸을 흔들었.

한기는 여전히 분에 못 이겨 후들후들 떨었다.

"너의 심중을 모르는 바 아니다. 그렇다고 확실하지도 않은 문제로 살생을 할 수는 없는 법이다. 산모가 몸이 약하다 보면 칠삭둥이를 볼 수 있고 팔삭둥이를 볼 수도 있어. 지레짐작으로 죽인다는 것은 이르단 말이다. 내게 묘안이 있다."

먼저 입을 연 것은 한상질이었다.

"묘안이 있다 하셨습니까?"

한기가 입술을 잘근잘근 씹다가 시선을 들며 물었다. 눈이 붉게 물들었다.

"내일 김지겸을 부르자꾸나."

"관상쟁이 말입니까?"

"관에 알려 진실을 가릴 수 있으나 한씨 문중의 우사일 뿐이니 은밀히 그 사람을 불러보자는 말이다."

"그까짓 시정잡배가 무엇을 알겠습니까?"

"지금은 길바닥에서 관상이나 보고 있지만 예사 인물이 아니니라."

한기가 무슨 말이냐는 표정을 지르며 눈을 크게 떴다.

"예전에 정하문이라는 사내가 있었다. 이문현에서는 소문난 왈패였지. 술만 취하면 제정신이 아니었어."

그는 아내를 의심하는 병인 의처증까지 앓았다. 여인이 술을 사러 가 조금만 늦어도 주먹질이었다. 그런데 그 아내가 천하절색이었다. 자신이 감당할 수 없을 정도로 아내가 고왔으므로 그렇게 성질이 포악해지고 의처증까지 생긴 것이다.

신임 사또가 부임했다. 부임하던 날 하필이면 길거리에서 정하문의 아내를 보았다. 읍하고 선 여인네의 눈과 딱 마주치고 만 것이다. 사또는 그날부터 그녀만 생각했다. 이방이 사또의 심중을 알아챘다.

이방은 그녀의 남편이 이문현에서 알아주는 왈패라는 걸 알고는 은밀히 일을 추진했다. 남편을 감옥에 엮어 넣은 것이다. 이방은 그의 아내를 회유했다. 남편을 석방시키려면 사또의 청을 들어주면 될 것이라고.

아내는 남편을 살리기 위해 사또의 수청을 들고 말았다. 그제야 남편은 풀려났고 열 달이 흘렀다.

아내가 아들을 낳았다. 남편은 자기 새끼라고 애지중지했다. 그런데 아이는 커갈수록 사또를 닮아갔다.

이 사실을 사또가 알았다. 7대 독자였던 사또는 다시 정하문의 아내를 은밀히 불렀다. 정하문의 아내에게 누구의 씨냐고 따졌다. 문제는 정하문도 이 사실을 알고 말았다는 것이다.

그는 술이 취해 사또가 있는 동헌으로 숨어들었고 사또를 죽였다. 아내도 죽였다. 그리고 아들까지 죽였다.

정하문은 살해 현장에서 체포되었다. 순순히 자백을 했고 증거물도 확보되었다.

그런데 이 사건은 그것으로 끝나지 않았다. 사건을 보고하는 자리에서 임금이 이렇게 물었기 때문이다.

"그럼 그 자식은 누구의 자식이었는가?"

보고를 받다 의구심이 들어 무심코 물은 말이었다.

책임자는 뜻밖의 질문에 그만 입을 다물고 말았다. 아들이 누구의 씨였는지 그로서도 알 수 없었기 때문이다.

그런데 임금의 다음 물음은 더 가관이었다.

"그렇다면 아직 이 사건은 끝났다고 할 수 없지 않은가?"

검험이 불려왔다. 친생의 혈속을 판별하는 법이 있느냐는 임금의 질문에 검험은 몸만 떨었다. 임금도 자신이 질문해놓고 그만 그 의혹에 빠져버렸다. 그때 김지겸이 임금 앞에 나타났다.

김지겸은 당시에 다리를 다쳤는데 수족마저 절뚝거리며 정확하게 친자를 밝혀냈다.

"나중에 밝혀진 것이지만 그때 신분을 숨기고 나타난 관상쟁이가 김지겸이었다는 말이 있다."

"그자가 김지겸이라고 해도 그렇지요, 하찮은 관상쟁이가 제 아들인지 아닌지를 분별해낼 수 있다는 말씀이십니까?"

한상질이 고개를 끄덕였다.

"그래."

"설마요?"

"설마가 아니야."

"어떻게 말입니까?"

"너도 알 것이다. 김종서 족상 사건. 바로 김지겸 사건이었어. 김종서 그자, 지금은 임금의 총애를 받아 떵떵거리지만 호랑이 잡는 것이 담비라고 김지겸에게 발목을 잡힌 것이야."

"그게 무슨 말입니까?"

"그런 소문이 있다. 김지겸의 스승 이천수……. 이천수의 스승 유정상은 본시 참의까지 지낸 인물이었다. 유정상의 제자 이천수 역시 사대부였지. 벼슬이 성균관 교수에 이르렀는데 그가 관상에 미친 것은 아비가 잘못되었기 때문이야."

"……?"

"그의 아비가 어느 날 살해당했기 때문이다. 사또가 의심 가는 사람을 몇 사람 끌어다 놓았는데 알 수가 있어야지. 그래 상 잘 보는 유정상을 데려왔어. 유정상이 하나하나 상을 봐나가는데 기가 막히더라는 거야. 그 바람에 이천수가 그 관상쟁이에게 미쳐버린 것이지. 그러니 어떻게 되었겠어. 모두가 관상에 미친 그를 미쳤다고 했지. 하기야 임금마저 놀랄 정도였으니 말이다."

"임금이요?"

한상질이 고개를 주억거렸다.

"사대부가 관상에 미쳤다니까. 그래 임금이 화가 나 그를 삭탈관직했다. 하기야 어찌 그렇지 않겠느냐. 생각해봐라. 관상이라니, 어디 그게 사대부가 할 짓이더냐."

남의 얼굴을 들여다보며 길흉지사를 밝힌다는 짓거리가 체면을 중시하는 사회 풍토에서 사대부에겐 말이 안 되는 소리였다.

"그러니 사대부들의 경멸이 어찌 없었겠느냐. 관상쟁이의 개라고 손가락질을 서슴지 않았지. 임금조차도 혀를 차며 버리자 이천수는 유정상으로부터 관상의 모든 것을 섭렵하고 천지를 떠돌았다더라. 찌그러진 삿갓 하나 쓰고 때 절은 도포자락을 펄럭이며 죽장에 몸을 의지하고 말이다."

"그러다 이천수가 김지겸을 만났다 그 말인가요?"

듣고 있던 한기가 느물거렸다.

"맞아."

"그렇다고 그가 제 새끼인지 아닌지를 가려낼 수 있겠습니까? 이천수도 아니고 김지겸이?"

"유정상으로부터 상을 배운 이천수는 관상의 신에 가까웠단다. 이천수에게 배운 김지겸도 그렇고. 그러니까 속는 셈치고 한번 보여 보자는 말이야."

2

산기슭을 올라채 절로 들어서니 절이 비었다. 아침부터 주지스님 출타라도 한 것인지 신방돌에 햇살만 가득하다.

"스님, 스님."

두어 번 부르다가 막 공양간으로 가려는데 공양주가 부지깽이를 든 채 나왔다. 볼 때마다 느끼는 것이지만 정말 절에는 어울리지 않는 상이었다.

두둑한 눈두덩에다 발랑 뒤집힌 귀뿌리. 거기에다 웃을 때면 드러나는 붉은 잇몸.

그런데도 아직도 멀거니 먹물 법복을 걸치고 절밥을 짓고 있는 걸 보면 용타 싶다. 이제 마흔이나 되었을까, 전형적인 색녀다. 저잣거리에 있을 때 사내깨나 상대했을 터인데.

목소리가 말 울음소리 같고 웃을 때 잇몸까지 보이면 횟수보다 질을 즐기는 형이어서 잘못 붙었다 하면 남자는 허리 나갈 각오를 해야 한다. 이 절 주지스님 공양주에게 잘못 걸려 한약방에라도 간 것이 아닐까 하는데 공양주가 예의 잇몸을 보이며 웃었다.

"올라오시었소?"

"예, 안녕하십니까. 스님은요?"

"밤새 허리가 아프다고 하더니만 침이라도 맞아야 하겠다고 내려가셨구먼요."

"그래요?"

지겸이 대답하며 찰색을 살폈더니 눈 아래 뼈가 없는 부분인 와잠이 검푸르고 지저분한 데다 약간 암색까지 돌았다. 간밤에 색이 지나

쳤다는 증거다.

 영감 스님 천지분간 못 하고 덤벼들었다가 제대로 허리를 꺾인 모양이었다. 하기야 공양주 마흔은 되어 보이지만 얼굴색이 예사롭지 않다. 회뿌얀 안색, 그 바닥 색이 연한 분홍색이다.

 저 나이에 아직도 저런 찰색을 지닐 수 있다니…….

 그나저나 어쩐다! 아이를 낳고 상판대기를 보니 봉황상이라 번듯하나 잘해봐야 남의 관상이나 보고 살 상이었다. 자신의 마음속이나 먼저 보라는 뜻에서 이름을 내경(內鏡)이라 지었지만 절에 모신 조상님께 신고라도 해야겠기에 모처럼 올라왔는데 주지스님 허리 고치러 갔단다.

 산을 내려오면서 지겸은 한 무더기의 꽃무더기를 발견하고 그 곁으로 다가가 앉았다. 꽃망울에 코를 대려다가 멈칫했다. 삭탈관직 되어 술로 살다가 관상쟁이 이천수를 만났던 세월이 문득 눈앞으로 다가왔다.

 어느 날 꽃에 코를 갖다 대다 혼이 났다. 벌이 꽃 속에 숨어 있다 정통으로 벌침을 코에다 박았기 때문이다.

 이똥을 긁어 부풀어 오른 콧등에 바르고 있으니까 이천수가 바라보다가 한마디 했다.

 "천하도다, 천해."

 "천하다니요?"

 "심상이 천한 자는 꽃에다 코를 갖다 댄다. 심상이 고귀한 자는 향기를 소리로 듣는다. 꽃에 코를 갖다 대지 마라, 심상이 천해지니. 꽃을 꺾지 마라, 네 목이 꺾일 테니."

 그때 알았다. 심상이 고귀하지 않고는 아무리 귀골이더라도 인생살이가 천박해질 수밖에 없다는 것을.

그래서일까, 스승 이천수의 가르침이 새록새록 생각나는 요즘이었다.
어느 날 상이나 보는 상것들이라며 노골적으로 업신여기는 얼치기 사대부에게 지겸이 따지듯 물었다.
"하늘의 상과 땅의 상과 당신의 상이 다를 것 같소? 하늘이 머리 위에 있어 그대보다 높은 것 같으나 그 주인공이 누구요?"
"이 관상쟁이가 뭐라고 하는 게야?"
"바로 그대 자신이오. 내가 있기에 하늘이 있으니 바로 내가 하늘인 것이외다. 그런데 사람의 상을 살피는 사람은 사람이 아니외까?"
"하찮은 관상쟁이가 사대부를 능멸하다니."
그렇게 말하고 사대부가 눈을 뒤집었다.
"처지를 말하고 있는 거요. 그대들이 소를 잡는 백정을 천시하지만 그들이 없고서야 어찌 소고기를 제사상에 얹어 효를 다하겠소."
"어허, 이놈이 죽으려고 실성을 했나."
화가 난 사대부가 그날 지겸을 끌고 가 곤장을 놓지 않은 것만 해도 다행이었다.
세상은 굴곡져 있었다. 그 속에 자신이 있었다. 이놈의 굴곡진 세상에 새끼를 던질 수는 없다고 생각했다. 부모님은 대가 끊긴다고 야단이었지만 언제나 부르짖고 있었다.
끊어버리자. 내 대에서 끊어버리자. 하늘이 나를 위해 두 손 모은다 하더라도 그 아이가 이 험난한 세상을 살면서 당할 고통과 괴로움만 하겠는가.
그러다 아이가 덜컥 들어섰다. 꿈같은 일이 벌어진 것이다. 정말 꿈같은 일이.
늦은 나이에 아이가 들어선 것도 그렇거니와 어떻게 그런 새끼가 나올 수 있었을까 싶어 지겸은 동경을 가져다놓고 자신의 상판을 살피다 깜짝 놀랐다. 참으로 주어진 숙명은 어쩔 수 없는 것이었다. 자식궁이 비로소 열려 있었다. 설마 했는데 속입술에 비온 뒤 지렁이가 기어간 자국처럼 주름 살 하나가 생겨나 있었다. 그것도 꼭 하나. 삼신할미가 괜히 심술이 난 모양이었다.

그날 이후 지겸은 자식을 볼 때마다 꿈이라고 생각했다. 그러다가 깜짝 놀라, 꿈이 아니야. 꿈이 아니라니까 그래. 그렇게 부정해보지만 저 어린 생명이 어떻게 살아갈까 싶어 그저 가슴이 먹먹했다.

3

한기가 김지겸을 찾아 이서루에 당도했을 때 지겸은 술에 취해 누워 있었다. 날이 차 한기가 들 만도 한데 취기 때문에 추위를 느끼지 못하는 듯했다.

한기는 널브러진 그를 보기가 무섭게 잘못 왔다는 생각이 들었다. 혹 이 꼴 볼까 아버지를 보내느니 자신이 나선 것인데.

한기는 그래도 그대로 돌아설 수 없어 이서루로 올랐다.

빈 술상이 할 일을 다한 듯 놓여 있었다.

지겸이 한 손에 술병을 들고 누운 채 멀거니 한기를 올려다보았다. 그가 한기임을 알고는 개구리처럼 개골개골 웃었다. 그의 머리 위에서 빛나는 석양의 빛자락이 마침 지겸의 얼굴에 떨어져 장난질을 쳐대고 있어 술에 전 얼굴이 더 붉어보였다.

한기가 다가가자 김지겸이 일어나 앉았다.
"어쩐 일이오? 하늘같은 청수골 한씨 문중의 대주께서 하찮은 관상쟁이를 다 찾아다니시고……."
 지겸이 사는 마른내골과 청수골 사이에는 한강 줄기가 가로막고 있었다. 그러나 면식은 있었다. 비슷한 연배였다. 길에서 만나면 눈길도 주지 않고 스쳐가던 한기의 시건방이 떠올라 그런 말이 나왔다.
 입에 매달린 지겸의 냉소를 보며 한기가 뒷짐을 지고 그의 앞에 섰다
"어찌 이리 무례한가?"
"그대로 지나치시지 그러오. 이 몸 볼쌍놈이라오."
"어찌 남의 상은 귀신 같이 보면서 자신의 상은 볼 줄 모르시는가. 부끄럽지도 않으신가."
"하하하, 뭐가?"
 지겸이 눈을 내리감다가 다시 치떴다.
"그래도 한때 의금부 도부외 도사까지 지낸 양반이. 세상이 하 수상해도 그렇지 이게 무슨 꼴이야."
 지겸이 술을 다시 벌컥거렸다.
"내 그대와 같은 자들의 심보를 잘 알지."
 지겸의 그 말에 한기는 문득 그를 모략했다는 김종서를 떠올렸다. 그대와 같은 자가 김종서라는 것을.
 김지겸이 다시 비웃었다.
"내가 술로 세상을 가리고 있다면 그대는 재물과 권세로 세상을 가리고 있지 않은가. 재물과 권세가 하 많으면 무엇해. 제 자식 하나 제대로 간수하지 못하고 있으니."
"뭐?"

한기가 칠삭둥이를 떠올리며 부르르 떨었다.

"그대 눈 속에 목화(木火)가 들었도다. 그 빛이 붉으니 혈성이라, 의혹이 가득하구나. 그 의혹을 풀지 않고는 천년 종사가 물거품이다."

한기가 다시 몸을 떨었다.

눈 속에 목화가 들었다? 목화? 그 빛이 붉어 혈성? 피를 말하는 것인가? 그 의혹을 풀지 않고는 천년 종사가 물거품이다? 천년종사? 그럼 한씨 가문이 멸문한다는 말인가?

"무슨 소리…… 외까?"

한기가 정말 예사롭지 않다고 생각하며 물었다.

"왜 틀렸소?"

지겸이 눈을 치뜨고 물었다.

"뭐가 말이오?"

"으하하하, 이렇게 둔하기는……. 목화는 불이외다. 나무에 불이 붙었다는 말이오. 마른나무에 불이 붙었으니 이를 어찌해. 그 빛이 붉으니 혈성이다. 붉은 별이 의심스럽다 그 말이오. 그러니 어찌 그 의혹을 풀지 않을 수 있겠소. 그 의혹을 풀지 않고는 한씨 가문에 씨가 마른다 그 말이지."

"도대체 지금 무슨 말을 하고 있는 것이오?"

"그대의 상을 말하고 있는 것이외다."

"상? 내 얼굴?"

"이마의 명당인 명궁(命宮)이 붉고 양 눈썹이 머리를 세웠으니 불이 침범한 것이 아니고 무엇인가. 마른하늘에 벼락이 칠 격이로다. 필시 가문에 불 같이 괴이한 일이 있을 터. 눈꼬리 끝에 난 붉은 점이 푸르게 변하였으니 필시 자식새끼에게 일이 난 것이로다. 인중 가운데 살성이 끼었으니 자액(子厄)이라, 필시 자손에게 칼부림이 있으리니 어찌 한씨 가문의 씨가 마르지 않겠는가."

한기는 그만 그 자리에 얼어붙었다. 김지겸은 자신의 처지를 정확하게 얼굴 하나로 면경 들여다보듯 읽어내고 있었던 것이다.

4

술잔이 한동안 말없이 돌았다.

명나라 갔다 들어와서야 김지겸이 관상이나 보고 있다는 걸 안 검율 성찬은 여전히 말이 없었다. 감찰이었던 김종서가 그렇게 모질었다는 말은 김지겸으로부터 들은 게 아니었다. 그때의 상황을 말해준 사람은 심약(審藥: 약재 검사관)으로 있던 안식이었다.

김종서가 감찰로 있던 사헌부는 본시 관리들의 비위를 규찰하는 일을 담당하는 곳이었다. 품계는 낮았으나 요직이라 명망 있는 자들이 천거되었으므로 그 권한은 지대했다.

반면에 김지겸이 도부외 도사로 있던 의금부는 선왕 때 국왕의 측근에서 치안을 담당하던 순군만호부가 그 전신이었다. 선왕에 의해 의금부로 개칭되면서 그 업무에는 변함이 없었는데 현 임금(세종)에 이르자 국왕의 시위를 맡은 내금위나 겸사복에 밀려 왕에게서 차차 멀어진데다 한성부, 오위 등의 업무와 중복되는 바람에 의금부 도부외는 다시 폐지될 단계에 놓여 있었다.

그래서인지 엄연히 부서가 다른데도 사헌부 감찰 김종서는 무슨 일만 생기면 같은 품계의 도부외 도사 김지겸을 부하 취급하듯 했다. 상하관 사이에 위계와 질서가 엄격히 있는데도 그랬다.
 더욱이 김지겸이 의금부 도부외 치안을 담당하는 포도 업무를 취급한다는 걸 알고는 노골적으로 이용하려 들었다. 그때마다 김지겸은 하는 수 없이 김종서의 입장을 이해해주고는 했다.
 삼척에서 살다 조부 때 이사를 한 곳이 김종서가 사는 건천동 마른내골이었고, 김종서 가문이 그 마을의 토박이라 같이 자랐는데 모른 체할 수 없었다.
 그날도 김지겸이 도부외로 나가 보니 김종서 감찰이 와 있었다. 의금부에서 국문할 것이 있어 다른 부서 사람들과 현장에 동참했다 돌아오던 길이었다.
 "어쩐 일인가?"
 마뜩찮은 얼굴로 김지겸이 묻자 종서가 간사하게 웃으며 팔을 잡았다.
 "사실……."
 사건 현장에 가지도 않았는데 자신을 시기하는 자가 폭행을 당했다고 하니 내가 억울하게 생겨 자네가 나서서 처리를 좀 해달라는 말이었다. 김종서의 말이 거짓일지도 모르지만 지겸은 그의 부탁을 뿌리칠 수 없었다. 그리 큰 사건도 아니고.
 의금부 도부외 사람들에게 맡겨놓아도 될 일을 그래도 한 마을에서 말 트고 사는 친구라고 믿고 부탁하는데 그 마음이 오죽할까 싶었다.
 "이해가 안 돼. 내 신분보다야 자네가 낫지. 나야 왕법에 따라 치안을 다스리는 기관에 있는 사람인데."
 "품계에도 불구하고 자넨 임금의 뜻에 따라 임명되어 의금부의 실무를 담당하고 있지 않은가."

"그렇게 따져도 자네가 낫지. 자네는 관원을 규찰하고 풍속을 바로 잡는 일을 맡고 있지 않은가."

"그러니 더하지. 원통하고 억울한 자들을 돌보고 풀어주어야 할 직책을 맡고 있는 내가 내 일을 어떻게 처리해."

"차라리 윗사람에게 부탁하는 것이 낫지 않아? 친척이 이곳 의금부 진무(鎭撫: 의금부제조 바로 아래의 고위직)라며? 의금부 도부외 진무라면 순군만호부에서 잔뼈가 굵었다는 말인데."

"그 양반도 도부외를 폐지하자는 여론에 밀려 속을 끓이고 있는 마당이라고."

"그래도 일개 도사인 내가 무슨 힘이 있다고. 여튼 자네 부탁이니 가보기는 하겠네만."

"현장에 가면 의금부 도부외 사람들이 나와 있을 걸세. 도부외 사람들에게는 내 부탁을 특별히 해놓을 테니 자네는 사건이 커지지 않게 신경 써줘."

사건 현장으로 가서야 김지겸은 김종서의 말이 거짓이란 걸 알았다. 먼저 나온 의금부 수사관들의 말을 종합해보니 이랬다.

이천수라는 관상쟁이에게 성균관에서 함께 수학하던 이준상이란 도반이 있었다고 했다. 그에게 장아라는 첩이 있는데 김종서가 이 첩을 보는 순간 그만 머리가 돌아버렸다는 것이다.

별것 아니긴, 이건 예사 사건이 아니었다. 장아의 남편 이준상은 피범벅이 되어 가마니를 쓰고 널브러져 있었다.

도부외 도사로서 마땅히 물러서야 함에도 김지겸은 이왕 손을 댄 것이라 사건을 면밀하게 조사해보았다.

사건을 파헤칠수록 쉽게 덮을 사건이 아니었다. 이미 이준상의 도반 이천수란 관상쟁이가 김종서를 범인으로 지목하고 있는 터였다.

지겸이 이천수를 만나보니 과거에 성균관 교수까지 지낸 사람이라 그런지 관상쟁이 같지 않았다.

비록 지금은 관상을 보고 있어도 여전히 사대부라는 의식이 있는가, 도부외 도사 앞에서 조금도 꿀림이 없었다. 하기야 점이나 치는 사람들을 상대해보면 자신이 신이나 된 듯 말을 함부로 하는 이들이 있다. 잡아다 치도곤을 놓으면 그들의 말은 하나같았다. 신이 자신의 입을 빌려 하는 말이라는 것이다.

그러나 그는 그런 류가 아니었다. 비록 관상을 보고 있지만 아직도 자신이 사대부라는, 아니 어쩌면 사대부를 노골적으로 무시하고 멸시하는 듯한 인상이었다.

김지겸은 따지듯 이유를 물어보았다.

"어떻게 사헌부 감찰 김종서가 범인이라는 것이오?"

하대를 해야 옳았지만 어쩐지 함부로 말을 놓을 수가 없었다.

"척보면 알지. 꼭 내 눈으로 현장을 목격해야 알 것이오."

관상쟁이가 관상쟁이답게 말했다.

"그걸 말이라고 하오? 어떻게 증거도 없이 애먼 사람을 범인으로 지목할 수 있소?"

"김종서라는 자. 그자의 상판을 자세히 보시오."

그의 말인즉 물형상으로 봐 김종서는 호랑이의 모습을 하고 있다고 했다.

그때 김지겸은 관상에 문외한이라 물형이란 말도 모를 때였다.

"물형이라고? 그게 뭐요?"

"모르면 그만두시고."

"뭐?"

굳이 설명해 가면서까지 말하고 싶지 않다는 그를 달래듯 들볶아 안 것이지만 뭐 그렇게 어려운 말은 아니었다. 그 옛날 불교를 양나라로 가져온 달마조사가 면벽 수도 9년 만에 깨달은 것이 바로 역의 물형법이라고 했다. 그러니까 물형이란 동물의 형상으로 그 사람의 상을 보아내는 관상법이라는 것이다.

"그러니까 인간의 운명을 동물 특유의 모습에 비유하여 판단할 수 있다 그 말이오?"

말 같잖아 김지겸은 그렇게 물었다.

"맞소. 그 물형에다 오행을 적용하여 형이상적 은유법으로 미래를 살피는 것이외다."

지겸은 입맛을 쩝 다셨다.

"오행인지 뭔지 그따우 거는 무슨 소린지 모르겠고 그러니까 김종서라는 양반이 호랑이의 모습을 하고 있다?"

"맞소."

그런 것 같기도 했다. 김종서는 얼굴이 우락부락하고 눈이 동그랗고 노랗다. 얼굴이 목에 묻힌 것도 그렇고. 걸음걸이도 그 보폭이 넓어 호랑이가 터벅터벅 걷는 것 같다. 목소리 또한 우렁차다. 용맹성은 또 어떠한가. 그와 자웅을 겨룰 만한 인물이 없다고 할 정도다. 그러고 보니 정말 쥐는 아니다. 그렇다고 개도 아니다. 물고기도 아니고 여우도 아니다. 말도 아니고 염소도 아니고.

지겸이 김종서의 생김생김을 더듬고 있는데 이천수가 내 말이 맞지 하는 표정으로 빤히 쳐다보았다.

속을 들킨 것 같아 그를 흘끔거리자 이천수가 말을 이었다.

"그래서 성인은 그 형상을 일러 만물지변형(萬物之變形) 만상지정물(萬象之精物)이라 했던 거요."

"거참 상을 봐서 그런가, 문자 더럽게 쓰고 앉았네. 거 말 좀 쉽게 합시다."

"하하하, 정말 생긴 대로 놀고 있네."

"뭐요?"

"모르겠다니 말해줄 수밖에. 형상이 아, 아니지. 말이 어렵다고 했지. 그럼 이렇게 말해야 되겠군. 그 꼬라지가 어떤 이는 짐승 같기도 하고, 어떤 이는 조류 같기도 하고, 어류 같기도 하고. 아니, 아니지, 어류라는 말이 어렵겠다. 물고기라고 하지."

"맞소, 조류도 새라고 하고."

그러면서 지겸이 실실 웃자 이천수가 고개를 주억거리다가 다시 말을 이었다.

"그러지. 새라고 하지. 그래서 사람은 짐승도 되고, 새도 되고, 물고기도 되니 변물이다 그 말이오."

"허허허, 변물이란 말도 어렵네. 그렇게 어렵게 말할 게 뭐 있다고."

"허허, 참!"

"그럼 내가 쉽게 한 번 읊어볼까. 물형은 수(獸) 즉 짐승과 조(鳥) 즉 새, 어(魚) 즉 물고기, 그렇게 3가지 형상으로 분류한다. 바로 그 말이지 않소?"

"문자는 그대가 제대로 쓰고 있지 않은가. 그렇소. 짐승 형을 정확하게 갖춘 자는 부(富)하고, 새의 모습을 정확하게 갖춘 자는 귀(貴)하며, 물고기를 닮은 자는 천(賤)하니 가난하지 않으면 단명하는데 김종서란 그대의 상관은 호랑이를 닮았다 그 말이오."

"한마디로 미물의 생김새에도 차등이 있다 그 말이로구만. 그럼 그대는 무엇을 닮았소?"

지겸이 말을 늦췄다.

이천수의 대답도 만만치 않았다.

"나? 나 말이오? 나야 잔나비를 닮았지."

"잔나비? 원숭이 말이오?"

그가 웃으며 고개를 주억거렸다.

"그래도 일생 재록이 풍부하고 장수할 형이지. 다만 노후에 자식과 불합하여 말년이 고독할 것이야."

남의 말 하듯이 그가 말했다. 그리고는 김지겸의 상을 살피다가 툭 던지듯이 다음 말을 내뱉었다.

"그러고 보니 그대는 토끼의 형상을 하고 있네. 눈동자는 연두색이고 콧날이 상하 좌우로 굽었는데 희한하게 콧구멍이 보이니 어찌 성격이 어리석고 겁이 많지 않겠는가. 다만 봉황의 목이라 길어 대길하도다. 어깨가 둥글며 귀는 곧고 눈이 기니, 이름값은 하겠구나. 허나 소처럼 혀와 입술이 붉어 평생 풀이나 뜯어먹으며 살아야겠다. 그나마 코는 우뚝하고 얼굴이 장방형으로 몸이 풍후하니 사람 그립지는 않겠다. 관상쟁이 상판이야."

"뭐야?"

지겸은 눈을 치뜨고 그를 노려보았다.

"그대는 그대의 상이 어떤 상인지 아시겠는가?"

"그만하면 시답잖은 소리 많이 했네. 이제 어떻게 김종서 감찰이 이 일에 관련되었는지 그것이나 말해보시오."

그는 아랑곳하지 않고 말을 이었다.

"고괴지상이라, 중이 되어 남의 상판이나 봐야할 팔자인데 그 따위 벼슬도 벼슬이라고 받았으니 마음의 변고가 가히 심각하구나. 입 좀 벌려봐. 혀상이나 한번 보게."

"혀상? 혓바닥? 네미, 그런 것도 있나?"

"무릇 모양이 있는데 혀상이라고 없을까. 혀 하나에도 그대의 일생이 드러나. 특히 몸의 상태를 보려면 혀만 한 것이 없지. 아침마다 혀 검사로 그날 일진도 본다네. 아 해보라니까."

"에이, 그만둬."

"허허, 입 속의 혀끝이 푸르니 명이 얼마 안 남았구만. 청태. 혀상 한번 지랄 맞네. 모가지를 조심해야겠어."

지겸은 미간을 찌푸렸다. 그렇지 않아도 그는 어느 사이에 말꼬리까지 내려버리고. 만만히 본 것이 아닐까 하는데 갈수록 가관이었다. 나이가 있어 그런가 하면서도 어쩐지 언짢았다.

"인간들이란 참 이상하다 말이시. 바른말을 하면 듣기 싫어하거든. 상판대기가 박약지상하여 일찍 단명할 것이 뻔한데도 오래만 살 수 있다고 하면 그저 입을 헤 벌리거든. 참으로 어리석은 게 인간들이지. 그래 그대의 물음에 내 답해주지. 왜 그대의 상관이 이 사건에 관련되었느냐고?"

"그렇소."

"나는 다양한 방법으로 그의 얼굴을 살펴보았지. 눈, 코, 입 등을 보는 면상(面相), 머리부터 종아리까지 온몸의 상을 보는 체상(體相), 손과 손금의 상인 수상(手相), 발상을 보는 족상(足相), 걸음걸이 보상(步相), 목소리로 읽어내는 성상(聲相), 인품을 보는 언상(言相), 몸의 의도를 읽는 행상(行相) 등."

"지금 제정신이오?"

"하하, 사실 난 그날 그대의 상관 몸에서 죽은 여인의 지분 냄새를 맡았거든."

"누가 내 상관이야?"

"그래서 이렇게 온 것 아닌가?"

"난 의금부 사람이오. 재판 때 필요한 조사를 하고 있는 것이고."

"아하, 그러신가? 그렇지. 의금부 도부외 나리는 재판 때 다른 부서 사람과 합작을 하더만."

"합작?"

말이 불손한 것 같아 지겸이 되뇌자 그가 또 하하, 웃었다.

"그럼 합작을 협잡으로 바꿀까? 김종서 그자의 부탁으로 오지 않았다고 하니 협잡이란 말도 괜찮겠네."

"이게 미쳤나."

"아서라, 그대의 목에 그놈의 마성이 끼었다. 그 마성이 살성이 되면 아마 목숨까지 주어야 할걸."

"뭐?"

"그대의 눈동자와 음성이 그걸 말하고 있어. 이유 모를 공포와 증오 그리고 분노가 그대의 명줄을 죄고 있다 이 말이야. 그것들이 종내에는 그대의 명줄을 도륙내고 말 게야. 아아, 이제야 알겠구나. 그대의 혀끝에 왜 사기가 들었는지. 그래서 인연법이 무서운 거지. 잘못 걸렸어. 그 사기가 음성을 주관하는 목 밑까지 내려온다면 목까지 주어야 할 것이야."

"돌았군."

"언젠가 무릎 칠 날이 올 것이다."

"혀 짧은 소리 그만하고 하던 소리나 계속해보지. 무슨 소리요? 김종서에게서 분 냄새를 맡았다는 게."

"으하하, 내 코가 개코거든. 그걸 놓칠 리 없지. 슬슬 그자의 주위를 돌았으니까 말이야. 그러면서 살폈지. 그자의 상판을 보아하니, 노란 눈에 살성이 숨어들었더구만. 눈알 노란 놈들이 인색하거든. 자기밖에 몰라. 호랑이가 제 먹이 남 주는 거 보았나. 남은 음식은 숨겨놓고 썩어 문드러져도 남 주지 않거든. 눈가에 피가 맺혔어. 음욕을 일으켰다는 것이지. 거기까지 살성이 숨어들었어. 콧방울에 붉은 기운은 무엇인가. 욕망의 채움이야. 근본이 일어났다는 말이지. 발기했다는 말이야. 호랑이가 지치면 입을 다물지 못해. 침이 흘러내리지. 교미 뒤에 오는 현상이야. 욕심을 채웠다는 말이지. 눈가의 살성은 뭐며, 교미 뒤에 오는 현상은 무엇인가. 교미 뒤에 암놈의 짝을 물어 죽였다는 말이다. 살성의 농도로 보아 하루 전에 이미 암놈의 짝을 물어 죽였다는 이야기야. 어제 술시(戌時: 밤 8시 정도)야."

그는 꼭 눈으로 본 듯이 말하고 있었다. 증거가 있어도 범인으로 지목했다 뒤집어지기 예사인 판이다. 증거가 될 말이 아닌데도 관상쟁이의 달변이 마음을 휘어잡았다. 이리도 실감이 나다니. 그래도 그 실감을 드러낼 수는 없었다.

반신반의하며 김지겸은 조사를 진행해 나갔는데 김종서가 범인이라는 것은 그의 족적에서 나왔다.

집안에 남정네의 그림자가 없고 장아 혼자 있다고 생각한 김종서가 집안으로 침입했다. 그녀는 세상모르게 자고 있었다. 김종서는 중의를 벗고 버선까지 벗고는 그녀를 향해 다가갔다. 인기척에 그녀가 눈을 떴을 때 김종서가 덮쳤다.

여자는 죽기로 반항했고 김종서는 그녀를 범하려고 날뛰었다. 그러다 보니 해충을 막기 위해 선반에 올려놓은 백반가루가 떨어져 흩어졌다. 두 사람은 그 가루에 자신들의 발자국이 찍히는 줄도 몰랐다.

지겸이 사건의 정황을 들으면서 자세히 살펴보니 여인의 족상과 김종서의 족상이 선명히 찍혀 있었다. 족상의 금까지 선명했다.

"그 후는 어떻게 되었습니까?"

지겸이 장아란 여인에게 물었다.

"옷이 다 찢어지고 반항할 힘도 없는데 남편이 뛰어들었구면요."

남편 이준상에게 김종서는 멱살이 잡혔고 두 사람이 옥신각신하다 밖으로 나갔는데 그 길로 이준상이 피투성이가 되었다고 했다.

지겸은 김종서를 만났다.

"장아라는 여인은 그날 자신을 범하려 한 사람이 자네가 분명하다고 하는데 어떻게 된 것인가?"

"무슨 소리야. 나는 그날 배민호 어른과 바둑을 두고 있었어."

배민호는 의금부의 한성부 치안을 유지하는 도부외 사정을 맡고 있는 사람이다. 그 힘이 막강했다. 김종서의 아버지 김추가 도총제(都總制)로 있을 때 도움을 많이 받았던 사람이었다. 배민호의 작은 아버지 배규가 대사헌으로 있을 때 그의 딸 성주 배씨가 김종서와 혼인을 하여 남도 아닌 사이였다.

김지겸은 화공을 데려다 족상의 실제 크기와 족상의 금까지 완벽하게 그려내고 본까지 떴다. 그런데 사단은 김종서의 발을 확대경으로 살펴보자는 데서 터지고 말았다.

이상하게 먼저 수사를 하던 관원들이 수사가 종결된 듯이 흐지부지 하나둘 현장을 떠났다.

지겸은 계속 김종서에게 발을 조사해보자고 했다.

김종서가 화를 냈다. 뒤를 부탁했더니 오히려 자신을 모략한다며 눈을 부라렸다.

안 되겠다고 생각한 지겸은 증거를 내놓았다. 증거는 받아들여지지 않았다. 그가 어떻게 손을 쓴 것인지 오히려 의금부 관원에게 이천수와 김지겸이 끌려가는 신세가 되고 말았다.

나중에 안 것이지만 김종서가 이천수와 지겸을 고발한 것이었다. 도부외 도사가 관상쟁이와 짜 사헌부 감찰을 모략했다는 것. 더욱이 김종서 자신이 부탁을 해놓고는 이천수의 뇌물에 도부외 도사가 권력을 남용하여 놀아났다 하였다. 믿지 못할 일이었다. 왕이라 하더라도 잘못하면 그것을 바로잡기 위해 목숨을 내놓는 이들이 사헌부 감찰이었다. 그 본분을 버리고 죄를 덮어씌운 것이다.

수뢰 혐의까지 뒤집어써서 지겸과 이천수가 감옥생활을 하고 나오니 세상은 달라져 있었다. 감찰로 있던 김종서는 행대감찰(行臺監察)이 되어 있었다.

지겸은 숨겨놓은 김종서의 발 그림 한 장을 들고 재조사를 요구했지만 어떻게 손을 써놓았는지 통하지 않았다. 오히려 김종서의 밀령을 받은 자들에게 죽을 고비를 두어 번 넘기고서야 이천수와 산속으로 숨어들고 말았다. 그래 배운 것이 관상이었다. 세상을 한탄이나 하며 이천수에게 관상이나 배운 것이다.

그때 이천수에게는 김지겸 외에 제자가 둘 더 있었다. 제일 먼저 들어온 이상학(李相學), 뒤이어 들어온 서상수(徐上水)가 그들이었다. 그들과 함께 관상은 배울수록 재미있었다.

사람들은 관상하면 얼굴을 떠올리지만 머리끝부터 발끝까지가 관상이었다. 그 사람의 형모(形貌), 골격(骨格), 성음(聲音), 피부(皮膚), 기색(氣色) 그 모두가 관상이었다.

이천수가 지겸에게 관상을 가르치며 가장 신경 썼던 부분은 물형법과 골관상이었다.

살아 있는 생물은 먹이사슬의 구조로 그 서열이 정해져 있었다. 새 중의 왕인 봉황이나 용이 가장 높은 위치를 차지하고 있는 것은, 봉황은 날면서 부리로 자연계를 장악할 수 있기 때문이요, 용은 자연을 이용한 용맹성에 기인하기 때문이었다. 자태 또한 그에 걸맞은 모양새를 하고 있고 그 모양새가 곧 그 물형의 성격이었다.

반면에 골관상은 사람이 받아 나온 골의 생김 그 상태 유무를 따져보는 상법이었다. 골관상을 보려면 먼저 기본 인물형을 숙지하고 있어야 했다. 신체 골격이나 기색을 심령투시할 힘이 있어야 했다. 언제나 만지고 살피는 작업이 병행되지 않으면 파악할 수 없는 상학이 바로 골관상이었다.

어느 날 스승 이천수가 보자기에 싸 숨겨놓은 인골을 꺼내놓았다. 지겸은 처음 인골의 두상인 해골인 줄 알았다. 아니었다. 보자기에 사람의 전신 인골이 함께 들어 있었다. 목뼈는 목뼈대로, 팔 다리 뼈는 팔 다리 뼈대로, 갈비뼈는 갈비뼈대로 대퇴골은 대퇴골대로……. 그렇게 보자기 가득이었다.

제자들이 깜짝 놀라 소리쳤다.

"아니, 이거 해골 아닙니까?"

어떻게 묻어주지 않고 보자기에 싸 있느냐는 말이었다.

그러자 이천수가 고개를 주억거렸다.

"그런 걱정일랑 말고 한 번 맞추어보겠느냐? 해골부터 위에 놓고 목뼈부터 맞추어보거라."

제자들이 이틀을 끙끙거려 맞추었는데 이천수가 히물히물 웃었다.

"어찌 꼬리뼈가 발가락으로 가 있고 척추 뼈에 엄지발가락 뼈가 박혔단 말이냐?"

인골을 본 적이 없으니 그럴 수밖에 없었다.

그날부터 골상을 배우기 위해 제자들은 인골을 지독스럽게 가지고 놀아야 했다. 그 해골이 누구 것인지도 모른 채 밤에 잘 때도 베고 자거나 끼고 잘 정도였다.

지겸이 어느 날 물었다.

"도대체 이 해골 누구의 것입니까?"

누구의 것이기에 이렇게 함부로 대하느냐는 말이었다.

"이놈, 너는 공부보다 그런 것이나 의심스러우냐? 내 아비 뼈이니라. 어쩔 것이냐?"

스승의 호통에 그만 지겸은 너무 놀라 눈을 내려뜨고 말았다. 그러면서도 물러가지 않는 의심을 어금니로 씹었다.

말은 그렇게 했지만 설마 아버지의 뼈일까 싶었다. 아무리 관상에 미쳤다고 아버지의 뼈를 짐승 뼈 다루듯이 하다니. 주인 없는 뼈라도 이렇게 막 가지고 놀 수는 없다는 생각에서였다.

여하튼 누구의 뼈인지도 모른 채 뼈 관상을 익혔다. 뼈 관상이 익자 그제야 스승은 오관(五官)의 형태 및 피부 색깔로 알아보는 찰색관상을 가르쳐주었다. 찰색으로 그 사람의 기질과 성품까지 꿰뚫어 관찰하는 상법이었다. 상학 중에서 가장 난해하고 높은 위치의 상법이었다.

찰색관상이 얼추 마무리 되어서야 스승은 지겸에게 심상을 살피는 법을 가르쳐주었다. 스승은 심법을 가르치기 위해 단법인 연단수행까지 시켰다.
 열심히 한 결과가 있어 단 수행이 어느 정도 일정한 경지에 이르자 유형의 상과 보이지 않는 무형의 실상(實相)을 가르쳤다. 명상을 통해 심안이 깊어지자 혜안이 생겨나면서 상대방의 얼굴에 드러나는 심상이 보이기 시작했다.
 지겸이 잠시 지난 기억에 잠겨 눈을 감고 있는데 성찬의 음성이 매달렸다.
 "안식의 말을 처음 들었을 때 설마 했었네. 자네가 관상을 보다니."
 지겸은 그제야 시선을 들었다.
 "다 김종서 덕이지 무엇이겠나."
 "그래 그는 너무 멀리 있지. 이제는 우리가 다가가지 못할 정도로……."
 성찬이 술잔을 들며 고개를 주억거렸다.
 어디선가 개 짖는 소리가 들려왔다.

5

 "그대가 예부터 상을 잘 본다는 건 아오. 핏덩이가 머슴놈의 자식인지 내 아들놈의 핏줄인지만 가려낼 수 있다면 섭섭지 않게 하지."
 성찬이 떠난 후 한기가 다시 찾아와 한 말이었다.
 지겸이 순순히 따라나섰다.
 한기는 청수골에 이르러 다시 한 번 확인하듯 물었다.

"정말 가려낼 수 있겠소?"

"……."

아들 한기가 지겸을 데리고 집으로 들어섰다. 곰방대를 문 한상질이 사랑채의 문을 닫아놓고 고양이 눈으로 둘의 동태를 살폈다.

"가서 술이나 좀 내오구려."

김지겸이 집을 휘둘러보다 말했다.

"술?"

어이없다는 표정을 하고 한기가 되뇌었다.

"그 정도는 가려낼 수 있으니 술이나 내오란 말이오."

술상이 나오자 지겸이 병째로 들어 나발을 불었다. 그리고는 벼루와 붓, 먹과 한지를 가져오게 했다.

"아이를 데려와요."

한기가 안방으로 들어가 아내에게서 아이를 뺏어 안고 나왔다. 그의 아내가 겁에 질린 얼굴로 따라 나오다가 밖의 광경에 넋을 놓았다.

지겸의 눈이 그녀의 얼굴에 박혔다.

아! 몸이 가냘프다. 얼굴이 백지장처럼 희다. 박꽃이다.

물형으로 볼 때 그녀는 학상이었다. 고고해 보였다. 귀골이었다. 몸이 가냘프지만 본시 그 성품이 고상하며 위로 가지를 뻗는 박꽃만 같다.

그런데 저건 무엇인가. 눈과 눈 사이, 그 미간의 세로 주름.

잠시 그녀를 쳐다보다 지겸은 속으로 머리를 내저으며 시선을 돌렸다.

아이는 쌈솔한 이불에 잘 싸여 있었다. 한땀 한땀 겉감 쪽에 감침질한 바늘땀이 예사롭지 않다. 아이를 위해 어미가 만들었다면 그 어미의 심성을 알 만하다.

아이의 상을 보니 잔나비(원숭이)상이다. 아직 핏덩이나 다름없었다. 얼굴이 붉고 이마가 널찍하다. 눈썹이 많으면서 거칠고 얼굴에 비해 귀가 뾰족했다. 코가 전형적인 원숭이 코였다. 입 전체가 둥글게 나왔다. 이런 상은 성질이 급하고 모질다. 재주가 비상하고 한 번 마음먹으면 거칠게 몰아붙여 성공시키는 상이다. 하지만 초년 운이 박약하다. 조실부모할 상.

그 여파로 중년까지 별 볼 일이 없을 것이었다. 그러나 눈 언덕 즉 미릉골(눈썹이 난 부위)의 생김이 기가 막히다. 처마처럼 앞으로 나온 듯했는데 거기에다 눈썹까지 여덟 팔자다.

더욱이 코가 잘 발달되어 그 시기에 대귀가 들었고 둥그스름하게 나온 큰 입이 뒤늦게 자신의 주관을 곧게 펴 세상을 호령할 상이었다. 능히 재상의 자리에 오를 존귀한 기운이 느껴지니 참으로 기이한 조화였다.

지겸은 먼저 아이의 얼굴을 화선지에다 그리기 시작했다.

얼굴을 직접 손으로 만져보고, 짚어보고, 쓰다듬고 그러면서 골의 생김새를 확인하며 그려나갔다.

그런 다음 한기에게 일렀다.

"그 머슴을 데려오시오."

광문이 열렸다. 채만의 묶인 모습이 나타났다.

지겸은 머슴의 얼굴을 살펴보았다. 전형적인 닭상이었다. 아니 까마귀상에 가까웠다. 머리가 벗겨지고 이마가 넓고 머리숱이 적었다. 콧대가 가늘고 입이 뾰족하고 하관이 빠져 참 지랄 맞게 복도 없이 생겼다.

이번에는 머슴의 얼굴을 자세히 그렸다. 아이의 얼굴을 그릴 때처럼 채만의 얼굴을 직접 손으로 만져보고, 짚어보고, 쓰다듬고 그러면서

골의 생김새를 확인해 그렸다.

"이리 앉으시오."

머슴을 다시 광으로 끌고 가는 걸 보며 지겸이 한기를 마루 끝에 앉혔다. 족제비상이었다. 얼굴이 좁았다. 살이 있어 그렇지 얼굴과 뒷머리의 거리가 좁았다. 눈이 가늘고 길었다. 족제비상은 주로 상인에게 많은데 어떻게 사헌부 감찰을 지냈는지 모르겠다. 재물에 대단히 인색한 형이지만 이런 자가 자선을 베풀면 부귀해질 수도 있는 상.

한기의 얼굴을 화선지에다 그리기 시작했다. 역시 얼굴을 직접 손으로 만져보고, 짚어보고, 쓰다듬고 그러면서 골의 생김새를 그려나갔다.

한상질의 싸늘한 눈이 김지겸의 일거수일투족을 따라다녔다.

그런 어느 순간이었다.

"이게 뭐여?"

지겸의 그림을 보던 아랫것 하나가 화들짝 놀라 소리쳤다.

"해골 아니여?"

"해골?"

한기가 마루 끝에 부동자세로 앉아 있다 되뇌었다.

"해골이라니?"

한기가 무슨 말이냐는 얼굴로 다시 물었다.

"움직이지 말고."

지겸이 소리쳤다.

"해골이라니?"

한기가 움직이지는 못하고 목소리로 다시 물었다.

"나리, 이분이 지금 해골을 그리고 있습니다요."

"무엇이?"

한기가 그제야 벌떡 일어나 그림 앞으로 달려왔다.

한상질의 매서운 눈길도 뒤따랐다.

"이게 뭐요?"

"뭐긴, 해골 아니오."

"해골이라니? 지금 뭐 하고 있는 게요?"

"뭘 하다니. 보면 모르시겠소? 그대를 그리고 있지 않소."

한기의 모습을 다 그리고 나서야 지겸은 면밀하게 세 해골을 살피다 고개를 갸웃했다.

그때 한상질이 문을 벌컥 열고 나왔다.

"지금 무엇 하고 있는 것인가?"

한상질이 대청으로 나서며 물었다.

지겸이 그제야 한상질을 돌아보았다.

"오호라, 이 집 대주 한상질 어른이 아니십니까?"

지겸의 시선이 그의 면상에 꽂혔다. 병마절도사까지 지냈다더니 곰이다. 덩치가 크고 우람하다. 오악(五岳)이 고르다. 어느 한 곳 죽은 곳이 없는 얼굴이다.

오악은 얼굴을 다섯 부분으로 나누어 보는 상법이다. 코를 중심으로 얼굴을 나누어 코를 중악으로, 이마를 남악으로, 광대뼈와 뺨을 동악, 서악으로, 턱뼈를 북악으로 나누는 상법이다. 그쪽으로 봐도 어디하나 흠잡을 데 없는 얼굴이다.

기백과 심리 상태, 사회적인 조건, 출세, 입신, 양명 등을 나타내는 중심인 코도 그렇거니와 이마도 완만한 것이 그리 나쁘지 않다. 턱뼈 또한 모질지 않아 완만하다.

"헷갈리는데 잘됐습니다. 그러고 보니 어르신은 저 아이의 할아버지가 아니십니까?"

지겸이 다가가 무엄하게 이번에는 한상질의 얼굴을 더듬기 시작했다.

"이, 이게 무슨 짓인가?"

한상질이 피하며 소리쳤다.

"가만히 좀 계십시오. 헷갈려서 그러니……."

"글쎄, 왜 이러냐니까?"

늙은이는 혈기 왕성한 지겸의 완력을 당해내지 못했다. 한 손으로 한상질의 허리춤을 틀어쥐고 한 손으로 미릉골을 짚어보고, 광대뼈를 짚어보고, 인중을 눌러보고. 그러자 한상질이 소리쳤다.

"왜 이래?"

"가만히 계십시오. 골은 임금이요, 살은 신하라. 지금 골상을 보고 있지 않습니까."

"골상? 골상이라니? 지금 누가 골상을 봐달라고 했던가."

"글쎄, 가만 좀 계시라니까요."

비로소 지겸은 알 것 같다는 생각이 들었다. 한기의 복은 곰의 모습을 한 한상질에게서 나오고 있다는 것을.

코가 특히 유별났다. 마땅히 곰 코여야 할 텐데 물건을 가득 채운 복주머니 모양의 성낭비(盛囊鼻). 능히 병마절도사를 지낼 만한 상이다. 특히 귀가 둥글고 두터운 입술에 재복이 들어 재물이 쉬 나가지 않을 상이었다.

낯빛을 보니 늘그막에 정이 부족해져 생기는 질환을 앓고 있다. 입가의 주름이 아래로 처지는 기세가 그것을 증명한다. 정(精)이 새어 나가고 있다는 증거다. 입가의 주름으로 봐 이미 정력은 고갈되었고, 소변, 요통, 척추 이상, 어지럼증이 생겼을 것이다.

"어르신, 정을 좀 북돋아야 하겠습니다."

"무슨 소린가?"

"허리가 아프고 밤에 자다가 서너 번 소피 보러 일어나야 하고 어지럽지요?"

"......!"

"늙으면 그런 거겠지 하고 미뤄버리면 안 됩니다."

그제야 한상질이 지겸의 손길을 순순히 받아들였다.

계속 얼굴을 더듬어 그려가는 그림을 지켜보던 한상질이 잠시 후 으음, 하고 신음을 물었다.

자신의 해골이 아들 한기의 해골과 비슷하다. 아들과 체형이 다르다고 생각했는데 아니었다. 그런데 머슴의 해골은 새를 많이 닮았다. 아들과 자신의 것은 둥근데 비해 머슴은 빈약해 보이고 각이 져 뾰족한 감이 있다. 신통하게 생각하며 핏덩이의 해골을 보자 아직 덜 여물어서인지 머슴을 닮았는지 한기를 닮았는지 분간이 되지 않았다.

고개를 갸웃하는데 지겸이 이번에는 핏덩이를 뒤집어 척추부터 등 전반을 짚어보고 꼬리뼈까지 훑어나갔다. 뒤이어 엉덩이뼈에서 발가락까지 세세하게 짚어보고는 그것을 그대로 그렸다.

이어 핏덩이의 앞면을 짚어 그렸고 이내 머슴과 한기 그리고 한상질의 뼈대를 발가락까지 짚어보고 그대로 그렸다.

모두 네 장의 그림이 완전히 그려지자 풀을 가져오게 하여 그림을 차례로 상기둥에다 붙였다.

맨 위에 한상질의 인골도를, 뒤이어 한기의 인골도를. 그 아래 핏덩이의 인골도를, 맨 아래 머슴의 인골도를 붙였다.

"이제 저 핏덩이가 누구의 씨인지 말해주겠소."

사람들의 시선이 하나 같이 김지겸의 얼굴로 쏠렸다.

"잘 들으시오. 두 번 말하지 않을 테니."

그렇게 말하고 그는 상기둥 맨 위에 붙은 한상질의 해골을 툭툭 가리켰다.

"이것이 이복술(二複術)이라는 것이오."

"이복술?"

한기와 한상질이 동시에 뇌까렸다.

"혹 뼈대라는 말을 들어보았을 것이오. 그 말의 진심이 뭐겠소? 권력자가 많이 나온 집이겠소? 아니외다. 줄줄이 뼈대를 잘 지탱해온 집구석을 말하는 것이오. 살이란 것은 그 뼈대 위에다 덧붙이는 종이짝 같은 것이지. 뼈대가 생긴 대로 발달하는 것이 살이니 말이오. 그래서 사람의 얼굴을 볼 때는 그 속의 뼈대를 봐야 하는 거요. 가문마다 그 뼈대가 다르기에 사람의 얼굴에는 각기 특징이 있기 마련이고. 한씨 집안의 뼈대와 내 집안의 뼈대가 어찌 똑같겠소. 그 집안만이 가지는 뼈대들이 있다 그 말이오."

한상질이 마른 침을 삼켰다.

"자 먼저 이 집 대주의 상판대기 속의 뼈대를 봅시다."

그는 한상질의 앞이마를 붓대로 툭툭 두들겼다.

그들의 시선이 지겸이 두드리는 해골에 붙박였다.

"골의 전체적 생김새를 살펴본 바 이 집 대주로부터 손자에 이르기까지의 골은 둥글다는 걸 알 수 있었소. 골원자(骨圓者)들에게서 흔히 볼 수 있는 현상이오. 이는 유전적 성질이 강해 골고자(骨孤者)들에게서 볼 수 없는 현상이오. 뼈가 외로우면 무자무친(無子無親)이오. 자식이 없다는 뜻이오. 이 머슴의 뼈를 보시오. 전형적인 골고자 뼈요. 이런 뼈를 타고난 자는 사고무친이라 자식이 없소. 이런 자에게서 뼈가 둥근(원골자) 자식은 나오지 않소. 애가 없기 때문이오."

"그러니까 저 머슴 놈은 애를 낳지 못한다 그 말인가?"

한상질이 성질 급하게 물었다.

"그렇습니다. 자식이 없을 상이지요. 자식은 자녀궁만 봐도 알 수가 있습니다. 자식궁인 눈 아래가 윤기가 돌고 윤택해야 할 터인데 머슴의 눈 아래는 말라비틀어졌고 살이 없지요. 그곳에 열 십자 혹은 우물 정자로 금이 갔으니 분명 자식이 없을 게요. 또 하나의 증거가 있소."

지겸이 일어나 광으로 나아갔다.

손가락으로 상기둥에 묶인 상머슴의 얼굴을 가리켰다.

"자녀궁인 눈 아랫부분을 확인해보시오. 우물 정자로 금이 얽혀 있을 것이오."

"그렇군."

한기가 확인하고 신음처럼 중얼거렸다.

"좀 전에 문득 보았소만 입술이 청색이오. 분명 혓바닥이 푸를 것이오. 그리고 젖꼭지가 희지요."

지겸이 다가가 입을 벌렸다. 역시 혓바닥이 청색이었다. 가슴을 헤쳐 젖꼭지를 보자 하얗다.

한기와 한상질이 깜짝 놀랐다.

"어디로 보나 무자상이오. 자식이 있소?"

지겸이 물었다.

"그렇다면 한씨의 씨가 맞다는 말이 아닌가."

한기가 아연한 표정으로 되묻는 한상질을 바라보았다.

한기가 고개를 끄덕이며 더 물었다. 정작 묻고 싶은 것은 이거였다는 투로.

"한 가지 물읍시다. 이 아이의 상은…… 어디 속하오?"

"아이의 골상은 상골(相骨)이라 뼈마디는 금석의 형상이오. 그러니 뼈가 둥근 것이지. 인당(양쪽 눈썹 가운데)에서 이마 위로 손가락을 쫙 뻗은 듯이 올라간 곳이 각이오. 왼쪽 일각(日角)과 오른쪽 월각(月角) 뼈가 바르게 섰으니 금성골(金城骨)이라 할 수 있소. 두고 보시오. 앞으로 많은 사람과 의기투합하여 자신의 포부를 이루어 근심하지 않고 하늘창고의 곡식을 먹을 수 있으리니. 머리 위의 뼈가 아미산처럼 모가 나 있으니 큰 벼슬을 얻을 상이요, 머리 뒷골이 두둑해 산과 같으니 부귀영화를 얻게 될 것이오."

그렇게 말하고 지겸이 한숨 돌린 다음 머슴의 해골을 탁탁 두드렸다.

"머슴의 머리를 볼작시면 머리골(두상)이 위가 뾰족하고 아래가 짧소. 이런 사람은 천한 일에 종사하면 길하니 결코 그런 이에게서는 귀한 상이 나올 리 없소. 머리의 좌우가 틀어져 부모운이 불길하고, 살상을 보더라도 머리털이 드물고 살가죽이 엷으니 재물이 모아지지 않아 천상 천한 일을 할 수밖에 없을 상이오. 뼈마디가 너무 딱딱하니 빈천하고, 그 모양이 납작해 죽은 곳이 많아 둥글지 못하니 무자무친이라, 그 가죽마저 엷으니 결코 길한 자손을 얻지 못할 상이오."

지겸은 그렇게 말하고 이렇게 못 박았다.

"이 아이는 한씨의 핏줄이 맞소."

한기가 고개를 끄덕이다 일어서면서 물었다.

"그런데 말이오……."

한기가 무슨 말을 하려다가 한상질의 눈치를 흘끔 살폈다.

지겸이 보아하니 아직도 의심병이 덜 가신 것이 분명했다.

"기탄없이 말씀하오."

한기가 잠시 망설이다 결심을 굳힌 듯 시선을 들었다.

"그대의 말대로라면 내 아들이 분명하다는 말인데…… 보잘 것 없는 집안에서 세상을 휘어잡을 인물들이 출현하는 사례를 간혹 보았소. 어떻게 저런 집안에서 그런 자가 나왔을까 싶은데 그건 어떻게 설명하겠소?"

지겸이 다시 광으로 나아갔다.

광으로 들어간 지겸이 잠시 후에 나왔다.

이상하게 보고 있던 한기가 기다리고 있다 물었다.

"뭐요 그게?"

한기의 물음에 지겸이 잠시 고개를 숙이고 생각하다가, '에, 지금부터 하초상을 좀 봐야겠소' 하고 말했다.

"뭐? 방금 뭐라 했소?"

한기가 놀라며 묻자 지겸이 웃었다.

"하하하, 말을 알아들었구려. 하초상이라 했소."

"하초상? 그게 뭐요?"

"뭐긴 뭐라. 아랫도리 관상을 보겠다 그 말이지."

"무엇이?"

"지금부터 아랫도리를 까시오."

한상질이 부르르 떨었다.

"자네 미쳤는가?"

지겸이 다시 웃었다.

"미치다니요, 어르신."

"그럼 이게 무슨 경우인가? 무례하다."

관 상 75

"그럼 손자가 머슴의 자식이 될 수도 있습니다."
"뭐라?"
"결정적인 것을 발견했으니 증명해 드리겠다는 말입니다."
"에이, 고얀."
 한상질이 사랑으로 들어가 문을 쾅 닫아버렸다.
지겸이 한기를 향해 시선을 돌렸다.
"그대도 포기하겠소?"
한기가 어쩔 줄 몰라 머뭇거렸다.
지겸이 그런 한기를 보고 있다가 내질렀다.
"사내대장부가 고만한 일로……. 뭐 숭이라도 되나."
이윽고 한기가 눈을 치떠 그를 똑바로 응시했다.
"이보시오. 그건 너무 하잖소."
"뭐가 말이오?"
"그래도 그렇지."
"지금 체면 따지게 됐소? 그럼 그만두시든지. 나야 답답할 것 없으니……."
"이보시오. 이, 이렇게 하면 어떻겠소?"
한기가 지겸을 끌고 안방으로 들어갔다.
"그대만 슬쩍 보는 것으로."
안방으로 지겸을 끌고 들어간 한기가 말했다.
"그럼 그럽시다."
그렇게 말하고 지겸이 한기를 낚아챘다. 꼭 양반네들을 조롱하는 듯한 행동거지였다.
한기가 허락을 해놓고도 내키지 않아 버둥거리자 무지막지하게 옷

고름을 풀어헤쳤다.
 "내, 내가 하겠소. 내가 벗겠단 말이오."
 "으하하하, 새색시 같구려. 거 남자끼리 어떻다고 내우요, 내우가."
 한기가 돌아서서 허리끈을 풀었다.
 그러자 지겸이 다가가 이리저리 살펴보다 손을 쓱 집어넣자 한기가 기겁을 했다.
 "왜, 왜 그러오?"
 "아, 뒤집어봐야 할 거 아니오."
 "나 이거 참."
 "어허, 생각보다 물건이 실하구만. 복이 여기 있었네. 아무리 봐도 복이 없어 보여 변소에 따라갔다 비로소 부자인 연유를 알겠다더니. 허허, 대답이 여기 있었어. 뿌리도 이만하면 튼실하고 기둥이나 귀두도 튼실하구려. 콧등에 점이 있어 귀두에 점이 있으리라 짐작은 했지만 귀한 자식 두겠소. 그대가 아들을 늦게 두는 것은 신두가 검지 않고 희기 때문이오. 고환은 검고 열매 무늬가 있어 대를 잇는 것이니 칠삭둥이를 하늘이 주었다고 생각하시오. 그나마 고환에 무늬가 없었다면 대가 끊길 판이었으니. 지금 당장이라도 가 머슴의 고환을 살펴봐도 좋소. 내 틀렸다면 오늘부로 상을 보지 않으리라."
 "그게 무슨 말이오?"
 하초를 잡힌 채 한기가 물었다.
 "머슴은 무자상이니 그대와 같은 열매 무늬가 없을 것이다 그 말이오."
 "그걸 보지도 않고 어이 장담하오?"
 "만약 머슴의 고환이 검고 열매 무늬가 있다면 무자상으로 본 내 안목이 틀렸다는 말이니 내 오늘부로 관상쟁이 그만둔다니까."

"그게 정말이오?"

"그런 표정 지을 것 없이 가서 확인하면 될 것 아니오."

지겸이 먼저 돌아서 방을 나가 섬돌에서 신을 찾아 신고 광으로 걸어갔다.

한기가 재빨리 허리끈을 매고 눈을 번뜩이며 그 뒤를 따랐다.

광으로 들어서는 사람들을 보며 머슴이 몸을 떨었다.

"중위를 내려라."

지겸이 말했다.

머슴이 놀라 눈을 휘둥그렇게 떴다.

한기가 눈으로 명령하자 아랫것들이 달려들어 중위를 벗겼다. 이내 머슴의 중위가 벗겨지고 하초가 드러났다.

머슴이 눈물을 흘리며 울기 시작했다.

벌건 대낮의 간극은 그렇다고 멈추지 않았다. 사람들은 잔인하게 머슴의 고환을 살폈다.

지겸의 말대로 머슴의 고환은 희고 열매 무늬가 없었다.

"분명하오. 그대의 자식이 맞소."

그저 놀라는 한기를 향해 김지겸이 못을 박듯 말했다.

"이럴 수가!"

한기가 탄성을 터트렸다.

어느 사이에 왔는지 뒤에서 듣고 있던 한상질이 몸을 떨었다.

"아버님."

한기가 놀라 고개를 돌리자 한상질이 뒤에 서 있다. 어이가 없어 막상 방으로 들어가기는 했지만 궁금해 나온 것이 분명했다.

"과연 그대의 실력이 조선 제일이라더니 대단하오이다."

"허허허, 술이나 한상 차려주구려. 신경을 썼더니 출출하네."
한상질이 할 말을 잃고 있다가 아이를 덥석 안았다.

6

해를 넘기자 봄이 오는가 했는데 이내 곧 여름이었다.
눈이라도 많으리라던 예상과 달리 지난겨울에도 눈이 많지 않았다. 여름이 되면서 임금이 기우제를 지내도 비는 오지 않았다. 계속해서 갈라지는 땅바닥, 말라가는 농작물, 백성들의 시름은 날로 깊었다.
가뭄이 기승을 부리다 불볕 같은 더위가 한풀 꺾이는가 했더니 아침저녁으로 냉기가 기승을 부렸다. 여전히 비는 내리지 않았다. 가끔 가랑잎 구르는 소리에 요즘 들어 지겸은 마음이 서글퍼지곤 했다.
한상질의 집에서 칠삭둥이의 상을 봐준 지도 벌써 반년이 넘었다. 새벽부터 검은 구름이 하늘을 덮었지만 오늘도 비는 내리지 않았다.
사람들이 하늘만 바라보는데 지겸의 집 앞에 말 한 필이 와 섰다. 오랜만에 성찬이 다시 찾은 것이다.
그들 앞에 술상이 놓였다.
지겸이 그날처럼 성찬의 술잔에 술을 치고 환하게 웃었다. 한상질의 손자를 가려낼 즈음 본 것 같았는데 그때 본 성찬이 상기한 얼굴로 찾아와 앞에 앉은 것이다.
"얼마 만인가 그래?"
"별일 없었는가?"

지겸이 잠시 그날을 더듬다가 물었다.

"나야 무슨 별일이 있겠는가."

"소문이 쫘하다네. 자네가 골상으로 친자를 가려내었다니까. 어찌 상으로 그럴 수 있는지."

"그러고 보니 벌써 그 칠삭둥이의 상을 본 지도 한참이 됐구먼. 하지만 그날 내가 칠삭둥이의 상을 보면서 느낀 게 무엇인지 아나?"

무슨 소리냐는 표정으로 성찬이 시선을 들었다.

"그 칠삭둥이 사실은 조실부모할 상이었다네."

성찬이 깜짝 놀라는데 지겸이 고개를 주억거렸다.

"앞으로 몇 년을 채우지 못할걸세."

"이럴 수가!"

"엊그제 들으니 칠삭둥이 동생도 임신한 모양이던데 그 핏덩이는 또 어떻게 되려는지……."

"그게 사실이라면 세상의 상을 귀신 보듯이 하는 것도 병이 아닌가. 그럼 그 불쌍한 아이들은 어떻게 되나?"

"아마 조부와 증조부 손에서 자라게 되겠지. 그렇잖아도 칠삭둥이 아비가 엊그제 다녀갔다네. 청수골로 거처를 옮기면 어떻겠느냐고. 내 처지가 이러하니 거처라도 옮겨 상을 보라는 것이지."

성찬이 고개를 끄덕였다.

"하기야 자네가 그 집의 대를 잇게 했으니."

"그러나 그들에게 든 사기(死氣)를 잡아줄 수는 없네. 이 또한 어찌겠는가."

"방법이 없는가?"

"칠삭둥이 아비는 몸에 비해 유난히 머리가 크고 목이 아주 가는 사람일세. 그리고 귀에 사기가 깃들어 푸르고 언제나 눈이 붉어. 사헌부 감찰로 있으면서 아마도 많은 이들에게 원을 심었을 것이야. 그리고 그 아내는 눈썹과 눈이 거의 붙어 있어 전택이 좁고 흰자에 이미 푸른 기운이 돌아. 역시 간장이 좋지 않아. 거기다 칠삭둥이의 동생까지 배었더군. 그러니 약제인들 마음대로 쓸 수 있겠나. 그리고 칠삭둥이에 의해 수많은 생명들이 원이 질 것일세. 그 동생 또한 대참화의 주인이 될 것이야."

"그걸 상만 보고 알 수 있다?"

"그 보를 미리 받는 운명을 어떡하겠나. 세상에 관상쟁이가 이렇게 무력할 수 있다니. 머리를 쪼개버릴 수도 없고, 가는 목을 쇠고기를 다져 붙일 수도 없고……. 허허, 참. 그렇다고 관상불여심상이라, 씨알도 먹히지 않을 소릴 해댈 수도 없고."

"무슨 소린가? 씨알도 먹히지 않는다는 소린?"

"언젠가 다송현에 가 관상을 보았는데 늙은 부모가 뒤늦게 아들 하나를 얻었다네. 상을 보았더니 아들의 상이 단명할 상이라. 부모들의 관상에도 상(喪) 당할 그늘이 졌더구먼. 그래 용기를 내었지 뭔가. 아들이 죽을상이니 절에나 맡겨 보라고. 내가 그래도 한씨 집안 덕에 유명은 해졌는지 아이구 도사님이 그렇게 말씀하신다면 그러겠다고. 그래 절에 보냈는데 그 아이를 맡은 스님도 상을 좀 볼 줄 알았던 모양이야. 열흘 안에 죽을 걸 알고는 늙은 부모에게 보낸 것이야. 날도 춥고 하니 부모님과 솜옷도 좀 짓고 그렇게 한 열흘만 있다 오너라. 스님은 마지막 가는 길을 그렇게 부모와 함께 하라고 보냈거든. 열흘 후면 죽었다고 소식이 올 줄 알았는데 아니야."

"아니라니?"

"그 아들놈이 멀쩡하게 살아온 것이야. 그 소식을 듣고 내가 가지 않았겠나. 그 애 상을 보니 기가 막혀. 단명상은 사라지고 어느 사이에 장수상으로 바뀌어 있지 않겠나."

"어떻게?"

"그때 나는 깨달았다네."

"뭘?"

"자고로 사람은 마음을 잘 써야 한다는 걸. 그 스님이 왜 아이의 상이 장수상으로 변했을까 하고 알아보았더니 그 아이가 그러더라는 것이야. 집으로 가는 날, 개울을 건너려는데 간밤의 비로 물살이 불어 있더라는 거야. 물이 자꾸 개울에서 넘치는데, 한곳을 보니 개미 무리들이 새까맣게 이사를 하고 있더래. 물살이 들이치고 있어 자기도 모르게 윗옷을 벗어 개미들 가는 길에 놓고 중위를 벗어 일단 물살을 막았다고 해. 개미들이 옷 위로 가득 올라오면 옮기고 또 옮기고 그렇게 모든 개미를 구해주었다는 것이야. 그때 나는 무릎을 쳤지. 그래, 바로 이것이구나."

"허허허, 무슨 말인지 알겠어."

"방생의 덕이라도 쌓아야 할 터인데. 그 아들들에 의해 무수히 쓰러질 생명들을 위해서라도……."

"자네 뭘 보고 있는가? 좀 전에 말한 대로 그의 아들들이 앞으로 일어날 대참화의 주인이라도 된다는 것인가?"

성찬이 물었다.

"나는 보았네. 그들에게서 정말 예사롭지 않은 기운을……. 앞날을 누가 정확히 알겠는가만."

"무섭구먼."

성찬이 고개를 홰홰 내저었다.
"허허허, 술이나 드세."
 술잔이 다시 몇 순배 돌았다.
"아이는 잘 크지?"
 성찬이 술잔을 비우면서 문득 물었다.
 그제야 지겸의 얼굴에 웃음기가 돌았다.
"그럼."
"이름은 무엇이라 지었는가?"
"내경이라 지었다네."
"내경이라?"
"스승님 살았을 때 늘 말했다네. 사람은 자신의 속을 살필 수 있는 거울 하나 집어넣고 살아야 한다고."
"그럼 그때 스승이 돌아가시고 산을 내려온 것인가?"
 지겸이 고개를 주억거렸다.
"돌아가시던 날 내 손을 잡더이. 산을 내려가라고. 사람들 속에 묻혀 살라고. 이쁜 각시도 얻고 자식도 낳으라고."
 그 길로 지겸은 정말 산을 내려왔다. 아내도 얻었고 아이도 보았다.
"거참 이상하네."
"그만하세. 그래 명나라 생활은 어땠나?"
"그렇지 뭐."
"부럽구만. 부모 잘 두어서 명나라까지 가 공부하고."
"공부야 자네가 잘했지. 작은아버지가 불러 가긴 했는데……."
"미리 축하함세. 아들이 들어섰구먼."
 지겸의 뜻밖의 말에 성찬이 놀라며 뜨악하게 건너다보았다.

"무슨 말인가?"

"내가 자네 아내를 모르는가. 제비꽃 같던 그 모습. 자네 아내의 입술이 그린 듯하이. 그리고 그대의 입술. 아이가 들어섰어. 그것도 아들이."

성찬이 눈을 휘둥그렇게 떴다.

"아니 진맥도 하지 않고 어떻게 그걸 알 수 있나?"

"상으로도 알 수 있다네."

"그렇지 않아도 아내가 어제 그러더라고. 달거리가 없다고. 의원에 가보자고 했는데……. 허허허."

"축하하네. 나중에 술이나 한잔 사시게."

"고마우이, 고마워. 허허, 참!"

성찬을 보내고 돌아오면서 지겸은 입술을 깨물었다. 비록 아이가 들어섰다고는 하나 성찬의 미간에 매달린 흉살을 본 탓이다.

그의 인당에 끼어 있던 그늘. 마늘코(蒜鼻: 산비)의 청색 기운. 그리고 양관골에 뜬 청색의 기운. 대국의 오자서는 인당이 어둡고 양관골에 청색을 띠어 모략을 받고 가보로 내려오던 보검까지 팔아 범양 땅으로 도망가는 고통을 당했다. 성찬 역시 명나라 물을 먹은 것이 언제 어느 때 상대방의 모략을 받아 고난을 당할지 모를 일이라 가슴 한쪽이 싸했다.

관직이 다시 재수되더라도 사양하고 낙향이라도 하라 일러주고 싶었지만 모처럼 고국으로 돌아와 들떠 있는 그에게 어떻게 그럴 수 있으랴 싶었다.

지겸은 끝까지 운을 떼지 못한 것이 마음에 걸렸다.

2장

살아남은 자는 할 일이 있다

•

쫓겨난 세상에서 조우하는 것들

살아남은 자는 할 일이 있다

1

한성부 청수골 청수나루가 보이는 담양정(潭陽亭)에 사내 하나가 이제 열두 살 난 아이를 앞에 하고 바둑을 두고 있다. 내경과 그의 아비 김지겸이었다.

한기의 도움으로 건천동 마른내골에서 청수골로 옮겨온 지도 몇 해가 지난 무렵이었다. 공부에 지친 머리를 식히기 위해 무릎에 앉히고 가끔 바둑을 가르쳐주었는데 머리가 비상해서인지 예사 수준이 아니었다.

바로 어제 지겸은 어린 아들에게 바둑을 지고 말았다. 그때 깨달았다. 이제 관상을 가르칠 때가 되었다고.

그동안 어린 아들에게 관상에 대해 가르쳐보지 않았던 건 아니었다. 어쩌다 지나가듯, 툭툭 던지듯 묻고 가르치고는 했다.

어느 날 동무들과 놀다 싸웠던 모양이었다. 너희 아버지 관상쟁이라며 놀렸다고 했다. 그래 화가 나 엉켜 싸웠다고 했다. 그날 저녁 내경이에게 맞은 아이의 어미가 득달같이 달려왔다.

언젠가 상을 봐준 적이 있던 사람이었다. 그 아들의 상을 보고 눈썹이 일자 눈썹이어서 평탄하게 살 상이라고 해준 적이 있었다. 큰 좌절도 없고 나쁜 일도 없을 거라 했다.

그런데 그 어미가 일자 눈썹의 아들을 데리고 득달 같이 달려온 것이다.

"보시오, 관상가 양반. 어디 가서 물으니 내 아들 일자 눈썹이라 성공 운이 틔었다고 합디다. 그러면서 아이의 눈썹을 조심하라고. 흉터가 생겨 눈썹이 갈라지거나 하면 운이 막히고 인생살이 더러워진다고……. 이렇게 댁의 아들이 상처를 냈으니 어쩔 것이오?"

할 말이 없었다. 다시 어디 가 관상을 본 것이 분명했다. 일자 눈썹이 아니라도 어떤 눈썹이든 갈라지거나 흉터가 생겨 끊어진 눈썹이 좋을 리 없다.

다행히 용한 의원에 데려가 흉터 없이 치료해주는 것으로 그들을 달래었는데 그 후로 아들은 관상에 관심을 가지는 것 같았다.

하루는 이것저것 가르치다 사주가 관상만 못하고 관상이 심상만 못하다는 말을 했는데 아들의 질문이 걸작이었다.

"아버지, 심상은 관상 아닌가요?"

아들의 그 한마디에 정신이 번쩍 들었다. 사주불여관상 관상불여심상? 사주가 관상만 못하고 관상이 심상만 못하다는 말은 도대체 어디서부터 시작된 것일까? 사주를 보다 보면 그 속에 피할 수 없는 관상의 맥이 있고 관상을 보다 보면 사주 그대로가 관상이라는 사실을 실감할 때가 있다.

쥐상이구나, 배포가 크지는 못해도 어디 가 미움 받지는 않겠구나. 그러면서 사주를 은근히 물어본다. 분명 천귀가 들었다. 천귀가 바로 쥐다. 이 사람 수명이 길겠네. 그래서 사주를 물어보면 천수가 들었다. 천수는 돼지다. 이 사람 한자리하겠네. 그래 사주를 물어보면 천권이 들었다. 천권은 범이다. 이 사람 예술가로 날리겠네. 그래 사주를 물어보면 천간이 두 개나 들었다. 그렇지. 두 개는 들어야 제대로 된 글을 쓰지. 물어보면 역시 용이 두 마리나 들었다. 남이 하나도 들기 어려운 용이 두 마리나 든 것이다. 그렇게 사주와 관상은 둘이 아니었다. 하나였다.

그런데도 사주가 관상만 못하고 관상이 심상만 못하다는 말이 사이비에게서 나와 떠도는 걸 지겸 역시 자신도 모르게 아들에게 쓰고 있었던 것이다.

심상만 해도 그렇다. 사람의 얼굴은 바로 심상이 나타나는 공간이다. 그렇다면 관상 그 자체다. 그런데 문제는 아무리 용한 관상쟁이라 하더라도 그 심상을 올바르게 읽어내기가 힘드니 관상불여심상이란 말이 나왔을 터였다.

사람이 선하게 생기고 잘생겼다고 해서 그 사람이 선한 것이 아니다. 못생기고 우락부락 산적처럼 생겨도 마음이 비단결 같아 선행을 베푸는 이들이 있다. 그런 이들에게서 볼 수 있는 선한 눈빛, 가끔 눈가에 가로로 선이 나타난다고 하는데 그 정도인 것이다.

그런데 심상이 구체적으로 나타나는 공간이 딱 한 곳 있다. 바로 바둑이다. 바둑을 두어보면 그 사람의 심상이 절묘하게 나타난다. 그 사람의 경지, 도력, 깊이, 도량, 모양까지 샅샅이 드러난다. 상대의 심상이 집약적으로 반상 위에 펼쳐지는 것이다.

얼굴이 호랑이나 용상을 하고 있으면 반상은 거칠다. 얼굴이 이무기 상을 하고 있으면 그 역시 거칠다. 얼굴이 말상을 하고 있으면 말

울음이 천지를 진동한다. 그러니까 제 꼬락서니만큼 반상 위를 채워 간다는 말이다. 쥐상과 바둑돌을 놔보면 우선 그 폭이 좁다. 야금야금 물어간다. 이때 관상이 심상이라는 말은 증명된다.

관상쟁이에게 바둑은 물형상의 발전 그 이외의 것이 아니다. 상대방의 심상을 동물형으로 파악하여 대처하는 것이 물형이기에 반상 위에 놓이는 돌, 그것은 두 물형이 마주 앉아 제 모습을 그려가는 것에 지나지 않는다. 쥐상은 제 모양을 반상 위에 그려가는 것이고, 늑대를 닮은 상은 늑대를 그려가는 것이다.

여기에 관상바둑의 묘미가 있다.

아들의 나이 열다섯 되던 여름날이었다.

아이는 아버지의 반상에서 무서운 사기를 느꼈다. 분명 죽음의 그림자였다.

"아버지, 왜 그러셔요?"

아들이 이상하다 싶어 물었다.

"왜 그러느냐?"

"아버지의 반상을 보세요."

아비의 눈이 그제야 감겼다. 그는 이윽고 결심한 듯 반상을 밀고 장롱 깊이 묻어두었던 화선지 두 장을 꺼냈다. 그것을 아들에게 주었다.

아들이 화선지를 펼쳐보니 하나는 맨발이 찍혀 있었고, 다른 한 장에는 신발 자국이 선명하게 찍혀 있었다.

"이게 뭐예요?"

아들이 눈을 멀뚱거리며 물었다.

"내경아, 내 말 단단히 들어라. 너도 알고 있지? 김종서 어른 말이다."

"알고 말구요."

그로 인해 아버지가 관상쟁이가 되었다는 말을 귀가 닳도록 들어왔다.

"아무래도 좋지 않다. 수일 내 무슨 일이 있을 것 같아. 그러니 내게 무슨 일이 생기면 이걸 가슴에 품고 이천 곽산 한디기골 너머 가렛골 월래암으로 가거라. 이상학이란 관상쟁이를 만날 수 있을 테니. 아버지와 동문수학하던 이다. 이 아비보다 한 수 위니라. 그리고 이것! 이걸 잊지 말아라. 바로 김종서의 족적이다. 이걸 지니고 때를 기다려. 그리고 언젠가는 밝혀라."

이틀 지나 예상했던 대로 사기가 집 전체를 덮었다.

2

한풀 꺾여 가던 불볕이 발악하듯 이글거렸다.

김종서가 은밀히 풀어놓은 졸개 이징옥에 의해 김지겸의 소식을 들은 것은 그가 아들 내경에게 김종서의 족적을 준 다음날 아침이었다.

그동안 김지겸을 잊고 살다가, 청수골로 거처를 옮겼다는 소식을 들은 것이다. 요즘 그의 동태가 여간 수상치 않았다. 세종의 형인 양녕대군 쪽과 문종의 아우 진평대군(훗날 수양대군) 쪽 동태를 유심히 지켜보고 있었는데 엉뚱하게 보덕교 쪽에서 그 꼬리가 잡혔다.

그는 언젠가부터 요즘 들어 이상한 동태를 보이는 신흥종교인 보덕교 쪽을 지켜보고 있었다.

어느 날 수하 이징옥의 보고가 들어왔다.

"진평대군을 옹위하려는 무리들이 심상치 않습니다."

"그래?"

"청수골 근처에 있는 보덕교 말입니다. 그곳 한씨 가문의 한상질이 보덕교에 입교해 5대 방주 중 수방주를 맡았다고 합니다."

"그럼 그 영감도 한 패다?"

"그뿐만이 아닙니다."

"그럼?"

"왜 있지 않습니까, 예전에 이준상 사건 말입니다."

"이준상?"

"네."

"아, 그 관상쟁이?"

"그렇습니다. 그때 김지겸이 의금부 도부외 도사로 있었습니다."

"그랬지."

"나리의 족적을 떠 한동안 난동을 부렸고요."

"그런데?"

"바로 어제 그 김지겸이 보덕교 교주를 만나고 나오는 것을 보았습니다. 그리고 오늘 아침 의금부 포도들과 김지겸이 현장에 같이 나왔더군요. 혐의자들을 관상으로 가려낸다고 말입니다."

"그래서?"

"범인이 없다면서 현장을 면밀히 살펴보다 발자국 몇 개를 찾아내고 그것을 그대로 그리더군요. 그래 나오는 걸 덮쳤지요. 분명히 뭔가 있을 것 같아서요."

"그랬더니?"

"이걸 보십시오."

이징옥이 품에서 두 장의 족적 그림을 꺼냈다.

족적을 내려다보다가 김종서가 놀라 물었다.

"분명히 하나는 이준상의 집에서 김지겸이 뜬 것이고 하나는 보덕교 교주의 마룻바닥에 찍힌 신발의 족적입니다."

"이, 이럴 수가! 그럼 그놈이 이준상의 집에 난 족적을 지금까지 가지고 있었다는 말이 아닌가."

"이것도 원본이 아닐 것입니다. 원본은 분명 숨겨놓았을 테지요."

"그럼?"

"이 두 장의 모사본을 의금부 사람들에게 보였다는 겁니다. 그들을 통해 진본을 상감께 올리겠다고……. 이 족적의 임자가 곧 범인이라고 하면서 말입니다. 의금부 사람들에게 그랬다고 하더군요. 일간 그 임자를 밝히겠다고 말입니다."

"그렇다면 아직 불지는 않았다?"

"그런 것 같습니다. 의금부 사람들에게 넌지시 접근해 떠보았던 것 같습니다."

"무서운 놈!"

"어떡할까요?"

김종서가 부르르 떨었다.

"그놈이 관직을 잃고 옥살이까지 하면서 내게 원을 가진 것이다. 그때가 언제라고 아직 그 그림을 간직하고 있었나……. 더 볼 것 없지."

"알겠습니다."

"한시가 급하다. 그 사실이 이대로 줄을 타고 들어가 상감께 밝혀지기라도 하는 날이면……."

"알겠습니다."

이징옥이 나가고 나자 김종서는 그 자리에 풀썩 주저앉았다.

내가 화근 덩어리를 키우고 있었어. 그때 죽였어야 하는 것을.

그대로 있어서는 안 된다는 생각에 김종서는 벽에 걸린 칼을 빼들고 후다닥 방을 나갔다.

3

20여 년 전 민무구 민무질의 옥사로 유배지에서 처형된 유기의 아우 유한이란 자가 갑자기 한양에 나타난 게 몇 해 전이었다. 혈유집권의 혐의로 삼족을 멸했는데 어떻게 살아남았는지도 의문이거니와 요직에 등용되면서 이상한 소문까지 한양에 은밀히 돌기 시작했다. 진평대군(훗날 수양대군)을 보위에 앉히기 위한 무리들이 다시 뭉쳤다는 소문이.

어쩌면 그 즈음부터 이미 수양과 김종서의 반목이 시작된 것인지도 몰랐다. 진평대군은 더 비뚤어질래야 질 수 없는 위치에 있었고 김종서는 세종의 총애를 한 몸에 받았다. 왕세자에 대한 충성심이 지극할 수밖에 없었다.

세종은 건강이 좋지 않을 때마다 진평대군을 불렀다.

"유(瑜)야, 너의 형을 도와라. 본시 병약하지 않느냐."

그때마다 진평은 말이 없었다.

김지겸이 유한을 만난 것은 그 무렵이었다. 그의 사람이 왔기에 뒤를 따랐는데 유한의 사저였다.

문이 열리고 통천관을 쓴 그가 들어섰다. 팔뚝만큼 굵은 밀초의 불길이 정전의 양편에서 흔들렸다. 유한이 그 앞 단 위로 올랐다. 거기 용무늬로 짜인 의자가 놓여 있었다.

유한이 들어설 때까지 허리를 반쯤 숙이고 기다려야 했으므로 지겸은 허리가 아팠다.

말없이 유한의 자태를 올려다보았다. 전형적인 개상이다.

운동을 하지 않아 상체만 발달한 술잔 모양의 몸통을 가진 비만한 개. 이런 상은 유난히 하체가 약하다. 왜 수염은 거꾸로 세워 사나운 인상을 주려는 것인지 알 수가 없다. 그는 사람들이 자신을 용코 용수염이라고 부르는 게 마음에 드는 모양이었다.

그는 김지겸을 접견하는 내내 그 용코 용수염을 손으로 쓸거나 만지작거렸다.

수염에도 진수염이 있고 가수염이 있다. 숱이 많고 청수하면 진수염이요, 탁하고 억세고 모질면 가수염이다. 개의 상을 가진 사람에게서 용상에서나 볼 수 있는 수염을 볼 수는 없다. 용상이 완성되려면 청수한 수염이 알맞게 일어나야 한다.

상은 용상인데 수염이 쥐수염이라면 용상은 지렁이상이 되고 만다. 오히려 용상을 타고 난 것이 흉상이 되고 말거나. 결코 용이 되지 못할 이무기, 아니 지렁이다. 그런데 이자는 수염 하나는 용상이다. 이무기도 아닌 개의 상에다 용수염? 이는 지렁이상에 용수염과 다를 바 없다.

"그대가 관상쟁이 김지겸이란 자인가?"

목소리를 듣는 순간 지겸은 문득 그의 음성에서 사기를 느꼈다. 목청이 갈라져 있다. 쉬어 터진 소리다. 사기가 숨어들지 않고는 저런 음성이 나올 수 없다.

그의 얼굴을 다시 살폈다. 눈에 불이 담겨 있다. 입이 작고 칼날 같았지만 달변가들에게서 볼 수 있는 입이다. 입의 크기에 비해 감당할 수 없을 정도로 우렁차게 내뱉는 음성이 꼭 개가 짖는 것 같다.

그런데 그의 음성을 잘못 듣지 않았다는 생각이 들었다.

뭐야, 이건?

눈자위에 도는 푸른 기운. 간에 살성이 스며들었구나. 눈 밑이 깊이 파였으니 그 상태로 보아 목숨이 사흘도 안 남았다. 이미 푸르죽죽하다 못해 검은 기운이 돈다. 내장이 망가졌다는 증거다. 귀에도 이상이 왔을 것이다. 청력이 떨어져 소리가 잘 안 들릴 것이고.

사흘을 넘기지 못해.

문득 유한의 갈라진 음성이 들려왔다.

"그대가 그렇게 용하다고 하니 물어봄세. 분분한 조선의 민심을 어떻게 통일할 수 있겠는가?"

그렇게 말하고 그는 용코 수염을 한 번 쓸었다.

지겸은 대답하지 않았다.

유한이 멀거니 지겸을 내려다보았다.

"왜, 내 관상이 마음에 들지 않는가?"

"아닙니다."

"그런데 왜 대답이 없는가?"

"인심을 통일하는 데는 종교밖에 더 있겠습니까?"

유한이 꿈틀 놀랐다. 그는 잠시 생각하다 다시 물었다.
"그대도 정감 사상을 믿는가?"
"흰머리골에서 보덕이 태어나 천자가 될 것입니다."
유한이 다시 놀라 매섭게 지겸을 노려보았다.
"그대 죽으려고 환장을 했는가?"
유한이 으르렁거리면서도 측근을 물리쳤다. 둘만 남자 유한이 다시 물었다.
"어떻게 보덕이 내가 아니라 진평대군인 줄 알았는가?"
"이곳이 보덕존자의 본거지가 아니오이까?"
"과연!"
그렇게 말하고 유한은 일어났다. 그의 얼굴에서 다른 내색은 찾아볼 수 없었다.
"내 곁에 그대를 두고 싶으나 아직은 이르다. 인연 있으면 다시 보세."
"……."
"입을 닫으시게."
지겸은 유한의 사저를 빠져나오면서 그에게서 느꼈던 사기를 기억했다. 그리고 언젠가 보았던 흰머리골의 모습을 떠올렸다. 흰머리골에 앞날을 내다보는 이상한 스님이 있다는 소문을 들은 게 꼭 한 달 전이었다. 그 스님이 보자고 했다.
심명이란 스님이었다. 그곳에 가서야 비로소 알 것 같았다. 그 승이 내세웠던 사람. 그가 곧 유한이라는 것을.
그의 말대로 유한은 진평대군을 떠받드는 속을 숨기고 스스로 보덕교의 교주가 되어 보덕(報德) 사상을 펴고 있었다. 민중의 입장에서 모든 것을 풀어내려고 했다. 생명을 살리고 병든 세상을 치료하고 원한을 풀어 서로를 살리는 운동을 보덕신앙이라며 전개하고 있었다. 이제 조금 있으면 그 주인 보덕존자가 올 것이라고. 모든 이의 원을 풀어줄 주인이 올 것이라고. 민중을 섬기고 하늘의 명을 떠받들고 덕을 밝힐 주인이 올 것이라 했다.

그러면서 토산품 자급자족운동을 펼쳤다. 생활에 필요한 물건을 만들어 신도들에게 팔아 그 이익금을 챙겨 교세 확장에 썼다. 그러자 보덕교의 교세가 급속히 불어났다.

조정은 긴장했다. 의금부에서 일일이 보고를 받을 정도였다. 보덕교를 음모 단체로 규정하고 사사건건 트집을 잡았지만 어쩐 일인지 3일도 안 가 유야무야 되었다.

이상한 건 정부의 압박이 계속돼도 신도 수가 줄어들지 않는다는 것이었다. 보덕교에 들면 영생할 수 있다고 하였다. 세계를, 운도를 열 분이 이제 올 것이라고 했다. 새날이 오면 조선은 세계 종주국가가 된다고 했다. 얼마 안 있어 보덕존자가 조선의 황제로 즉위할 것이라고 했다. 그때 신도들은 웅분의 높은 벼슬을 받게 된다는 것이다. 그러므로 지금 보덕교에 입교하여 헌납과 신심의 정도에 따라 증서를 받으라고 했다. 그 증서가 나중 벼슬과 품작이 될 것이라고.

가끔씩 진평을 떠받드는 사람들이 보덕교를 드나든다는 소문이 돌았다. 보덕교에서 모금된 돈이 진평을 보위에 앉히기 위한 거사자금으로 운용되고 있다는 말이 뒤이어 나돌았다.

보덕당에 모셔진 탱화. 그 그림이 보덕이라고 했다. 두둥실 뜬 구름 위 연꽃에 앉은 도령. 도령의 주위에 비눗방울 같은 작은 빛살들이 떠돌았다. 그 사이 사이에 여신들이 구름 위에 앉은 사람을 호위하고 있다. 또 한 무리의 무사들이 그들을 호위하고 있었다.

그 탱화 속의 도령. 그 도령이 세상을 구할 진평이라는 말이 떠돌았다. 그때 한명회의 나이 꼭 15살. 내경 역시 그 나이였다.
정감록에 이런 말이 있다.

鷄龍白石 草浦行舟 世事可知
계룡산의 돌이 하얗게 되고, 초포에 배가 다닐 때 세상일을 알 수 있다

유한이 속내를 숨기고 자주 이용하는 문구가 바로 이것이었다. 계룡산 최고봉의 머릿돌이 돌이끼로 인해 조금씩 하얘져 꼭 흰옷을 입은 것처럼 변해가고 있다는 사실을 그는 놓치지 않았다.
그는 그 머릿돌을 가리키며 이런 말로 은근히 보덕존자의 등극을 내비치고 있었다.
"세상일을 알 거란 문구를 잊지 마라."
그게 무슨 말이었을까.
분명 그건 보덕존자를 두고 한 말이었다. 오로지 보덕존자만이 앞으로의 세상일을 알고 있다는.
그 말을 하던 유한을 만나고 온 사흘 후, 김지겸은 느닷없이 의금부 수장의 내왕을 받았다.
"부탁할 일이 있어 왔소."
"무슨?"
"어젯밤에 보덕교 교주가 살해되었소."
지겸은 귀를 의심했다. 그날 그를 만났을 때 느낌이 이상했지만 벌써 죽었다니.
"보덕교 교주가 죽다니요?"

자신도 모르게 그렇게 물었다.

"아무튼 가봅시다. 혐의자 몇 명을 잡아 놓았는데 상을 봐 범인을 가려내주시오."

며칠 전 만났던 사람이 시체로 변해 있었다. 분명히 사흘 전에 만났던 사람. 사흘 전 만났을 때 입을 조심하라고 한 사람. 그 사람이 분명 그였다.

의금부 수장이 지목한 인물들을 훑어보았으나 임자가 없었다. 그래서 주위를 샅샅이 뒤졌는데 교주의 도포자락에서 신발 자국 하나를 발견했다. 무관이 주로 신는 신발이었는데 그 문양이 특이했다. 해와 달, 별, 산, 나무가 문양으로 만들어진 신발이었다.

그 문양을 보자 불현듯 그 옛날 보았던 김종서의 신발이 생각났다. 그의 맨발과 가죽 신발의 문양. 길이와 넓이를 재보자 똑같았다. 그런 신발을 손으로 만드는 곳은 한양에 얼마 되지 않는다. 몇 군데 뒤지지 않아 김종서가 맞추어간 신발이라는 사실이 드러났다.

우선 정밀하게 그림을 그렸다. 집으로 돌아와 예전 이준상 사건 때 그려놓았던 김종서의 족적을 꺼내보았다.

다음 날 의금부 수장에게 수일 내 범인을 밝히겠으니 어전으로 인도할 수 있겠느냐고 했다.

검은 구름이 북으로 흘렀다. 달도 숨어버린 밤.

검은 그림자가 담을 넘었다. 김종서의 졸개들이었다. 그들이 칼을 들고 들어와 다른 것도 아닌 족적의 모사본을 가져간 걸 보면 그랬다. 한 부 더 그려놓으려고 그리던 것을 가져간 것이다.

지겸은 모르고 있었다. 교주의 수하들이 장례를 도와 달라며 찾아온 시각, 김종서의 무리들이 일찌감치 자신을 죽이기 위해 출발했다는 것을.

김종서는 직접 부하들을 데리고 지겸의 집을 향해 말을 몰았다. 청수골이 가까워지자 부하들이 먼저 그의 집을 향해 다가갔다.

집은 텅 빈 것 같았다. 마을 어귀 장승이 달빛을 받아 을씨년스러웠다. 어디선가 개 짖는 소리가 들려왔다. 한 마리가 짖기 시작하자 약속이나 한 듯 여러 마리가 한꺼번에 짖어대기 시작했다.

집 대문은 굳게 닫혀 있었다. 어룽어룽하게 여러 빛깔로 무늬를 넣어 쌓아올린 어루화초담 너머로 안을 살피던 부하 하나가 김종서를 돌아보았다. 졸개들이 칼을 뽑아들었다.

앞장선 김종서가 집 가까이 있는 건물 모퉁이에 몸을 숨기며 수하에게 물었다.

"저곳인가?"

"맞습니다."

"관상 봐주며 돈깨나 모았군. 마른내골에서 상이나 보던 놈이."

"마른내골이라면?"

이징옥이 되물었다.

"맞아. 그놈이 내 선산의 물을 흐렸어."

"그랬군요. 진평의 개가 되었다는 말이 사실인 모양입니다."

"소문이 낭설은 아니었군."

김종서가 눈을 번쩍이며 중얼거렸다.

"그래도 관상을 봐 떼돈을 벌 수 있는데도 재물을 탐하지 않았다는 말이 있습니다. 돈이 모이는 대로 없는 이들을 위해 내놓았다고 하니까요."

"흐흐흐, 영웅이 되고 싶었나 보다. 아니면 성인군자가 되고 싶었던지. 어리석은 놈. 그런 자가 교주의 개가 되었어? 신도 수가 얼마나 된다고 했지?"

"족히 수만 명은 된다는 소문이 있습니다."

"덮쳐."

"알겠습니다."

부하들이 집을 향해 몸을 낮추고 다가갔다. 그는 집 모퉁이를 돌아 사라졌다.

김종서는 건물 뒤에 몸을 숨기고 연락이 올 때까지 기다렸다. 부하는 좀체 모습을 드러내지 않았다. 김종서는 담배 생각이 간절했다.

잠시 후 집 모퉁이로 사라졌던 부하가 나타났다.

"왜?"

"김지겸이 보이지 않습니다."

"잘못 짚었다는 말이냐?"

"두 패로 나누는 게 좋겠습니다. 한 패는 교주의 집으로 보내는 것이 좋을 것 같습니다. 그들이 눈치를 챈 것인지도 모릅니다. 교당이 아니라 교주의 집에서 모임을 갖는지도 모르지 않습니까?"

"그렇군. 그럼 그곳을 수색해 봐. 나는 김지겸의 집을 수색할 테니."

그때 부하 하나가 손가락을 입술에 갖다 댔다.

"쉿, 뭔가 있습니다. 사랑채를 보십시오."

부하들의 눈길이 사랑채를 향했다.

"뭐가?"

영문을 모르는 부하 하나가 물었다.

"이상하지 않아?"

졸개들의 눈빛이 그제야 사나워졌다.

언덕바지에 지어진 집이라 앞으로 담이 쳐 있고 짧은 널과 긴 널을 가로 세로 짜놓은 본채 마루에 서면 멀리 강줄기가 보였다. 마루 건너 안방 양옆으로 곁방을 거느렸고 왼편 곁방과 잇닿은 데가 부엌이었다. 부엌과 별채 사이에 장독대가 있었다. 뒤꼍을 돌아 나오면 집 짓고 남은 좁은 곁마당에 감나무 한 그루가 서 있었다. 그 곁에 나지막하게 지은 숯간이 있었고 마당으로 빠져나오는 길목 본채를 사이에 두고 사랑채가 있었다.

사랑채 방문을 노려보는 부하들의 눈빛이 점점 사나워졌다. 안방, 건넌방 그렇게 부하들은 불 꺼진 방들을 둘러보며 사랑채의 방문을 비교해보고 있었다. 분명 다른 방과 달랐다. 불이 꺼져 있는데 다른 방과 달리 검은빛을 띠고 있지 않았다. 어딘가 검붉은 빛이 감돌았다. 그렇다면 안에 불을 밝히고 무엇으로 막았다는 말이다.

부하 하나가 담을 뛰어넘었다. 그가 대문을 땄다. 부하들이 소리 없이 안으로 들어섰다. 사랑채를 향해 다가갔다. 사랑채 벽에 붙어선 부하가 귀를 갖다 댔다. 이미 사랑채 안에서도 밖의 기척을 눈치 채고 있었다. 검붉게 빛나던 방문이 한순간에 검게 변했다.

벽에 귀를 대던 김종서가 덮치라는 신호를 했다. 부하들이 방문을 걷어찼다.

순간 방문을 막았던 이불을 들치고 사내 수 명이 밖으로 뛰어나왔다. 뛰쳐나오던 사내 둘이 신방돌을 헛디며 나동그라졌다. 신발도 꿰지 못한 사내 몇은 저만큼 달아나고 있었다.

"잡아."

김종서가 소리쳤다.

불이 켜졌다.

김종서의 부하들이 도망가는 사내들을 쫓는 사이 부하 둘이 등뼈를 꼿꼿이 세우고 앉아 눈을 감은 사내에게 다가갔다.

"김지겸 어딨느냐?"

부하가 그에게 물었다. 김지겸이 그들을 쏘아보았다.

김종서가 방으로 들이닥쳤다.

"여기 있었군!"

김지겸이 눈을 감았다.

김종서의 부하들이 집 안을 샅샅이 뒤지기 시작했다.

"족적 그림을 찾아라. 어딘가 있을 것이다."

닥치는 대로 물건들을 치워내며 쇠꼬챙이로 마루 밑까지 쑤셔대기 시작했다. 그들 중 하나가 무언가를 발견하고는 고함을 내질렀다.

"찾았습니다."

김종서가 채서 보니 그림이 아니었다. 부하들이 마루 밑에서 찾아 낸 건 연장통이었다.

가까이서 부하 이징옥의 목소리가 들려왔다.

"밀담을 하지 않았다면 왜 모여 있었던 것이냐?"

"밀담을 하고 있었던 게 아니라 교주의 장례를 도와 달라고 온 것입니다."

방안에서 뛰쳐나가다 잡힌 사내가 무릎을 꿇고 말했다.

"바로 대지 않으면 멱을 따버릴 것이다. 너희들이 밀담을 하고 있지 않았다면 왜 이불로 방문을 가렸더냐?"

"당신들이 들이치고 있었기 때문이오."

"이런!"

이징옥이 부드득 이를 갈다 사내의 멱을 칼로 땄다. 붉은 피가 그의 목에서 물줄기처럼 솟아올랐다.

4

이징옥이 피에 절은 바지저고리를 걸친 봉두난발의 사내 얼굴에 물을 끼얹었다. 이미 김지겸의 손톱은 모조리 빠진 상태였다.

"지독한 놈."

종서가 교좌에 앉아 지켜보다 중얼거렸다.

지겸이 정신이 돌아온 듯 눈을 떴다.

손톱을 뽑던 기구로 이징옥이 그의 턱을 들어올렸다.

"말해라. 말하면 끝나는 것 아니냐. 불어! 수괴가 누구냐, 진평이 아니냐."

김지겸이 피멍 든 얼굴을 오른쪽 어깨에 떨군 채 김종서를 노려보았다.

"죽여. 차라리 죽고 싶다."

"이놈아, 진평이 시켰다고 불라니까. 유한이 놈이 진평을 떠받들어 금상에 앉히려고 그랬다고 하라니까. 그래서 상을 핑계로 사랑방에 모여 불빛을 막고 역모를 꾸미고 있었던 게 아니냐."

이징옥이 다그쳤다.

"너희들이 다가오는 걸 알았기에 이불로 막았을 뿐이야."

"역모가 아니다?"

"그렇다."

지겸은 그렇게 말하고 두 눈을 감아버렸다.

김종서의 눈빛이 매섭게 빛났다. 그는 지겸의 머리를 잡아 뒤로 젖혀 상태를 확인해보고는 그대로 놓아버렸다.

"수족을 하나씩 잘라버리지요?"

이징옥이 말했다. 삭풍이 부는 전쟁터에서 김종서와 생사고락을 함께 한 그의 모습은 늑대처럼 모질었다.

"그만둬라. 불 놈이 아니야."

"방법이 전혀 없는 건 아닙니다. 아들이 있다는 말을 아랫것에게 들었습니다. 그놈을 잡아다 이놈 앞에 세우면……."

"아들놈이 있다?"

"네."

"몇 살이나 되었다고 해?"

"열다섯 살이라는 말이 있습니다."

"그럼 잡아와야지."

5

멀리서 폭풍이 몰려왔다. 점점 가까이 다가왔다. 한명회가 자세히 보니 칼을 어깨에 메고 말을 탄 무사들이었다. 명회는 자신을 스쳐가는 무리를 멍하니 바라보았다. 그들은 내경이 있는 집을 향해 가고 있었다.

명회는 그들의 뒤를 따랐다. 잰걸음으로는 따를 수가 없었다. 몸을 날려야 되겠다는 생각이 들었다. 그는 몸을 허공으로 띄웠다. 허공을 날아올라 그 뒤를 따랐다.

무사들은 내경의 집 앞에서 말을 멈추고 대문을 차고 안으로 들어갔다. 이내 내경이 그들의 손에 붙잡혀 나왔다.

어쩌려고 저러는 것일까.

공중에 떠 내려다보며 명회는 그런 생각을 했다.

내경을 말에 태우고는 다시 달려 의금부 건물 안으로 데리고 들어갔다. 명회도 따라 들어갔다. 지하실 문이 열렸다. 명회는 깜짝 놀랐다. 거기 내경의 아버지 김지겸이 피범벅이 되어 의자에 묶여 있었다. 제 아버지를 알아본 내경이 고함을 지르며 몸부림을 쳤다.

"아버지!"

자식의 목소리를 들은 아비가 근근이 눈을 떠 아들을 바라보았다. 이미 초점이 없는 눈빛이었지만 아들을 알아보는 눈치였다. 그는 그대로 으으윽, 하며 혀를 깨물었다.

"저놈이 혀를 깨문다!"

이징옥이 소리쳤다. 관졸 하나가 몸을 날려 김지겸의 얼굴을 발길로 찼다. 그 바람에 뒤로 넘어졌다. 이징옥이 벽에 걸린 수건을 내려 들고 그의 입에다 쑤셔 박았다. 그는 이미 반항할 힘조차 없이 축 늘어져 있었다. 수건을 쑤셔 박고는 밧줄로 수건을 뺄지 못하게 묶어버렸다.

끔찍한 장면이 눈앞에 벌어지자 내경이 몸부림을 쳐댔다.

"아버지! 아버지!"

내경의 부름소리를 듣다 명회는 번쩍 눈을 떴다. 꿈이었다. 명회는 벌떡 일어나 앉았다. 정신이 멍했다.

아침식사를 많이 먹은 것 같지도 않은데 왜 갑자기 졸음이 밀려왔는지 모를 일이었다. 어젯밤 잠을 설친 것 같지도 않은데. 이상한 꿈도 다 있다며 밖을 내다보았다. 아침햇살이 눈부시다.

내경의 아버지가 김종서 패거리들에게 붙잡혔다는 말은 들었지만 내경마저 붙잡혀 간다는 생각이 들자 명회는 모골이 송연했다.

그는 옷을 걸치고 집을 나섰다. 아버지가 있는 사랑채에 인기척이 느껴지지 않았다.

대문을 열고 내경의 집을 향해 달렸다. 왜 그런 꿈을 꾸게 된 것일까. 분명 내경에게 무슨 일이 일어날 것 같았다. 그는 계속 달렸다. 땀이 비 오듯 했다. 내경의 집 문이 열려 있었다.

자신의 집에 비하면 초라한 집. 사랑채를 낀 본채 앞에 평상만 한 마당, 섬돌, 툇마루, 안채의 문. 안방과 잇닿은 부엌…….

"내경아."

명회는 섬돌 위로 올라서며 다급하게 불렀다.

대답이 없었다. 다시 내경아, 불렀으나 대답이 없었다.

명회는 툇마루로 올라 안채의 문을 벌컥 열었다. 봉창으로 햇살이 흘러드는데 두 무릎 사이에 얼굴을 처박은 아이가 방구석에서 울고 있는 게 보였다.

"내경아, 나야."

그제야 내경이 얼굴을 들어 명회를 바라보았다.

"빨리 나와. 빨리 나오라니까."

"싫다."

내경은 두 무릎 사이에 얼굴을 도로 처박았다.

명회는 섬돌로 올라섰다. 내경이 얼굴을 들어 그를 노려보았다.

"가라. 혼자 있고 싶어."

"왜 그래? 난 걱정이 돼서 왔는데."

"부잣집 도련님이 뭐가 부족해서 내 걱정이냐? 내 아버지가 뭐 하다가 잡혀갔는지 모르고 온 것은 아니지?"

"그래서 온 거야."

"그러니 가. 네놈이 여기 올 까닭이 없다. 잘못하면 너희 집도 무사하지 못해."

"어쨌든 나가자. 아무래도 이상해."

뭐가 이상하냐는 얼굴로 내경이 쳐다보았다.

"꿈을 꿨는데 칼을 멘 무사들이 너까지 잡아가는 꿈이더라."

내경의 입꼬리가 찢어졌다.

"꿈을 빙자해 날 동정하지 않아도 돼."

"왜 그렇게만 생각해? 그래도 걱정이 돼서 왔는데."

"웃긴다. 꿈같은 걸 다 믿고. 난 여기서 엄마를 기다릴 거야. 외할머니가 차도를 보이면 오신다고 했으니까."

"네 어머니도 위험하다는 걸 몰라?"

"왜 몰라. 하지만 아버지가 잘못되었다는 걸 엄마에게 알릴 자신이 없다. 없는 이들을 백 번 돕는다 하더라도 그 지경을 당하려고 관상쟁이 됐느냐고 하실 테니. 어서 가."

내경이 그렇게 말하고 다시 고개를 숙였다.

그때였다. 가까이 말발굽 소리가 들려왔다.

"무슨 소리 안 들려?"

명회가 물었다. 내경이 고개를 들었다.

"말발굽 소리다!"

명회가 소리쳤다.
말발굽 소리가 집 앞에서 멎었다. 뒤이어 사람들의 목소리가 들려왔다.
"이 집이냐?"
"맞습니다."
"잡으러 왔다!"
명회가 소리쳤다.
"널 잡으러 온 거야."
말을 마치기 무섭게 명회가 방으로 뛰어 들어가 봉창 밑 뒷문을 살며시 열고는 먼저 빠져나갔다. 그때까지도 내경은 앉아 있었다.
"어서 나와."
그제야 내경이 일어났다. 명회가 내경의 손을 잡아끌었다. 뒤꼍에 장독 몇 개가 놓여 있었다. 그 뒤로 담이 쳐 있고 울 뒤는 바로 산비탈이었다.
명회가 담 머리에 올라타 내경에게 손을 내밀었다. 내경이 그 손을 잡았다. 두 아이는 날래게 담을 넘어 산 위로 내달렸다. 뒤에서 우당탕 문 부서지는 소리가 들려왔다.
두 아이는 달리고 또 달렸다.

6

내경을 놓치고 사헌부 밀실로 돌아온 이징옥이 고개를 내저었다.
"기다릴 것 없다니까 그러네요. 내일 사람들이 보는 앞에서 작두로 목을 잘라버리지요."

김종서가 고개를 내저었다.

"금상의 의중은 분명 세자에게 있으나 진평도 아들이지. 그의 야심을 모르는 게 아니나 병환 중인 금상의 심기를 어지럽힐 순 없다. 평생 양녕대군을 의식하며 살아온 분이다. 아직도 양녕대군이 야심을 버리지 못하고 있다는 소문으로 마음이 어지러운데 거기다 형제의 반목을 어진 금상이 알아보아라. 그 상심으로 곧 붕어하시고 말 것이야."

"그렇지 않아도 세자의 몸이 예사롭지 않다는 소문입니다. 갈수록 건강이 예전 같지 않으니 말입니다. 생각해보십시오. 세자가 잘못 되시기라도 하면 진평이 보위를 잇는 것은 당연한 것 아닙니까."

"그렇다 해도 확실하지 않은 문제로 반목을 조장할 수는 없지."

"김지겸이 놈 말입니다, 그대로 둘 수는 없는 게 아니냐는 말입니다."

"내가 처리하마."

지겸이 정신을 차려보니 앞에 김종서가 앉아 있었다. 소금창고 안이었다. 멀리도 끌고 왔다는 생각이 들었다.

소금더미가 한쪽에 가득 쌓여 있고 몰아치는 바람에 덜컹거리는 문 밖으로 황혼에 번쩍거리는 염전이 보였다. 한양을 벗어났구나. 사람 그림자가 드문 해변가 어디. 김지겸이 바라보자 김종서가 멀리 염전 밭을 향해 시선을 던진 채 일어났다.

"아름답지 않으냐?"

뒤를 돌아보지도 않고 쉰 목소리로 김종서가 물었다.

"아침햇살 속으로 너를 데리고 나섰는데 벌써 황혼이라니······."

돌아보는 종서의 눈이 붉었다.

"그러고 보니 너와 나의 인연도 예사롭지 않아."

지겸은 대답하지 않았다.

"난 알고 있었어. 네놈이 언젠가는 날 넘기리라는 것을. 그래서 진평에게 붙은 것이냐?"

지겸이 그를 쏘아보았다.

"왜 그렇게 진평을 못마땅해하지?"

"사악하기 때문이지. 영리하지만 오히려 그것이 그를 추종하는 세력들의 심사를 흐려놓아. 어린것이 벌써 금상을 꿈꾼다는 게 말이나 되느냐."

"네가 흐르는 물줄기를 막을 수 있을 것 같아?"

지겸의 말에 종서가 고개를 숙인 채 필필 웃었다. 황혼에 부서지는 염전 밭을 바라보았다.

잠시 후 그의 음성이 이어졌다.

"그러고 보니 네놈은 진평의 개가 분명하구나."

"나는 관상쟁이다. 진평의 상을 판단했을 뿐이야."

"진평의 상이 어때서?"

"우여곡절 끝에 보위에 앉을 상. 두고 보아라."

"하하하, 그래서 미리 붙었다?"

"난 역모를 꾀한 적 없어. 시대를 읽고 있을 뿐."

"그것이 죄라는 걸 몰라?"

"상쟁이가 상을 읽는 것도 죄라고?"

"그런 말을 함부로 내뱉는다는 것 자체가 역모인 거다."

"흐흐흐, 내 어찌 그걸 모르리. 허나 네놈 앞에서 무슨 말을 못 할까."

 종서가 가소롭다는 듯이 웃고는 염전밭으로 눈길을 돌렸다.
 "난 저 염전에서 나오는 소금이 되고 싶었다. 거기 쏟아지는 빛기둥이 되고 싶었어. 그런데 네놈이 내 발목을 잡는 것이야."
 "하하하, 나라를 먹으려는 야심쟁이가 일개 관상쟁이에게 발목을 잡히다니……."
 지겸이 나직하게 말했다. 증오가 깔린 말투였다.
 김종서의 이마에 핏줄이 드러났다.
 "어느 날 돌아와 보니 네놈이 마른내골을 떴더구나. 여러 말 할 것 없다. 내 족적이나 내놔."
 "하하하, 정말 내게 발목을 잡히지 않았는가. 으하하하."
 "너를 죽이지 않고는 나를 보전하기가 쉽지 않게 되었으니."
 "그렇지. 나를 죽인다면 금상에게 올릴 네놈의 족상은 수수께끼로 남을 테지. 네놈의 정보가 모두 들어 있는 족상. 이 나라를 지키는 무장의 본보기가 될 거라고? 웃기는 소리지. 별 볼 일 없이 권력이나 탐하다 개죽음할 팔자더군."
 김종서의 눈빛이 매섭게 빛났다.
 "지금은 무엄한 용기 하나로 금상이나 백성들의 믿음을 속일 수 있겠지만……."
 김종서가 고개를 주억거렸다.
 "큰일을 도모하려면 그만한 대가는 치러야 하는 것이 아니던가."
 "큰일? 네놈에게 큰일이 무엇이냐? 결국은 네놈의 권력을 확장하겠다는 얄팍한 수작이 아니더냐. 그래 추악하다는 말이다. 썩어 문드러졌다는 말이다. 신심으로 가득했던 예전의 김종서가 아니란 말이다..

애초부터 잘못되었던 것이야."

무서운 눈길로 김종서가 지겸 앞으로 돌아섰다.

"문제는 그게 아니지. 네놈이 누구를 돕고 있었는지 생각해봐라."

"어질기만 한 금상, 그를 넘보는 양녕대군 그리고 형을 시샘하는 진평대군. 그 사이에 네놈이 있지. 쥐새끼처럼 어디에 붙을까 하고 말이야."

"하하하, 그래서 너는 진평에게 붙었더냐?"

"오해하지 마라. 힘없는 세자, 휘빈의 치마폭에 휩싸여 건강도 챙기지 못했던 세자. 그 세자가 이 나라의 금상이 된다면 이 나라가 어떻게 흘러갈지. 너는 그것을 알고 있었던 것이다. 너의 천하를 얻기 위해 너의 칼끝은 어디로 향할까? 네놈의 눈이 말하고 있어. 권력을 위해서라면 어떠한 짓도 할 수 있다고. 난 네놈의 족상을 보았을 때 한순간에 알 수 있었거든."

"그럴지도 모르지. 그래서 세상을 바꾸겠다고 생각했을지도."

"너는 호랑이가 아니라 쥐새끼지. 호랑이를 흉내 낸 쥐새끼. 그 말로가 어떻게 될까……."

"그래 어찌 될 것 같으냐?"

"그 족상이 내게 있는 이상 너는 영원히 자유롭지 못할 게야. 설령 나를 죽인다 하더라도."

"인간의 욕심은 참으로 한량없더군. 백성들의 신심을 속이고 그 위에 군림하려고 했었는지도 모르지. 그들의 종이 되려고 하는 것이 아니라 그들의 주인이 되고자 이러고 있을지도."

"이제야 바른말을 하는군."

김종서가 부하의 칼집에서 아주 빠르게 칼을 뽑아들었다. 부하가 당황하면서 흔들렸으나 그의 기에 눌려 물러났다. 칼날이 햇살에 번 뜩였다.
　순간 지겸은 김종서의 얼굴이 얼음장보다도 차다는 생각을 했다.
　"그까짓 족상, 네놈이 죽는 마당에 무슨 소용이야."
　"그럴까······."
　"독한 놈. 잘 가거라."
　칼날을 살펴보다 김종서는 그대로 지겸의 목을 잘랐다. 머리가 땅으로 굴러 떨어지면서 피가 솟아올랐다. 김종서는 툭 하고 칼을 앞으로 내던지고 돌아섰다.
　그 순간 야산 언덕바지 바위 뒤에 몸을 숨기고 산 아래를 내려다보던 명회와 내경이 동시에 한몸이 되었다.
　내경이 아버지를 부르며 달려 나가려 했고 명회가 그를 잡으며 두 사람이 엎어졌기 때문이었다.
　앞으로 나가려는 내경의 허리춤을 명회가 꽉 잡고 있었다. 한바탕 엎치락뒤치락 싸웠던 참이었다.
　"이 자식아, 아버지가 죽었단 말이다."
　명회를 걸터앉고 내경이 주먹질을 해대며 소리쳤다.
　이번에는 명회가 내경을 걸터앉았다.
　"네가 나선다고 아버지가 살아올 것 같으냐? 오히려 너마저 죽이고 말 거란 걸 왜 몰라."

　밤, 달빛이 휘황했다. 달빛을 받은 염전의 물 낯바닥이 비늘처럼 번쩍였다.

지겸의 목이 형장에 그대로 버려져 있었다. 밤이 되자 날이 쌀쌀해졌다. 두 사내아이가 산기슭에 바위를 의지하고 앉아 산 아래 형장을 내려다보고 있었다. 목 없는 시체를 무서워해 형장 주위에는 사람 그림자라고는 없었다.

"두고 봐라. 내 꼭 이 복수를 하고 말테니."

내경이 연신 이를 뿌드득 갈았다.

"저대로 놔둘 수는 없잖아?"

명회가 겁을 집어먹고는 기어드는 소리로 말했다.

내경이 주먹을 쥐고 오달진 자세로 일어났다. 꽉 다문 입술에 주먹 쥔 손이 부들부들 떨렸다. 눈물이 볼을 타고 흘렀다.

현장을 내려오자 개들이 지겸의 피를 핥다가 도망을 쳤다.

명회가 윗옷을 벗어 지겸의 두상을 감싸 안았고 내경이 목 없는 아버지를 업었다.

그들은 소금밭을 걸어 나와 산기슭으로 올랐다. 부근에 소리쟁이가 사는지 산조 가락이 희미하게 들렸다. 느린 속도의 진양조로 시작된 소리는 차차 빠른 중모리, 자진모리, 휘모리로 바뀌어 넘어갔다.

내경의 눈에서 하염없이 눈물이 흘러내렸다.

쫓겨난 세상에서 조우하는 것들

1

"머뭇거릴 시간이 없다."

외삼촌 손일규는 먼 길을 한달음에 달려오느라 숨이 턱까지 차올랐다.

"확실해요?"

확인하듯 내경의 어머니가 물었다. 내경이 아버지를 묻고 명회와 헤어져 외가로 온 지 벌써 이틀째. 동정을 살피려 현장에 갔던 외삼촌이 이제야 돌아왔다.

"이 사람아, 분명히 들었다고 하지 않나. 김종서가 현장에 시체가 없어진 걸 알고 백방으로 찾고 있다고. 족적이라나 뭐라나 그게 아들놈에게 있다면서 말이야. 우선 네 아버지가 가라던 곽산으로 몸을 피해. 거기 한디기골이라는 곳에 내 피붙이가 하나 있기도 하고."

부엌에서 몸을 떨던 내경의 어머니가 다급하게 안방으로 들어가 짐을 꾸리기 시작했다.

내경이 사태를 알아채고는 어머니와 함께 가겠다고 나섰다. 손일규가 말렸다. 아녀자가 갈 길이 아니라고, 얼마 가지 못해 잡힐 것이라고 했다. 차라리 돼지막에라도 구덩이를 파 숨길 터이니 내경이 홀로 몸을 피하라고 했다.

내경은 외삼촌에게 어머니를 부탁하고 집을 나섰다.

미처 마을을 빠져나가지도 못했는데 한 무리의 장정들이 손일규의 집으로 들이닥쳤다. 급한 대로 내경의 어머니는 뒤꼍의 대밭에 숨어들었다. 장정들은 닥치는 대로 살림을 둘러엎었다.

곧 내경 모자가 눈치를 채고 몸을 피했다는 걸 알아냈다. 마을을 빠져나가는 걸 보았다는 말을 듣고는 다시 추적을 시작했다.

"어이, 그놈의 사또가 제 관할에서 목 베인 시체가 나왔다고 어찌나 까다롭게 구는지. 역모의 기운이 보덕교 교주에게서 느껴져 그와 관련된 인물들을 쫓다 생긴 불상사라 주상께 알리긴 했지만, 그렇다고 진평의 역모를 고할 수도 없고……."

김종서의 구시렁거리는 소리를 이징옥은 이해할 수 있었다. 정치판이 그랬다. 현 금상(세종)은 어질기만 했다. 그랬으니 권력분배의 균형이 제대로 이루어질 리 없었다. 방촌 황희 대감이 있어 권력이 안정되긴 하지만 여전히 병약한 세자를 앞세워 적장자 승계원칙을 고수했다. 신하들의 반목이 심해지는 게 당연하달 수밖에.

세자가 금상에 올라도 그를 지지할 세력들의 균형을 이루기는 어려울 것이다. 그렇다고 금상의 결정에 아쉬움을 나타낼 수도 없는 형편이었다. 진평이나 안평 같이 뛰어난 인물들을 권력으로부터 멀리 떼놓은 것도 아니다. 세자를 지지하는 집현전 학자들의 정치참여마저 막고 있으니 금상은 세자에게 아직까지 가장 큰 지지를 보낼 수 있는 조직에 힘을 실어주지 못하고 있는 판이었다.

더욱이 선왕의 아들인 양녕대군이 번듯이 살아 있는 마당이었다. 그는 금상이 보위에 오르기 전 원자이며 세자로 책봉되었던 인물이다. 그런데도 선왕은 양녕이 풍류를 좋아해 군왕이 지켜야 할 덕행을 쌓지 못했다고 폐위시키고 말았다. 그를 추종하는 세력들의 반발이 없을 리 없었다.

입을 잘못 놀렸다가는 김종서 역시 자신의 위치마저 흔들릴 입장이었다. 섣불리 진평의 역모 어쩌고 하다가는 그들의 지지세력들로부터 오히려 역풍을 맞아 역모꾼으로 몰려 금상의 눈 밖으로 날 수 있는 마당이었다.

모든 죄는 오히려 보덕교 교주와 김지겸이 덮어썼다. 교주를 왕위에 앉히려는 무리들이 있어 그들을 제압하는 과정에서 수많은 목숨을 벨 수밖에 없었다는 식으로 사건은 신고되었고, 관련된 무리들을 철저히 발본색원하라는 명이 떨어지자 김종서는 이제 틈을 주지 않고 김지겸의 가솔들까지 찾아 나섰다.

2

내경은 산등성이를 피해 골짜기에 몸을 숨기며 곽산 쪽으로 내달렸다. 배를 타면 빠르지 않을까 싶었다. 강줄기를 따라가면 질러갈 수 있으니. 하지만 강심에 배를 놓으면 금방 눈에 띌 것 같았다.

내경은 강줄기를 버리고 산골짜기를 헤쳐 갔다. 잡목 숲이 앞을 가리는가 하면 송림이 우거졌고 송림을 빠져나가면 가시넝쿨 밭이 이어졌다.

 달래를 따먹고 개울물로 목을 축이고 계곡 돌을 뒤져 잡은 가재를 구워 뱃구레를 채웠다. 넝쿨에 걸려 엎어지고 돌부리에 걸려 넘어지고 미끄러지고 굴러 떨어졌다. 그러다보니 옷은 해어졌고 상처 난 곳이 한두 군데가 아니었다.

 내경은 옷깃을 찢어 상처를 싸매고 걷고 걸었다.

 산을 넘고 또 넘었다. 곽산 한디기골에 닿았을 때는 사람의 모습이 아니었다. 밤이었다. 그곳에 외삼촌 손일규의 오촌 당숙이 있었다.

 타고난 촌로였다. 양반 집 논밭을 병작해 사는 형편이었다. 김종서를 피해 왔다는 말에 그는 탐탁지 않아 했다.

 내경이 들어서자 밥상을 내왔는데 순꽁보리밥이었다. 허기가 졌으므로 게 눈 감추듯 먹어치우고 사랑방에서 하룻밤을 보냈다.

 내경이 정신없이 자다가 깨어보니 달빛 속이었다. 어머니가 생각났다.

 무사하실까.

 어머니의 심정이 오죽할까 싶었다. 반상 앞에서 두 장의 화선지를 주며 아버지가 하던 말이 자꾸만 뇌리에 떠돌았다.

 다음날 내경은 가렛골로 향했다. 아버지가 가르쳐준 월래암으로 가기 위해서였다.

 물어물어 월래암을 찾아 들어갔을 때 암자는 비어 있었다. 스님이 살다 떠나버린 산중턱에 빈 암자만이 덩그러니 앉아 있었다. 만행을 나갔을지 모른다는 생각에 일단 빈 암자에 여장을 풀었다.

 며칠 동안 나무 열매와 도라지, 계곡에서 잡은 물고기로 먹을거리를 해결했다. 가끔 월래암을 찾는 사람들이 있었다.

그들은 내경의 옥돌 같은 모습에 넋을 놓았다. 내경을 보는 사람마다 나이답지 않다고 하였다. 날이 갈수록 내경을 대하는 게 훨씬 부드러워졌다.

젊은 사람이 이런 산중에 웬일이냐고 하면서도 여기 살던 스님을 찾아왔지만 없다고 하자, 그 도사 스님 자주 암자를 비우더라며 기다려 보라 했다. 먹을 양식을 가져다주었고 가재도구도 빌려주었다.

내경은 집을 나설 때 공부하던 중요한 서책을 가져온 참이어서 그것으로 공부를 할 수 있었다. 가끔 산을 올라 나무도 하고 산나물을 캐 찬으로 썼다.

세상의 모든 모습이 예사롭게 보이지 않았다. 새들이 집을 옮기는 걸 보면 큰비가 올 것 같은 느낌이 들었다. 그럼 큰비가 왔다. 개미가 싸우면 전쟁이 날 것 같은 느낌이 들었다. 얼마 안 있어 국경 근방에 적들이 출몰해 많은 사람들이 죽었다는 소문이 돌았다. 아버지가 언젠가 너는 커서 이 아비처럼 상쟁이가 될 것이라고 하더니 선천적으로 천기와 지기를 살피는 재주를 타고난 것인지도 몰랐다.

가끔 아버지 꿈을 꾸었다. 달 밝은 밤. 숫돌에 칼을 갈고 있었다. 시퍼렇게 눈을 치뜨고 칼을 갈고 있었다. 다가가보면 달빛 속에 앉아 칼을 갈고 있는 사람은 내경 자신이었다.

"두고 보세요. 김종서를 죽이고 말 겁니다."

칼을 품으며 내경이 말하면, '그를 죽이려면 먼저 힘을 길러야지' 하고 아버지가 말했다.

내경은 이를 악물었다.

살아남아야 한다. 살아남아 아버지의 한을 풀어야 한다.

내경은 글을 읽었다. 살길은 글을 읽는 길밖에 없다고 생각했다.

얼마 지나지 않아 내경은 반가(班家)의 자제를 가르치기 시작했다. 그의 글 실력을 알아본 양반네들이 자제들을 맡겼기 때문이었다.

내경은 가끔 함께 자라던 한명회를 떠올리곤 했다. 아버지의 머리를 들어주었던 동무. 망형우(忘形友)의 관계라고 할까. 망형우란 문자 그대로 용모나 지위 등을 문제 삼지 않는 사이다. 오직 참 마음으로 사귀는 벗이란 뜻이다.

그때쯤 한명회도 가세가 기울어 곤란을 당하고 있었다. 하지만 그는 명문의 후예답게 본격적으로 학문에 몰두하기 시작했다. 유방선의 제자로 들어간 것이다.

유방선은 임금이 자문을 구할 정도로 학문이 높은 선비였다. 벼슬에 한 번도 나가지 않고 고고한 학처럼 오로지 재야에 묻혀 올곧은 지조를 지키던 대석학이었다.

한명회는 유방선의 문하에서 권람과 서거정을 사귀었다. 하나 같이 유방선이 칭찬하던 인물들이었다.

그렇게 명회는 내경을 잃고 그들과 망우형의 관계를 맺어가고 있었다.

내경은 어느 날 자신이 가르치는 학동들을 데리고 계곡물이 맑다는 곽산으로 올랐다. 말 타면 경마 잡힌다더니 산으로 올라가다 보니 계곡 상류까지 올라가게 되었다.

계곡 물이 참으로 맑았다. 열목어가 보일 정도로 물이 맑았는데 도저히 더위를 참을 수 없어 물로 뛰어들었다. 물장구를 치며 놀고 있는데 누군가 소리쳤다.

"신선이다!"

소리치는 학동을 쳐다보았더니 금방까지도 물장구를 치던 이제 열

서너 살 먹은 아이가 개울 바위 절벽 위를 올려다보고 있다.

　내경도 그곳으로 시선을 던졌다. 삿갓을 쓰고 지팡이를 짚은 한 사내가 벼랑 끝에 서서 내경을 내려다보고 있었다.

　머리가 어깨를 덮은 것 같았고 수염이 길었다. 옷은 누더기였다. 멀리서 봐도 누덕누덕 기운 것이 이 천 저 천을 마구 잇대어 기운 밥상보 같았다.

　"미친 사람이네."

　곁에 있던 학동이 뇌까렸다.

　"미친 사람?"

　내경이 물었다.

　"저 사람 개울 너머 굴속에 산당게요. 한 번씩 마주치믄 꼭 호랭이처럼 걸어 다닌당게요. 어슬렁어슬렁……."

　전라도에서 이사 왔다는 학동이 말했다.

　"호랭이처럼 걸어 다닌다니?"

　"기어 다닌단 말이지라."

　"왜?"

　"신선이 될라믄 그래야 된다믄서……."

　그제야 신선이다 소리치던 학동의 고함소리가 이해가 되었다.

　다시 절벽 위를 쳐다보았을 때 그는 없었다. 그가 서 있던 곳에는 이름 모를 큰 새 한 마리가 앉아 울어대고 있었다. 그 위로는 그대로 푸르름이었다.

　개울에서 돌아오며 학동이 이런 말을 들려주었다.

　그 사람이 이 마을에 들어온 것은 오래전이었다고 했다. 어디서 왔는지 삿갓을 쓰고 지팡이를 짚고 동네를 한 번 돌아보더니 곽산 빈 동굴로 들어갔다는 것이다.

"빈 동굴이라니?"

"맞은편 산중턱에……."

이름도 모르고 성도 모른다고 했다. 나중에 동네사람들이 굴속으로 들어가 보았다. 그때 그는 홀랑 벗고 무술을 연마하고 있었다. 긴 목검을 휘두르다가 몰려온 동네 사람들을 멍하니 바라보았다.

"뭐하는 자인가?"

동네에서 제일 연장자인 어르신이 물었다.

"도를 닦는 사람입니다."

그는 주저하지 않고 대답했다.

"중인가?"

그가 피식 웃었다.

"내가 중으로 보이십니까?"

"도를 닦는다고 하지 않았는가?"

"도는 중만 닦는 게 아닙니다."

"그럼?"

그는 잠시 시선을 떨어뜨렸다가 얼마 후 이런 말을 했다.

"내려들 가시지요. 동네에 해 끼칠 일은 없을 겁니다."

사람이 진실하고 예사롭지 않아 보여 동네 사람들은 그대로 산을 내려오고 말았는데, 그 후 한 번씩 산에서 마주치면 칡넝쿨로 꼬아 만든 줄을 타고 절벽을 기어오르는가 하면 호랑이처럼 으르렁대며 산을 타기도 하고, 목검을 들고 연습을 하기도 하고, 언 개울물을 깨고 들어가 있기도 하였다. 아이들이 호기심에 굴속으로 들어가 보면 척추를 세우고 꼿꼿하게 앉았는데 인기척이 나도 꼼짝하지 않았다.

"아부지가 말하는 걸 들었는디 관상인가 뭔가 그런 거 공부하는 사람이라고 하더랑게요."

"관상?"

그제야 내경은 정신이 번쩍 들었다.

3장

운명의 결에서 서성거릴 때

칼날을 쥐고 동굴 속으로

스승은 제자에게 무엇으로 남는가

눈이 맞은 자들의 말로

십이궁도를 배우다

생긴 대로 사는 이유

내 안의 괴물

제자, 스승의 상을 보다

용의 눈, 이리의 얼굴

완벽한 상을 그리는 법

하늘의 부싯돌이 되려 한 사내

내경, 인연에 눈멀다

운명의 곁에서 서성거릴 때

1

오후의 잔광이 핏기를 잃어갈 무렵이었다.
좀 전까지 울어대던 풀벌레 소리가 뚝 그쳤나 했더니 다시 울어대기 시작했다. 분명히 머리를 곱게 빗은 소녀가 담 너머로 훔쳐보고 있다 살며시 사라지는 모습을 내경은 보았다.
슬며시 입가에 웃음이 물렸다. 유씨 집안의 딸이 분명한 것 같았다. 얼굴이 둥글고 분통처럼 살결이 곱던. 동무와 정담을 나누다가도 눈길이 마주치기만 하면 낯을 붉히고 시선을 들지도 못하던 그 소녀.
소녀마저 사라져버리자 내경은 무료하기도 해서 읽던 책을 접고 학동의 집을 나와 산으로 올라갔다.
지지한 풀숲을 차며 산중턱으로 올랐다. 그가 있는 곳의 굴 위치를 알아놓았으므로 동굴을 찾아내어 다가가자 입구는 의외로 좁고 허술했다. 억새로 막고 살고 있는 것 같았다. 억새를 칡넝쿨로 엮었는데 한쪽으로 젖혀져 있었다.
내경은 계십니까, 하고 몇 번 불러보았다.

대답이 없었다. 기웃기웃 안으로 들어갔다. 굴속은 그렇게 깊지 않았다. 동방은 한 서너 평이나 될까.

약간 더 깊이 들어갔는데 화기라고는 없었다. 생식을 하는지 쭈그러진 냄비에 쌀이 물에 퉁퉁 불어 있는 게 보였다. 이리저리 둘러봐도 무엇을 끓인 흔적이 없었다. 살림에 필요한 양재기 몇 개와 숟가락 하나가 전부. 뭘 덮고 자지도 않는지 이부자리도 보이지 않았다.

잠시 둘러보고 선 눈 속으로 구석 자리에 판자때기 하나가 들어왔다. 나무판자는 동굴 벽에 붙여 세워둔 것인데 이상한 글이 갈겨져 있었다. 얼굴 부위의 명칭들 같았다. 무슨 소린지는 알 수 없었다.

관상을 보는 사람이라고 하더니 정말인 모양이었다. 아버지가 말하던 상학 선생이 맞을지도 모른다는 생각을 하며 내경은 몸을 돌렸다. 그러다가 깜짝 놀랐다. 언제 들어섰는지 삿갓을 쓴 사람이 무섭게 노려보고 있었다.

내경이 당황하자 그는 잠시 그렇게 노려보고 섰다가 누구요, 하고 물었다.

내경이 무슨 말을 하려고 하자 그가 몸을 움직였다.

"내 알고 있지."

사내의 음성은 지극히 날카롭고 메말라 듣기에 섬뜩할 정도였다. 이제 쉰대여섯이나 되었을까. 그런데 음성은 그렇게 나이 들어 보이지 않았다.

내경이 그의 모습을 후딱 살폈는데 가까이서 보니 가관이었다. 머리는 궁둥이까지 길었고 감질 않아 서캐가 하얗게 일었다. 옷은 꼬질꼬질 때가 절어 상거지가 따로 없었다. 몇 보 떨어져서도 그에게서 나는 냄새가 역겨울 정도였다. 그런데 오른쪽 눈이 없었다.

칼을 맞았는지 위아래 눈꺼풀이 말라붙었고 중앙에 손마디 정도의 흉터가 징그럽게 나 있었다. 칼을 맞은 게 분명했다. 그런데 하나 남은 왼쪽 눈이 그렇게 맑아 보일 수가 없었다. 세상에 나서 그렇게 맑은 눈은 처음이었다. 세파에 시달리지 않은 어린아이의 눈이 맑다고 하지만 그에 비할 바가 아니었다. 눈이 크기도 했지만 그의 얼굴을 보면 한쪽 눈밖에 보이지 않는 것도 그 때문이었을지 몰랐다.

문득 상학 선생을 찾아가라던 아버지의 말이 다시 떠올랐다.

동천에 얼치기 관상쟁이가 살았다고 했다. 벼슬살이를 하다 관상쟁이 물이 들어 자신의 눈을 자신이 멀게 해버렸다고 했다. 당대의 관상쟁이 이천수 선생 밑으로 들어가 제자가 되었다고 했다. 그는 유정상의 뒤를 이은 이천수의 뒤를 이었는데 그 이름이 이상학이라고 했다.

"저를 아십니까?"

내경은 그의 모습을 살피다 물었다.

"왜 모르겠는가. 애들을 가르치는 사람 아닌가. 소년재사가 흘러들었다고 소문이 자자하던데……. 그래 애들에게 무엇을 가르치나?"

"뭐 이것저것."

그가 힐끗 내경을 쏘아보았다. 이내 입꼬리가 비틀어졌다. 분명히 조소였다. 이내 그 조소가 빈정거림이 되어 터져나왔다.

"이것저것이라니? 학문이 어디 이것저것이던가."

말이 그렇다는 걸 알면서도 그는 어디까지나 다분히 시비조였다. '덩치만 어른처럼 컸지 아직도 풋내 나는 어린놈이……' 하는 표정이었다. 내경은 무슨 말이라도 해야 한다는 생각이었지만 입을 다물어버렸다. 괜히 그의 심기를 건드리고 싶지도 않았고 변명할 마음도 없었다.

"그런데 어쩐 일이신가? 귀한 분께서 이곳까지 납시게?"

그제야 내경은 시선을 들어 사내를 똑바로 쳐다보았다. 그는 이미 고개를 돌린 상태였다. 뒷머리를 보이며 어디선가 캐온 칡을 물에 불리려는지 양재기 속에 담고 있었다.

"저도 학문하는 사람이라 관상을 공부하고 계신다기에 와봤습니다."
내경은 그가 뭐라 하든 어른스럽게 말했다.
사내가 고개를 돌려 내경을 쳐다보았다.
"내가 관상학을 공부하고 있다는 걸 어떻게 아셨는가?"
"동네 사람들이 그러더군요."
"관상을 아는가?"
"들어는 보았습니다. 제 부친도 관상을 보았거든요."
그렇게 말하며 내경은 사내의 얼굴을 흘끗 살폈다.
오호, 하는 눈빛이 번쩍 빛났다.
"부친이 관상을 보았다고?"
"그렇습니다."
"그래? 성함이 어떻게 되시나?"
"성은 김가이옵고 이름자는 지혜로울 지, 겸손할 겸자를 쓰는데요."
"김지겸?"
"그렇습니다."
으하하하, 사내가 갑자기 웃기 시작했다.
"며칠 전 꿈이 이상하더라니."
"네?"
"지겸이 용마를 불러 타고 왔더라니까. 누가 찾아올 것이니 월래암으로 맹호를 불러 타고 가보라고. 누군가 했더니."
"제 부친을 아시는 걸 보니 상학 선생님이 맞으시군요?"

"으하하, 내 이름도 알고. 자네는 누군가?"
"제 부친 함자는 들으셨고 저는 안 내자 거울 경자를 씁니다. 김내경."
"김내경? 거 이름 한 번 멋지네. 그런데 왜 자네 아비가 내게 보냈는가? 요 며칠 하늘상이 좋지 않긴 했지만……."
"바로 보셨습니다. 돌아가셨습니다."
"뭐?"
내경이 대충 사연을 이야기하자 그가 지그시 눈을 감았다.
그제야 내경은 사내의 얼굴을 자세히 보았는데 한쪽 눈만 맑았지 나머지는 다 지저분했다. 얼른 동굴을 빠져나가고 싶다는 생각이 들 정도였는데 갑자기 으하하, 하고 그가 웃었다.
내경은 눈을 크게 뜨고 입을 벌리고 웃는 그를 멍하니 지켜보았다.
"자네 눈을 보아하니 살성이 끼었어. 원이 졌다는 말이야. 도대체 그 칼끝 같은 살성은 어디서 온 것인가. 꼭 누군가를 당장이라도 죽일 것 같구만. 그러니 재기는 승한데 야물지를 못하는 게야."
"무슨 말씀이신지?"
"단전을 데워야 눈이 불구뎅이처럼 뜨거워져 세상을 바로 볼 수 있을 터인데 그래 가지고서야 어떻게 세상을 제대로 살아낼 것인가?"
그는 그렇게 말하고 물에 불려놓은 쌀이 든 냄비와 수저를 들고 동굴 모퉁이로 가 앉았다.
"지금 제가 거처하는 빈 암자를 두고 왜 여기에 사십니까?"
"거기에 살던 도사 중놈이 떠나고 그렇잖아도 그곳에서 한 이틀 살았나? 난 이곳이 익숙해서 거긴 싫더라고. 이제 그곳의 주인은 자네 아닌가."
"네?"
"자네가 그곳을 쓰면 됐지 임자가 따로 있나."

"제가 올 것을 알고 계신 것처럼 말하는군요."

"난 본시 홀로 수행하던 몸이라 누구와 함께 있질 못해. 자네 처음부터 이런 곳에 살 수 있겠는가."

갑자기 암자로 돌아가고 싶다고 생각하며 몸을 돌리려는데 사내가 문득 말을 이었다.

"잘 가시게. 방금 가고 싶다고 생각했으니."

"네?"

"자네의 눈이 그렇게 말하는 걸 들었다네."

눈이 말하는 걸 들어?

무슨 말을 하는 거야, 생각하는데 그가 아무 일 없다는 듯이 심드렁하게 숟가락으로 불린 쌀을 떠 입속으로 넣었다.

우지직우지직 쌀 씹는 소리를 들으며 내경은 후딱 동굴 속을 빠져나왔다. 별로 기분이 좋지 않았다. 이상하게 불쾌했다. 꼭 나쁜 짓을 하다 들켜버린 것처럼 마음이 가볍지를 못했다.

보아하니 관상으로 일가를 이룬 것 같기는 하지만 왜 이런 사람을 아버지가 찾으라고 했는지 모를 일이었다.

2

돌아온 내경은 잠을 이룰 수 없었다.

자네 눈이 그렇게 말하는 걸 들었다네. 그 말이 잊히지가 않았다.

사람은 느낌의 동물이다. 눈빛을 보면 대부분 그 사람의 감정 상태를 알 수 있다.

그렇다고 굴속을 빨리 빠져나가고 싶다는 것을 어떻게 알았을까.

일반인도 수행을 하면 독심술인가 뭔가를 익힐 수 있다더니 정말일까 싶었다. 눈만 척 봐도 그 사람의 속마음을 읽어낼 수 있을까 싶었다.

인연이라면 인연일지 몰랐다. 날이 밝기 무섭게 내경은 다시 그가 있는 동굴로 올라갔다.

해우소에서 속곳을 여미며 동굴로 돌아오던 그가 어이가 없다는 표정을 지었다.

그렇게 그와의 인연이 맺어졌다. 내경은 그때부터 학동들을 가르치면서 그가 있는 동굴로 올라가고는 하였다. 그와 담소를 즐기기도 하고 단전 수행을 지켜보기도 하였다.

내경은 돌아와 그가 하던 대로 자세를 잡아보기도 했다.

그러던 어느 날이었다.

글을 가르치는 학동의 집에서 내경이 아침 식사를 끝내기 무섭게 그에게 가보려 했는데, 갑자기 밖이 소란스러웠다.

대문이 벌컥 열리는가 했더니 그 집 막내가 뛰어들었다.

"엄마!"

대문을 열고 뛰어들면서 소리를 질렀는데 뒤이어 축 늘어진 사람을 업은 사람이 대문으로 황급히 들어섰다.

부엌을 나온 주인아주머니가 새파랗게 질렸다. 한눈에 사내의 등에 업힌 사람이 남편이라는 걸 알아본 것이다.

"원주 아부지!"

주인아주머니가 비명처럼 남편을 불렀다. 그제야 내경은 엉거주춤 일어섰는데 집주인을 업은 사내가 소리쳤다.

"안방이 어디요?"

그제야 내경은 깜짝 놀랐다. 바로 그였다.

내경이 멍하니 섰는데 아주머니가 안방으로 뛰어들더니 이부자리를 깔았다.

"아침밥 잘 묵고 약수터에 간다는 사람이 우째 된 일이래."

"약수터에서 내려오다 미끄러져 벼랑에 떨어졌던 모양이오."

집주인을 눕히고 일어서며 그가 말했다.

"아이고 얄구지라. 일진이 사나워도 그렇지. 아무튼 이래 고마울 데가."

"다리를 좀 삔 모양인데……."

그가 말했다.

"그런데 이 양반 와 이래 눈을 감고 죽은 듯이 꼼짝을 않능교?"

"아마 미끄러질 때 바위에 뒷머리를 부딪쳐 정신을 잃은 모양입니다."

"그럼 한의원에 연락을 해서……."

그가 머리를 흔들었다.

"내가 진맥을 했는데 그 정도는 아닙니다. 좀 있으면 깨어날 테니 걱정 마시오."

그렇게 말하고 집주인의 상태를 살펴보았다. 눈도 뒤집어보고 손발도 만져보는 것 같더니 바늘과 촛불을 좀 가져오라고 했다.

"바늘과 촛불요?"

아주머니가 뜨악하게 물었다.

"어서요."

아주머니가 이상하다는 생각을 하면서도 바늘과 초를 가져왔다.

심지에 불이 붙었다.

"나무를 하다가 벼랑 밑으로 미끄러지는 모습을 보았던 터라 미처

침을 가지고 올 새가 없어서……."
 그가 말했다. 촛불에다 바늘을 굽기 시작했다. 실을 꿰는 바늘귀를 잡고 뾰족한 곳을 구웠는데 바늘에 그을음이 묻어났다. 그는 코끝에 침을 대고 열기를 측정하는 것 같더니 집주인에게로 달려들었다. 집주인의 양 미간과 정수리 코 바로 밑 인중혈에 바늘이 침처럼 꽂혔다가 뽑혔다. 아마도 혈처를 찾는 것 같았는데 잠시 후 거짓말 같이 주인 남자가 의식을 차리며 눈을 떴다.
 "아이고, 원주 아부지!"
 주인 남자는 의식을 차리고 멀뚱히 사방을 둘러보았다.
 "정신이 좀 드능교?"
 "여가 집이가?"
 "그라요. 약수터에 가지 말라고 그래 말렸는데 거는 뭐 할라고 가가지고. 아이구, 고마버서 어짜노."
 그 사이에도 그는 주인 남자의 발목에 바늘을 꽂고 있었다. 아마도 다리를 삔 곳에 놓는 것 같았다.
 댓 번을 찌르고서야 바늘을 아주머니에게 주었다.
 "괜찮을 게요. 따뜻한 물수건으로 찜질이나 해주면."
 그제야 주인 남자가 상체를 세우면서 겨우 인사치레를 했다.
 "미끄러진 건 생각나는데……. 보자, 이 선생이 나를 살렸는가베."
 그냥 가겠다는 그에게 주인아주머니가 그럴 수는 없다며 식전일 터이니 밥이나 드시고 가라고 했다.
 주인아주머니가 고맙다고 달걀까지 부쳐 상에 올렸는데 그는 손도 대지 않았다.
 왜 안 드시냐고 아주머니가 묻자 생식을 해서 그렇다고 했다. 생쌀 있으면 반 보시기 씻어 달라고 했다. 그리고 날상추나 된장을 좀 달라고 했다.

"아이고, 손님 대접을 이래 해도 될란가 모르겠네."

아주머니가 다시 상을 봐온 것을 보았더니 하나같이 날것이었다. 그래도 무순도 있고 양상추 날것도 있고 배추 속알이도 있었다.

그제야 상 앞으로 다가드는 그를 보며 내경이 물었다.

"밥을 먹지 그래요. 사람 성의를 생각해서라도."

꼭 티를 내어야 하겠느냐는 내경의 말에 그가 히잉, 웃었다.

"다 생각 나름이지. 내가 언제 밥 달라고 했나."

"그래도 생쌀 먹는다고 정성을 마다하면?"

"정성이 따로 있나. 생쌀로 밥 지어 달란 적 없다면 생쌀 주는 게 정성이지."

내경은 무슨 말인지 알 것 같아 입을 다물었다.

"맛은 있네. 참 환장하겠구나."

그가 생쌀을 우두둑 씹으면서 상추를 된장에 발라 입속으로 넣으며 말했다. 내경은 그가 분별이 없어져버린 경지에 가 있는 게 아닐까 싶어 존경스럽다는 생각까지 들었다. 그러면서도 좀 아니꼬운 투로 말을 이었다.

"관상 공부하는 사람도 침을 놓을 줄 압니까?"

그가 밥을 씹다 말고 웃었다.

"그 말을 들으니 주역하는 사람도 관상을 봅니까 하고 물었을 때가 생각나는구먼. 관상 공부라고 하니 거창한데, 주역을 공부하다 보니 생긴 병폐야."

그는 그렇게 말하고 배추 잎을 집어 입으로 넣어 우물거렸다.

"병폐요?"

그가 음식물을 목으로 넘기고 내경의 말을 받았다.

"그래, 병폐지. 배운 도둑질이 그것이니. 허지만 그에 속하지 않는 것이 어디 있겠는가."

"어디선가 들은 기억은 납니다만……."

"맞아. 우리의 생활 그 자체지. 상법, 그 그릇 속에 우주의 철리(哲理)가 숨어 있으니까 말이야."

"우주의 철리요?"

"맞아. 우주의 철리."

"거창하군요."

"그래 거창하지. 우주 만물의 변화원리인 도를 음양의 부호로 나타낸 주역이 정치와 윤리에 적용된 것이 성리학이요, 관상에 적용되면 관상학이요, 점치는 데 적용되면 추명학이요, 지리환경에 적용되면 풍수지리학이요, 사주에 적용되면 사주학이요, 질병치료에 적용되면 한의학이요, 음악에 적용되면 그게 율려니까. 모든 게 그 속에 있지. 그런데도 왜 사대부들은 손가락질하는 것인지 모를 일이야."

그가 상에서 약간 물러나 앉았다.

"사대부가 관상이나 보고 앉았다면 그것도 이상하지 않겠습니까?"

"하기야."

그는 그렇게 말하고 아무 말이 없었다.

잠시 그가 포만감에 어린 얼굴로 비스듬히 드러누웠다.

"피곤한 모양인데 아예 눕지 그래요."

내경이 방바닥의 베개를 주자 그는 오히려 발딱 일어나 앉아 꺼르륵 트림을 하고는 비시시 웃었다.

"사람이란 것이 참 요상한 동물이여. 왜 밥을 먹고 나면 이렇게 늘어지는지. 내 딴에는 수행을 한다고 했는데 조금만 정신줄을 놓으면 요렇게 요령을 피우려고 드니. 며칠 운동을 안 했더니 무엇만 먹으면 몸이 꼭 물 먹은 종잇장 같다니까. 그리고 보니 네놈 아버지 김지겸이 생각이 나네."

"네?"

"그 사람 사실 나보다 몇 살 위긴 하였지만 밥만 먹으면 드러눕길 좋아했거든. 거 내림인가. 아니 그럴 리는 없지, 허허허. 그리고 보니 그 사람 그립구먼. 무지 공짜를 좋아하던 사람이었는데. 하긴 자네와는 달리 앞머리가 좀 벗겨지긴 했지. 공짜 좋아하는 것들이 앞대머리가 많거든. 그리고 보면 자네도 너무 공짜를 좋아하는 것 같아. 그건 자네 아비와 하나도 다를 게 없구만 그래."

이건 또 무슨 말인가 싶어 내경은 시선을 들었다.

"무슨 말씀이신지? 아버지요?"

그가 고개를 끄덕였다.

"자네 아비가 그랬지. 남의 마음을 훔치면서도 가책이 없는 사람이었으니까. 내 마음을 뺏어놓고도 미안한 마음이 없던 사람이었어. 그래 그랬지. 감 하나가 생기면 자기가 먹지 않고 날 주는 거야. 내 마음을 그런 식으로 뺏는 사람이었어. 그러니 미안할 리가 없지."

갑자기 무슨 말일까 싶었지만 그의 마음을 조금은 이해할 수 있을 것 같아 내경은 시선을 들었다.

"아버지에게 들었습니다. 선생님에 대해서는요. 제가 어떻게 행동해야 할지 모르겠습니다. 여러 날 생각했지만....... 관상을 배워 무얼 할 것인가 하고."

"그래서 하는 말은 아니고……. 그래 무엇할 것인가? 제 앞길 하나 보아내지 못하는 것을."

그가 입술을 지그시 씹었다.

내경이 고개를 내저었다.

"그러고 보니 아버지는 알고 있었던 것 같습니다."

내경은 그렇게 말해놓고 지금 내가 무슨 말을 하는 건가, 생각했다.

그런데 뜻밖에도 그가 천천히 고개를 숙이다가 속내를 내보였다.

"똥강생이도 기르다 보이지 않으면 마음이 쓰인다더니 오지 않으니 그렇더군."

"그래요?"

"살다보면 좋은 날도 있겠지."

내경은 눈을 감았다. 비로소 마음을 여는 것인가.

3

그날부터 내경은 그가 하던 대로 한 번씩 단전수련을 해보았다. 먼저 자세 잡기도 힘들었는데 흉내나 내는 정도였다.

어느 날이었다. 어설프게 책상다리를 하고 단전호흡을 하는데, 갑자기 눈앞에 이상한 현상이 일어났다. 정신을 집중하고 한참이 지나자 갑자기 정수리가 아프더니 도사가 보이고, 신선이 보이고, 날개 달린 용이 보이고, 날개 달린 개가 보이고, 날개 달린 사람들이 보였다.

다음 날 내경은 암자로 올라온 그에게 그 말을 했다.

그가 가만히 듣더니 물었다.
"흉내를 내다보니까 그런 현상이 오더라?"
"그냥 재미 삼아 해보았더니……."
"재미 삼아?"
"아, 아닙니다. 한번 해본다는 게 그만……."
그는 놀란 얼굴로 멍하니 내경을 쳐다보았다.
"어허, 난 수 년을 해도 오지 않던 현상이 시작하자마자?"
그는 여전히 못 믿겠다는 듯 고개를 갸웃거렸다. 그러면서 이렇게 중얼거렸다.
"머리가 좋은 모양이구만. 천재성은 영통성과 통하는 것인가. 벌써 신선의 경지에 가 있다는 말이지 않나."
신선이라는 말을 듣자 내경은 어이가 없어 풀썩 웃음이 나왔다.
"신선이라니요?"
내경이 물었다.
"그러게."
"말도 안 됩니다. 내가 무슨 공부를 했다고……."
그래도 그는 고개를 계속 갸웃거렸다.
"거참 이상하네. 제대로 수행을 한 것도 아닌데 그런 경지가 오다니……. 타고나지 않고서는 좀체 그런 경지에 들기가 쉽지 않은 법인데. 허긴 세상을 살아가다 보면 유난히 머리가 좋은 놈들이 있긴 하지."
그렇게 말하고 그는 눈이 부신 듯 내경을 쳐다보다 문득 이렇게 말했다.
"하긴 그 정도가 되어야 관상을 통달했을 때 면경 들여다보듯 앞날을 보아낼 수가 있지. 영통해지지 않고서야 그럴 수 있나."

칼날을 쥐고 동굴 속으로

길이 설었다. 이슬비까지 내렸다. 솟을대문을 낀 화초담을 몇 번이나 돈 것인지 몰랐다. 저 안 어디엔가 김종서가 있을 것이다.

가끔 개들이 짖는 소리가 들려왔다. 어떻게 화초담 위로 올라섰다. 품속에 숨긴 칼을 꺼냈다. 소리 없이 정원으로 뛰어내렸다. 뛰어내린 곳은 분명 행랑채 옆이었다. 사랑채로 가려면 연못을 지나가야 되리라.

사랑채의 불빛은 이미 꺼졌다. 개도 잠이 든 게 분명했다. 내경은 몸을 일으키려다 까무러칠 듯이 놀랐다. 갓난 송아지보다 더 큰 시커먼 개가 갈기를 세우고 이를 드러내며 불쑥 어둠 속에서 나타났기 때문이었다. 보았다. 그 큰 개가 한 길이나 솟아오르며 자신을 향해 날아오르는 모습을.

아악, 내경은 비명을 지르며 벌떡 일어났다. 꿈이었다.

문을 열었다. 달빛이 쏟아졌다. 그동안 잠시 아버지를 잊고 있었다는 생각이 비로소 들었다. 칼을 갈던 자리에 숫돌이 그대로 말라붙은 게 보였다.
생각지 말자. 힘을 기를 때까지는. 그러면서도 칼끝처럼 일어나는 이 원심은?
내경은 벌떡 일어나 그가 있는 동굴을 향해 달렸다.

관상 공부는 그렇게 시작되었다. 내경은 그때부터 관상을 배우기 시작했다. 관상을 제대로 공부하려면 더욱 많은 공부가 필요했다. 『시경』을 비롯한 『삼경』과 『예기』, 『춘추좌전』 등 그렇게 경서를 배우면서 공맹을 알았고, 주자를 알아갔다.
상수역의 관상학에 미치다 보니 재미있었다. 무서운 세계가 거기 있었다. 세상을 모두 얻을 수 있을 것 같았다. 우주의 이치가 거기에 있었고 세상 만물의 미래, 현재, 과거가 그 속에 있었다.
어느 날 스승 상학이 엿보았더니 내경이 서책을 한장 한장 찢어 씹고 있었다. 춤을 덩실덩실 추는 일도 있었다.
"알겠구나. 비로소 알겠어."
내경은 그렇게 외치고 있었다.

스승은 제자에게 무엇으로 남는가

그렇게 내경은 스승 상학으로부터 관상의 세계를 알아갔다. 내경은 비로소 알 것 같았다. 인상학에서의 사람. 사람의 형체가 음(陰)이었다. 그럼 양(陽)은 형체를 조종하는 정신이었다. 그러므로 음에 속하는 물형 즉 형상을 관찰하는 것이 관상이었다. 바로 상형으로 인간의 길흉화복을 판단하는 것이 인상학이었다.

스승 상학을 따라 다니면서 알게 된 것이지만 운기를 관찰하여 운명의 성쇠를 분석하는 스승의 경지에 내경은 기가 막혀 말이 나오지 않았다.

어느 날 시장에서 중년 여인이 상을 보러왔다. 스승이 보더니 대뜸 물이 말랐다고 했다. 내경은 무슨 말인지 알아들을 수 없었다. 무슨 말인가 했는데 콩팥이 좋지 않다고 했다. 상을 보기 전에 집으로 가 병구완부터 하라고 했다. 무슨 상쟁이가 의원도 아니고 병타령이냐고 하자 병이 얼굴에 나타나 있다고 했다.

"당신 귀가 말하고 있소."

신장 즉 콩팥이 나쁘면 귀가 붉어지고 어김없이 몸이 붓는다고 했다.

"다리를 내놔보시오."

여인이 버선을 벗자 스승이 살을 눌러봤다. 스승이 엄지로 누른 자리가 들어가 한참이 있어도 올라오지 않았다.

"콩팥이 제 기능을 못 해 이런 것이지. 그럼 피가 독성을 띠게 되니 하루 빨리 약재를 써 피를 정화해야만 하오. 그렇지 않으면 한 달을 못 넘겨 생명을 잃을 수도 있소이다."

내경은 그때 알았다. 찰색관상은 오장육부를 위시한 몸 전체의 외부 반응이란 사실을.

내경이 그렇게 상을 알아가는데, 상학이 보니 제법이다. 잘만 가르치면 물건이 되지 싶다.

상학은 한 번씩 내경을 사건 현장으로 데리고 다녔다. 사람의 상을 살피는 데 범인을 잡아내는 옥안만 한 곳이 없다. 옥안으로 가보면 별의별 관상이 다 있기 때문이다. 범상치 않은 악상들이 많아 관상법을 가르치기가 쉬웠다.

내경이 보니, 스승이 참 용타 싶다. 그 얼굴이 그 얼굴인 것 같은데 그 중에서 범인을 귀신같이 찾아낸다.

어느 날 상학은 내경에게 살인을 한 범인을 한번 가려내보라고 했다. 상학이 생각할 때 초자에게는 다소 버거운 것 같았지만 성년기의 처자가 초경을 치르듯 상쟁이에게는 처음부터 인상적인 초상(初相)이 중요한 법이었다. 애초에 좀 거칠게 다루어놔야 시장바닥 상이라도 볼 수 있을 것이었다.

내경이 상학의 속도 모르고 뭣 모르고 따라가 보니 세 사람이 옥안에 갇혀 있다. 분명 세 사람 중 한 사람이 살인을 했다고 하는데 누가 살인을 했는지 가릴 수가 없다.

여자를 범하려고 세 사내가 남편이 없는 틈을 타 들어갔다고 한다. 그런데 여자가 반항하는 바람에 엉겁결에 죽였다는 것이다.

누가 칼을 휘둘렀느냐고 물었더니 셋 다 아니라고 한다. 그들은 저마다 상대가 휘둘렀다고 했다. 첫째는 둘째를, 둘째는 셋째를, 셋째는 첫째를 지목했다. 자상의 흔적으로 봐 칼을 휘두른 위치를 살펴 사내들의 키를 가늠할 수가 있는데 키까지 비슷비슷했다.

더욱이 칼도 평소 지니던 칼이 아니라 범행을 모의하며 대장간에서 셋이 구입했다고 했다. 칼을 휘두른 자세를 설명하는데 서로가 똑같이 설명한다. 상대가 그렇게 휘두르는 걸 보았다는 것이다.

내경이 세 사내를 살피니 다 이십대 중반이었다. 한 사내는 얼굴이 둥글고 몸이 비대했다. 무슨 상일까 생각하다보니 부엉이상이 떠올랐다. 그리고 보니 부엉이상이었다. 눈이 동글고 코가 매부리코.

그런데 그뿐. 뭐가 뭔지 감이 잡히지 않았다. 배운다고 배웠는데 하나도 생각나지 않았다. 멍하니 바라보고만 있자 지켜보던 스승이 한마디 했다.

"뭐하고 있는 게냐?"

"부엉이상인데요."

내경은 겨우 그렇게 대답했다.

내경의 대답을 듣자 상학은 웃음이 나왔다.

상학은 잠시 웃다가, '그래서?' 하고 물었다.

"그러니까 음……."

"그러니까 뭐?"

"그러니까……."

"한심하고 한심하다. 그렇게 가르쳤거늘."

"보이지가 않는데요."

상학의 입이 내경의 귀 가까이 다가갔다.

"이놈아, 보이지 않을 때는 그 상판의 특징부터 잡아채봐야지 그렇게 머뭇대고만 있으면 어떡하겠다는 것이야."

"특징?"

내경이 귀를 떼며 뇌까렸다.

상학이 그의 귀를 잡아당겼다.

"저자의 눈두덩을 보아라. 더부룩하지 않느냐. 심술 맞아 보이지 않느냐 그 말이다."

"그렇…… 군요."

내경이 귀를 잡힌 채 낮게 중얼거렸다.

"그리고 위 오른쪽 귀의 방향으로 약간 떨어져 있는 부위를 보아라. 거기가 어디냐?"

"길, 길성역마 아닙니까."

"그렇다. 그곳에 사마귀나 점, 흉터가 있으면 어떻다고 했느냐?"

"고향을 떠나 타향에서 고생을 하는 상이라고 했습니다."

"맞아. 그럼 찰색을 봐라."

"적기(赤氣)가?"

내경이 점을 살피다 자신 없이 우물거리는 것 같아 상학이 받아쳤다.

"황색이 아니라 적기다."

"마, 맞습니다."

"그럼 황색이 아니고 적기니 뭐하다?"

"살기!"

"옳다. 적기는 모든 생기를 죽인다. 왜?"

"네?"

"어째서 적기가 일어나느냐 그 말이야. 왜 적기가 발동했을까?"

"감당 못한 일을 저질러 오장육부가 혼란을 일으켰다는 증거입니다. 신장의 물이 마르고 간이 타 신열이 눈으로 뻗쳤으며 황색을 띠고 있던 점이 적기로 변한 것입니다."

"그러나 아니다."

"예?"

"살인한 상이 아니야."

"무슨 말씀이신지."

"살인을 했다면 코가 말라붙었고 입술이 타 고양이 입처럼 안으로 말려들어가 각이 졌을 것이다. 폐에 열이 차 숨쉬기가 힘들기 때문이지. 입에 단내가 진동하고 눈동자의 핵이 더 흔들릴 것이며 간문을 향한 눈꼬리가 사나운 고양이 발톱처럼 위로 솟았을 것이다. 그러니 두 번째 사내를 살펴보아라."

상학에게 귀를 잡힌 채 시선만 돌려 두 번째 사내의 얼굴을 살펴보다 내경은 고개를 갸웃했다. 역시 부엉이상이라는 생각이 들었기 때문이다. 내경은 방금 상을 본 사내를 흘끗거렸다.

상학이 보니 내경이 두 상을 번갈아보며 헷갈려 하고 있다.

"비슷하지?"

상학이 물었다.

"그런데요."

"그러나 틀려."

"예?"

"앞서 본 자는 부엉이 상이 맞아. 하지만 지금 보고 있는 자는 올빼미상이야."

"올빼미요?"

"부엉이와 올빼미는 비슷하게 생겨 혼동을 많이 하지. 하지만 자세히 보면 그 상이 완전히 달라. 부엉이상은 관골이 더 넓고 귀가 머리 위에 있지. 올빼미는 빗으로 빗어 넘긴 것처럼 머리 부분이 민둥민둥해. 주로 대머리 상에 많은데 귀가 보이지 않아. 자세히 봐. 젊은 사람의 정수리에 머리카락이 거의 없잖아."

"그렇군요."

"더 살펴."

"오상이 고르지를 못합니다."

"그렇다. 본시 올빼미상은 둥글어 오상이 골라야 하는데 모가 났으니 악상이다. 올빼미상은 객지를 떠돌며 자수성가 할 상인데 그 상이 모질어 악상이 되었다. 더욱이 눈 안쪽 부위인 태양에 붉은 빛이 일어나 어미(눈 끝)로 뻗쳤다. 눈 밑 부위에 적색이 나타나 족히 3년 동안 운수가 좋지 못해 객지를 떠돌았을 것이다. 사지를 헤맸다는 말이다."

"눈에 살기는 느껴지지 않습니다."

내경이 눈을 살피다 말했다.

"가랑이 사이를 살펴봐."

상학이 그제야 내경의 귀를 놓았다.

사내 가까이 다가가 가랑이 사이를 살피다 말 털 몇 가닥을 떼어냈다.

"뭐냐?"

관 상 147

"말 털입니다."

상학의 시선이 날카롭게 사내의 눈에 박혔다.

이내 그의 입이 내경의 귀 가까이 다가왔다.

"눈을 보아라."

사내의 눈을 보자 눈동자가 불안했다. 쉴 새 없이 검은 눈동자가 헤매고 있다. 지켜보던 스승이 바로 이것을 보고 있었다는 생각이 들었다.

"도둑놈이다."

내경의 심중을 읽고 있던 상학이 낮게 소리쳤다.

"도둑?"

"살인자가 아니라 도둑이다."

내경이 얼떨떨해 아무 말도 못하고 있는데 상학의 명령이 다시 떨어졌다.

"세 번째 사내를 보아라."

내경이 보니 세 번째 사내는 족제비상이었다. 몸은 비대했지만 오밀조밀 잘생겼다. 그래서 사람은 착하게 보인다.

하지만 눈이 뱀눈이라 사악하다. 이런 상은 처자궁이 특히 나쁘다. 저 인당의 어두운 색. 지쳐 보인다. 왼쪽 볼에 푸른 기운이 도는 저것은 무엇인가. 간과 담이 좋지 않아서?

그런 생각을 하고 있는데 상학의 음성이 귓속으로 파고들었다.

"어떠냐?"

"사악한 기운이 느껴지긴 합니다만……."

상학은 어이가 없어 웃음이 나왔다. 그는 다시 내경의 귀에 대고 일렀다.

"가랑이 사이를 살펴보아라. 내가 보기에 그자 역시 안장 없는 말을 탄 흔적이 있다."

내경이 살펴보았더니 정말 말 털이 엉덩이 쪽으로 붙어 있었다.

"이제 맨 앞서 본 자의 엉덩이도 살펴보아라."

내경이 살펴보니 말 털 같은 것은 붙어 있지 않았다.

"말을 탄 흔적이 없는데요."

"그럼 맨 마지막에 본 자다."

상학이 내경의 귀에 대고 낮게 소리쳤다.

"네?"

"마지막에 본 자의 입과 코를 보아라."

내경이 보니 정말 코가 마르고 입술 끝이 말려들어가고 각이 졌다.

"그, 그렇군요."

"혀를 보아라."

"혀를 내밀어보시오."

내경이 사내에게 말했다.

사내가 혀를 내밀자 내경은 깜짝 놀랐다. 혀가 완전히 청태로 뒤덮여 있었다.

"냄새를 맡아보고."

스승의 말대로 내경이 사내의 입을 벌리고 킁킁거렸다.

"소똥 냄새가 나는데요."

"오장육부가 살을 맞아 애가 타는 냄새다. 다시 눈을 보아라. 안핵이 두 개일 것이다."

내경이 눈을 살펴보자 검은 동공의 경계가 불분명하고 안핵이 흔들려서인지 동공이 두 개로 보인다.

"정말 범인이 맞을까요?"

범인을 넘기고 동헌을 나오면서 내경이 상학에게 물었다.

"맞아. 내가 확인해본 바 마주(馬主)는 먼저 본 부엉이상이었다. 그는 타던 말을 잃고 여기까지 온 것이야. 그런 적이 있다. 후한 삼국시대 촉의 명장 관운장은 바로 인당에 흑색이 돌아 적토마를 잃는 대난을 당했다. 나는 그자의 인당을 보고 있었다."

"마주가 그자라면 왜 말 털은 두 사람에게서 발견되었을까요?"

"여자를 죽이고 족제비상은 제정신이 아니었다. 그래 동무 부엉이상이 타고 온 말에 안장도 올리지 않고 그대로 타고 내뺀 것이다. 부엉이상과 올빼미상은 그냥 걸어갔다. 각자의 집에서 부엉이상과 족제비상은 체포되었지만 말 털은 그때까지도 족제비상에게 붙어 있었다."

"그럼 한 사람은요?"

"밤사이 올빼미상은 끙끙 도망갈 생각을 하다가 안장 없는 그 말을 훔쳐 타고 달아나다가 잡힌 것이다."

다음날 내경이 확인해보니 역시 스승의 말이 맞았다.

상학은 내경의 말을 들으며 다시 이렇게 일러주었다.

"여기 살인자가 있다. 아무리 심장이 튼튼하다 해도 가장 타격을 받는 곳이 어디겠느냐. 뭐니 뭐니 해도 심장이다. 그러므로 사실은 살인한 자를 판별할 때 심장을 먼저 살펴야 한다."

"가슴을 먼저 안 살피지 않았습니까?"

"그야 가슴까지 살피지 않아도 알 수 있었기에 그랬던 것이고."

"그럼 가슴에 어떤 증상이 일어납니까?"

"사람이 살인을 하게 되면 심장에 울혈이 맺히게 되어 있다. 그래서 왼편 가슴에 반점이 생기게 되는데 반점이 생기면서 정수리에 콩알만한 종기가 나게 되어 있다. 그러면 혀가 마르고 눈썹이 어지러우며 눈에 핏발이 서고 살기가 그 눈으로 나타나지. 간이 떨린다는 말이 있는데 신경이 간까지 침범했다는 신호다. 그래서 그런 증상이 나타나는 것이다."

2

실전의 첫 경험을 치른 내경은 하루에도 수십 장의 관상도를 그렸다. 13부위총도, 면상 260혈도, 월운도, 12궁분지도, 유년운기부위도……. 이름조차 외우기 힘든 그림을 수도 없이 그렸다.
그림을 통해 배우다가 실전은 주로 시장바닥에서 이루어졌다.
오늘 시장바닥으로 가 오관투시에 대해서 배우겠다 그러면 하루 종일 시장바닥에서 살다시피 했다. 지나가는 사람의 눈과 눈썹을 보고, 코를 보고, 귀를 보고, 입과 입술과 치아와 혀를 보며 분석했다. 오늘은 사람의 얼굴로 오장육부와 내장기관의 건강상태를 알아보자고 시장으로 나가면 찰색법의 비법을 함께 배웠다.
달랐다. 스승과 무릎을 맞대고 이론적으로 배우는 것과 시장통에서 직접 사람을 앉혀놓고 보는 것은 천지 차이였다.
그런 내경에게 상학은 자세히 일러주었다.
내경은 그래도 어려웠다. 스승에게 여자의 얼굴은 희고 깨끗한 것이 좋으며, 검거나 푸른 것은 좋지 못하다는 말 같은 것이야 눈만 뜨면 들었던 것 같은데 막상 상을 봐달라는 사람을 앞에 하면 까막눈이 되었다. 웬 조화인지 몰랐다.

그때마다 상학은 소리쳤다.

"하이고, 이놈아. 초상을 치른 지가 언젠데 왜 사람을 앞에만 하면 꿀 먹은 벙어리냐."

"안 보입니다."

"그래도 그렇지. 내가 뭐라 그랬느냐, 얼굴에 그 사람의 기질이 나타난다고 하지 않았느냐. 우리의 오장육부가 터져 꽃을 피운 곳이 바로 얼굴이기 때문이라고 하지 않았느냔 말이다."

"그래도 보이지 않으니 어떡합니까."

"그러고 보면 우리 조상님 네들이 현명했지. 사람이 사람다운 행동을 하지 않을 때 하는 말이 있지 않느냐. 에이, 뱀 대가리 같은 놈, 이리 같은 년. 먼저 짐승의 물형에서 사람의 행동을 규정짓고 있었다는 말이다. 어려우면 그렇게라도 생각하며 살펴보란 말이다. 그럼 그의 물형이 보일 것이고, 물형이 보이면 그의 면상이 보일 것이고, 찰색을 살피다 보면 과거와 현재, 앞날이 보일 것이다."

내경은 그래도 보이지 않았다.

상학은 답답해 혀를 찼다.

"이놈아, 보이지 않으면 차라리 눈을 감아봐. 그리고 앞의 면상을 떠올려봐. 마음의 눈으로 살펴보란 말이야."

"마음요?"

"그래 마음! 상을 보는 것은 네 눈일지 모르지만 그게 마음으로 둔갑해야 하는 것이야. 그래서 진실을 보려면 마음의 문을 열어야 하는 것이다. 모든 것은 마음이야. 마음. 그 마음을 단단히 잡아. 그리고 상대의 상을 살펴. 네 눈에 보이는 것은 상판이지만 그 사람의 마음이라고 생각해. 그 화산의 근원지가 마음이니까. 오장의 기운에 따라 기색이 달리 나타나는 것도 그 때문이란 걸 생각하란 말이다."

바로 그 기색을 잡아내는 사람이 관상쟁이라는 말이었다. 그렇게 얼굴은 인체의 혼령이 주둔하는 곳이요, 그대로 오장육부의 신로(神路)라는 말이었다.

그래서 상학은 부지런히 시장바닥으로 돌아다녔다. 오늘 골상학에 대해 배워보자. 그러면 하루 종일 내경을 데리고 골상을 보러 시장바닥을 돌아다녔다. 그러면서 상학은 생각하고 있었다. 이제 줄 때가 되었다고.

어느 날, 밖에는 비가 오는데 그 바람에 장에 나가지 못한 상학은 숨겨놓았던 보자기 하나를 내경에게 내놓았다.

내경이 뭡니까, 하고 물었다.

상학은 보자기를 풀어 내경 앞으로 휙 내던졌다.

처르르, 하는 소리에 내경은 깜짝 놀랐다. 뼈였다. 사람의 뼈였다. 두상이 두어 번 구르다가 내경의 발에 걸려 멈추어서야 내경은 입을 벌리고 멍하니 해골을 내려다보았다.

"골은 이 몸의 주인이고 살은 그 하인이다. 골상대로 살이 붙는다. 뼈를 제대로 맞출 수 있겠느냐?"

상학이 물었다.

"예?"

"맞출 수 있겠느냔 말이다. 나는 그것을 맞추는 데 꼬박 이틀이 걸렸다. 해골을 본 적이 있어야지."

"이게 뭡니까?"

내경은 그제야 멍하니 물었다.

"뭐긴 해골 아니냐."

"아니 누구의 해골인데 이러십니까?"

"그건 상관할 것 없다."

"상관없다니요?"

"내 스승이 쓰던 것이니까."

"스승님요? 그래도 그렇지 어떻게 사람의 해골을 이렇게 다루십니까?"

"이놈아, 그게 무슨 대수더냐. 어디서 가져왔든, 어떻게 다루든 그게 무슨 대수야. 흙속에 묻히면 한 줌 재도 안 될 것을. 맞출 수 있겠느냔 말이다?"

"아무리 그래도 그렇지."

"졸장부 같은 놈. 그러면서도 상쟁이가 되겠다니. 이놈아, 세상 사람들이 상쟁이가 상것이라고 손가락질 해대는데 그래도 그런 세상을 구해보겠다고 상을 배운다면 오기라도 부려봐야 될 것 아니냐. 그래서야 시장바닥 아낙네 하나 구할 것 같으냐."

"꼭 이렇게까지 해야 합니까?"

내경이 눈을 치떴다.

"걱정하지 마라. 공동묘지를 뒤져 가져온 해골은 아니니……. 내 아무리 상에 미쳤다고 임자 없는 해골을 가지고 다녔겠느냐."

"그럼 임자 있는 해골이란 말입니까?"

"그래."

"누군데요?"

"몰라. 내 스승이 주었다고 하지 않았느냐. 제 아비 것이란 말이 있더라만."

"아버지요? 아니 아버지의 유골을 파내 스승님께 주셨단 말입니까?"

"몰라. 설령 그랬다면 어쩔 거야? 제자 공부 시키려고 그랬다는 데……. 잔말 말고 어서 줍지 못하겠느냐?"

내경의 골상학 공부는 그렇게 시작되었다.

스승이 간혹 동굴을 비우기라도 하면 으스스 한기가 몰려들었다. 짐승 우는 소리가 귀신의 호곡 같았다. 달빛이 비쳐드는데 해골을 만지고 있으면 원이 지고 한이 진 해골의 임자가 머리를 풀고 나타날 것 같았다.

이상했다. 무서워서 견딜 수가 없었다. 그래 동굴을 나서고 말았다. 밖에 나와 가만히 생각해보면 왜 머리 푼 귀신이 있는 곳으로 나왔나 싶었다. 그래 다시 동굴 속으로 들어가면 해골이 무섭고 해골이 무서워 밖으로 나오면 귀신이 무섭고.

눈이 맞은 자들의 말로

1

간밤의 비로 동굴 안이 눅눅하고 썰렁해 상학은 옷을 하나 더 껴입고 내경을 데리고 나섰다.
"어디 가시게요?"
어젯밤 암자로 올려 보내면서 때맞춰 오라고 한 터라 내경이 뒤따르며 물었다.
상학은 그냥 말없이 걸었다. 동헌으로 가면 자연히 알게 될 텐데 굳이 인근 마을의 살인사건을 설명할 필요가 없을 것 같았다.
다모디골에 사는 사내 하나가 원두마골에 사는 친구에게 놀러왔다. 두 사내는 안방에서 술을 마셨고 그러다 언쟁이 벌어졌다. 화가 난 다모디골의 사내가 그 자리에서 집주인의 허리를 꺾어 죽였다.
이내 시신은 동헌으로 옮겨져 검험이 이루어졌다. 복검까지 이루어졌으나 초검과 일치하지 않는다 하여 관찰사가 관리를 특별히 차출해 특별검시관과 함께 내려왔다.
관찰사가 차출한 검시관은 실력이 이 나라 최고라고 했다. 그렇다고 관찰사가 직접 검시관을 데리고 내려오는 건 상례가 아니었다. 사건이 그렇게 중대한 편도 아니었고.
 내경이 나중에야 안 사실이지만 관찰사의 본디 고향이 이천 곽산이었다. 제사에도 참석해야 할 판이라 이참에 잘됐다 싶어 특별검시관을 데리고 내려온 것이다. 내려온 김에 이천 동헌에 들렀는데 마침 떠돌이 관상쟁이를 만났다.
 관상쟁이는 어쩌다 사또의 부탁으로 동헌을 들락거리다 그곳에서 관찰사 일행과 딱 마주친 것이다.
 관찰사를 따라 내려온 검시관은 이천 동헌으로 들어서기 무섭게 시신을 검험해보고는 다모디골의 사내가 허리를 꺾어 죽였다는 복검의 내용을 인정했다. 그런데 마침 그곳에 들렀던 떠돌이 관상쟁이가 고개를 내저었다.
 그는 이렇게 말하고 있었다.
 "합안이 죽인 시체요."
 "합안? 합안이라니?"
 합안도 모르냐는 듯이 상학이 조소를 물고 그들을 바라보았다.
 "그것도 모르시겠다면 내일 가르쳐 드리겠소. 오늘은 바빠서 가봐야겠으니."
 관찰사가 화를 벌컥 냈다.
 "이놈, 무엄하다. 일개 관상이나 보는 외눈박이가, 겁도 없이 내게 등을 보여? 뭐라? 내일? 왜 내일이냐?"
 그러자 상학도 지지 않고 관찰사를 뜨악하게 쳐다보았다.
 "관찰사 어른, 내가 내일 말해주겠다고 한 것은 다 이유가 있기 때문이오."

"이유? 무슨 이유? 그 이유를 대라."

분위기가 갑자기 험악해지자 사또가 나섰다. 평소 동헌에 드나들며 도움을 주는 관상쟁이라 무시할 수도 없으니 내일까지 기다려보자고 관찰사를 설득했다.

관찰사는 사또의 체면도 있으니 일단 참는 눈치였다. 하지만 천한 상쟁이가 사대부를 능멸하다니, 치도곤을 놓고 말 것이라며 으르렁거렸다.

2

내경이 스승을 따라 동헌으로 들어가니 검시관이 두 사내를 사이하고 있었다. 하나는 가마니를 뒤집어쓴 시체였고, 한 사람은 그를 죽였다고 하는 사내였다.

상학이 시신 앞에 선 사내를 보니, 이제 서른이나 되었을까. 얼굴이 세모꼴이고 입술이 검었다. 코가 뭉툭하고 하관이 넓었다. 눈이 이상스레 노랗다.

이제 오십 줄의 사또가 상학을 데리고 동헌 안으로 들어갔다. 내경이 따라 들어가려 하자 사또가 밖에서 기다리라 했다.

상학이 방으로 들어가니 관찰사가 눈을 시뻘겋게 치뜨고 노려보고 있었다.

"인사 여쭈시게. 바쁜 와중에도 그대를 보러 들렀으니."

상학이 마지못해 안녕하셨소이까, 인사를 했다.

관찰사라면 각 도의 으뜸 벼슬이다. 떠돌이 관상쟁이로서는 결코 맞상대할 인물은 아니다. 사십대의 검시관이나 오십 줄의 사또보다 관찰사는 나이가 더 많아 보인다.

오십대 중반?

상학이 그런 생각을 하는데 아니나 다를까, 그의 말투가 거슬렸는지 관찰사의 사악한 뱀눈이 계속해서 면상에서 떨어지지 않았다.

"사또의 청으로 네놈이 오길 기다렸다만 떠돌이 관상쟁이 주제에 뭘 아는 것이 있다는 건지 모르겠구나."

상학이 피시시 웃으며 꼿꼿이 선 채 '그래요?' 하는 표정을 지었다.

미간을 찌푸리고 쏘아보던 관찰사가 혀를 찼다. 두고 보자는 행동거지가 분명했다.

그들이 방에서 나가기 무섭게 조사가 시작됐다.

"검시관은 바로 저자가 범인이라고 하는데 어찌 아니라고 장담한단 말인가?"

사또가 먼저 물었다.

상학은 속으로 웃었다. 도관찰사까지 대동한 그들의 검험 실력이 초등 수준에도 못 미치는 듯했다. 앞으로 나가 손가락을 창날 같이 뻗쳐 용의자를 가리켰다.

"저자의 키는 4척에 지나지 않소. 하지만 저자에게 죽었다는 자는 키가 6척이나 되더이다. 평균 신장이 5척이라 한다면 비교적 큰 편에 속하지요. 몸의 생김새도 저자가 두 손으로 다 안을 수 없을 만큼 피해자가 비만하오. 배 둘레만 하더라도 석 자가 넘소. 그런데 키가 넉 자쯤 되고 허리둘레가 두 자쯤 되는 가냘픈 사내가 그런 사내의 허리를 꺾어 죽일 수 있다? 천만의 말씀이오. 먼저 저자의 눈을 보시오. 저 눈이 증명하고 있으니."

"눈이 왜?"

되묻는 검시관의 눈이 매섭게 빛났다.

"합안이외다."

상학이 못을 박았다.

"합안이라니? 어제도 그러더니 그 합안이라는 게 도대체 뭔가?"

"음양의 이치로 이루어진 태극도설에서 도교가 시작되었고, 거기서 양생법의 이치가 세워졌소. 양생술은 음과 양을 고루 받아들이는 데 있지요. 그 음과 양의 손실을 최대한 막아 불로장생을 도모한다는 것이 양생의 핵심이오. 그렇기에 일찍이 도교의 수련원에는 성의 기교와 음양의 도를 가르치는 여인들이 있었소이다. 이들에게는 하나의 공통점이 있었지요. 하나 같이 합안(鴻眼)의 눈을 가졌다는 사실이오."

또 합안이라는 말이 나오자 사또가 이맛살을 찌푸렸다.

내경이 듣기에도 스승의 말이 좀 장황하지 않나 싶었다.

도대체 무슨 말을 하려고?

그런 생각을 하는데 사또의 음성이 들려왔다.

"그러니까 도대체 그 합안이 뭣인가?"

"바로 기러기 눈입니다."

상학이 못을 박았다.

"기러기?"

뜻밖의 말에 사람들이 하나 같이 되뇌었다.

"저 죽은 자의 아내를 데려오시오."

명령하듯 말해놓고 상학은 생각했다.

도관찰사 앞이라고 주눅들 이유가 없지. 저들 눈에 내가 아니꼬울 테지만 쇠파리 무서워서 장 못 담으랴. 떠돌이 관상쟁이 주제에 말도

반말인지 중말인지 알 수가 없으니 더욱 그럴 것이다. 말을 할 때마다 눈썹 끝과 콧방울이 벌렁거리는 관찰사의 표정이 그것을 증명하고 있다. 눈길이 갈수록 사나워지는 것도 그래서일 것이다.

죽은 자의 아내가 관졸에게 이끌려 들어왔다. 이십대 후반의 나이. 몸이 호리호리하고 얼굴이 미색이다.

검시관이 그녀의 눈을 보다 부르르 떨었다. 뒤이어 그의 음성이 나직히 들려왔다.

"합안이다!"

상학의 입가에 비로소 미소가 흘렀다.

"알아보시는군요. 과연 이 나라 최고의 검시관이라고 하더니 관상에도 일가견이 있으신 모양이외다."

검시관이 상학을 무섭게 노려보았다.

"검시를 하다 보니 알게 된 것이지만 그래 그 합안이 어쨌다는 것이야?"

"합안이 합안을 부른다는 걸 모르시오?"

"어리석은 소리. 지금 이 자리에서 전설 같은 이야기로 진실을 호도하겠다는 것인가?"

"상법에 합안은 눈동자가 작고 누런빛을 띠고 있소. 그래서 기러기는 그 성질이 온순하지만 곧 욕심이 많고 음란하다는 것이지요. 저 여인과 사내의 눈을 보시오."

사람들이 둘의 눈을 바라보다 하나 같이 놀랐다. 두 남녀의 눈이 노랗기 때문이었다. 내경이 봐도 그랬다.

두 남녀는 어쩔 바를 모르고 두 손으로 얼굴을 감쌌는데 검시관의 노기어린 고함소리가 다시 터져 나왔다.

"여기는 정당하고 공정하게 법을 집행하는 공간이다. 어디 떠돌이 관상쟁이가 되지도 않게 나타나 사설을 늘어놓는 것인가. 여봐라, 저 놈을 당장 내쳐라."

관졸들이 육모방망이를 들고 달려들었다. 상학은 먼저 한 발짝 앞으로 나섰다.

"어허, 관찰사 나리. 만약 내 말이 맞다면 어쩔 것이외까?"

관찰사가 멈칫했다.

"제 말이 맞다면 어쩔 것이냐는 말이외다."

"저런 놈을 보았나. 이놈, 외눈박이 관상쟁이 주제에 무례하기가 하늘을 찌르는구나."

내경은 이러다 곤욕을 치르는 것이 아닐까 싶어 가슴이 조마조마했다. 그런데 스승의 고함소리가 뒤이어 들려왔다.

"저 여자의 눈을 보게 손을 내리시오."

스승은 아랑곳하지 않고 육모방망이를 들고 다가오는 관졸들에게 명령하고 있었다.

다가오던 관졸들이 어이가 없어 사또를 돌아보았다.

사또가 잠시 생각하다 관찰사에게 다가갔다.

"이왕 이렇게 되었으니 저 상쟁이의 말을 더 들어보지요. 그래도 이 고을에서는 내로라하는 상쟁이입니다."

관찰사가 미간을 찌푸리다가 상학을 노려보았다.

"이놈, 만약 네놈 말이 틀리다면 어쩔 테냐?"

"어쩌다니요?"

상학은 무슨 말이냐는 듯이 생뚱하게 말을 받았다.

"용서치 않을 것이니라."

그때 사또가 나섰다.

"여봐라, 저자의 말대로 저 여자의 손을 내리게 하라."

사또의 말에 포졸들이 방향을 바꾸어 여자와 사내의 손을 육모 방망이를 휘둘러가며 내렸다.

그러자 상학은 기다렸다는 듯이 소리쳤다.

"저 남녀의 눈썹 끝과 눈 끝 사이를 보시오. 그곳이 간문이외다. 오장육부 중에서 신장의 기운이 가장 짙게 머무는 자리."

"그래서?"

사또가 다급하게 물었다.

"그곳의 찰색이 두 사람 다 어둡소. 홍윤색으로 윤기가 돈다면 정력이 정상적이라는 뜻인데 어둡다는 것은 정력이 둘 다 고갈되었다는 뜻이오. 간문의 길이로 봐 파정의 시각이 둘 다 똑같소이다. 어젯밤 둘이 정을 나누었다는 증거인 게요."

"그럼 두 사람이 짜고 남편을 죽였다?"

사또가 뇌까리듯 넘겨짚자 상학이 고개를 내저었다.

"아니외다. 남자에게서는 살기가 느껴지지 않소."

"그럼?"

"저 여자!"

사람들의 눈이 하나 같이 커졌다. 모두가 놀란 표정이었다.

"아니 여자가 어떻게 남자의 허리를 꺾어 죽일 수 있단 말인가?"

여자를 살펴보던 사또가 무슨 말이냐는 표정을 지으며 물었다.

"정확히 말해 허리가 아닌 척추외다."

"척추?"

"망설입니다!"

듣고 있던 검시관이 소리쳤다.

"척추라니, 저 여자가 남편을 죽였다는 증거가 어디 있는가? 저 남자도 죽일 수 없는 사람을 어떻게 여자가 척추를 부러뜨려 죽일 수 있어."

검시관이 다시 소리쳤다.

상학이 입꼬리를 비틀었다.

"검시관 나리, 사람의 인골을 맞추어본 적 있소?"

"무슨 소리야?"

"저 여자를 돌려세우시오."

상학이 소리쳤다.

포졸들이 이번엔 순순히 다가가 여자를 돌려세웠다. 잠시 잠잠하던 매미 소리가 시끄럽게 들려왔다. 바람이 그 소리를 안고 어디론가 달려갔다.

여자의 척추는 오른쪽으로 휘어 있었다.

"저 여자는 색으로 인해 허리가 돌아갔습니다. 검시관께서는 이 나라 진정한 최고의 검험이라면 저 여자의 척추 상태를 정확하게 읽어낼 수 있을 게요."

상학의 말에 검시관의 시선이 여인의 등판을 날카롭게 훑었다. 그는 잠시 후 판단이 서지 않는지 여자를 향해 다가갔다.

"만져보시겠다? 이 나라 최고의 검험 실력이 고작 그래서야."

상학이 노골적으로 비웃자 검시관이 멈칫 했다. 그는 걸음을 멈추고 상학을 무섭게 노려보았다.

"그럼 그대는 저 여자의 등만 보고도 알 수 있다는 것이냐?"

관찰사가 침을 꿀꺽 삼키며 상학을 향해 물었다.

상학은 느긋하게 고개를 끄덕였다.

"그럼 말하라."

관찰사가 소리쳤다. 그의 이마에 혈관이 드러났다.

"내가 먼저 물었지 않소. 왜 자신이 없는 게요?"

검시관이 눈을 지그시 감았다 떴다.

관찰사의 시선이 안타깝게 검시관의 얼굴로 달려갔다.

잠시 후 검시관이 눈을 뜨고 소리쳤다.

"저 여자의 등이 돌아간 것은 제1요추에서 제5요추까지 휘어졌기 때문이다. 그 영향으로 천추와 척추의 맨 아랫부분에 있는 뼈 미추가 뒤틀어진 것이다."

검시관의 말이 끝나자 상학이 고개를 주억거렸다. 그러다 껄껄껄 웃기 시작했다. 그가 웃는데 사람들의 얼굴은 오히려 긴장으로 얼어 붙었다.

"정말 그렇게 생각하시오?"

검시관이 흠칫하자 관찰사가 뭔가 이상하게 돌아간다는 생각이 들었는지 마른 혀로 입술을 핥았다.

상학이 손을 들어 홰홰 내저었다.

"아니외다. 틀렸어요."

"뭐라?"

되묻는 검시관의 턱수염이 결 좋은 바람에 속절없이 흔들렸다.

관찰사가 눈을 뒤집으며 꿀꺽 침을 삼켰다.

그 위로 상학의 말이 떨어졌다.

"저 여자의 척추가 잘못된 것은 제2경추에서 휘어지기 시작해 제7경추까지 휘어지면서 제1흉추를 지나 제12흉추까지 휘어졌기 때문이오."

"지금 무슨 요설을 늘어놓고 있는 것이야?"

검시관이 이를 갈듯 소리쳤다.

"그럼 가서 만져보시지요. 만져보면 알 것이니."

검시관이 잠시 망설이다 여자를 향해 다가갔다. 여자의 척추를 만져보다가 믿을 수 없다는 듯이 눈을 크게 뜨며 손을 벌벌 떨기 시작했다. 얼굴이 새하얗게 변하면서 턱수염이 흔들렸다.

머리를 몇 번 흔든 뒤 오작인을 불렀다. 오작인은 검시관을 따라다니며 죽은 이의 검험을 돕는 자다.

오작인이 달려나오자 검시관이 신열에 찬 눈을 희번뜩거리며 허청허청 죽은 남자에게 다가가 가마니를 벗기고 명령했다.

"이 시체를 돌려 눕혀라."

오작인이 낑낑거리며 시체를 돌려 눕혔다.

검시관의 손길이 시체의 척추를 더듬어나갔다.

꼭 수전증 걸린 사람처럼 손을 떨다가 풀썩 그 자리에 무릎을 꿇었다. 이미 그의 얼굴은 넋이 나가 있었다.

그 위로 상학의 말이 천둥처럼 떨어졌다.

"그 사내 역시 제 마누라처럼 척추가 굽었을 겝니다. 색을 밝히다 보니 척추가 휠 수밖에요. 그 사내 역시 겉으로 보기에는 제1요추와 제5요추가 휘어 보일 것이외다. 하지만 그것은 휘어진 것이 아니라 제5요추를 받치고 있는 천추에 의해 제5요추가 부러졌기 때문이오."

넋이 완전히 나간 관찰사가 눈을 질끈 감았다.

그 위로 다시 상학의 말이 이어졌다.

"죽은 자는 친구와 술을 마시고 저 여자와 관계를 가졌던 게요."

"그런데 왜 척추가 꺾인 것이야?"

사또가 놀란 얼굴로 사태를 주시하고 있다가 가까스로 물었다.

"합안을 가진 여자가 색이 제대로 동하면 보통남자가 생명을 부지하기 힘든 법이지요. 그래서 합안이 합안을 부르는 것이오. 저 여자가 외간남자인 합안을 만나자 색으로 남편의 척추 뼈를 꺾어버린 것이외다. 남자는 사정할 때 그 척추가 가장 민감하고 강해지오. 그러나 가장 강할 때 조심해야지 아니면 부러지기 십상인 게요. 가장 강한 것은 가장 약하다는 말이 되니까 말이외다. 사내의 어깨에 두 발을 놓았다가 갑자기 그 발로 턱을 밀면서 두 손으로 허리를 잡아 당겨버린 것이오."

"그래서 척추 뼈가? 그런데 그걸 꼭 본 듯이 말하는데 이상하구만."

가까스로 관찰사가 눈을 뜨고 말했다.

"이상할 것 없소이다. 검험에게 부러진 척추를 만져보라고 하시지요. 척추를 자세히 만져보면 엉치뼈인 천추 위의 제5번 요추 안쪽이 완전히 벌어져 부러졌다는 것을 알 수 있을 게요. 턱을 뒤로 밀면서 척추를 앞으로 잡아당기지 않고는 그렇게 부러질 수가 없는 것이외다. 척추 위아래 추체 사이에 추간판이 있어 충격을 완화해주지만 그 힘을 이겨내지 못했던 것이오. 자, 그럼 내가 왜 오늘 그 이유를 말해주겠다고 했는지 그 대답을 하겠소. 검시관 나리, 엄지손가락으로 제5번 요추 안쪽을 세게 누르면서 밀어보시지요. 시신의 살이 썩고 있어서 어제까지만 해도 밀리지 않았을 살이 부러진 요추 사이로 이제 밀려 들어갈 것이외다. 벌어진 사이에 피가 맺혀 있으나 그것이 밀려나고 살이 들어참을 정확히 느낄 수 있을 것이오. 내 말을 믿지 못하겠다면 다른 요추 사이를 눌러보면 알 것이오. 시신의 살이 썩어간다고 하더라도 결코 밀리지 않을 것이오. 만약 요추 사이로 살이 밀린다면 제5번 요추가 안에서 부러졌다는 것이 증명되는 것이오. 그럼 마지막으로 합안에 대한 이야기를 하나 일러주고 가겠소."

상학은 다음과 같은 이야기를 남기고 제자 내경을 데리고 동헌을 빠져나갔다.

대국에 호태후란 여인이 있었다. 무성제(武成帝)의 어미였다.

어느 날 아들 무성제가 인사차 내전에 들렀다. 인사를 올리다 보니 태후 뒤에 서 있는 두 여승의 모습이 참으로 아름다웠다.

어머니가 이제는 호색에 못 이겨 여승들까지 끌어들였구나.

그렇게 생각하면서도 여승들에게 한눈에 반한 그는 모후에게 환관을 보냈다. 첩으로 삼고 싶으니 달라고 했던 것이다.

호태후의 눈에서 불이 일었다.

"지금 무슨 말을 하고 있는가? 여승으로 후궁을 삼겠다니. 그런 법은 없다."

이 말을 들은 무성제는 더욱 여승이 욕심났다. 근신들에게 당장에 그녀들을 끌어오라 했다.

근신들이 무장을 데려가 여승들을 끌고 왔다.

무성제는 짐승처럼 여승들에게 달려들어 야욕을 채우려 했다. 밀고 당기고 엎어지고, 기물들이 부서져나갔다.

여승들은 옷을 벗기려는 무성제에 사력을 다해 대항했으나 그의 힘을 당해내지 못했다. 속옷을 끙끙거리며 까 내리던 무성제가 그만 눈을 뒤집고 뒤로 넘어졌다. 여승의 사타구니에서 벌떡거리는 남자의 성기를 보았기 때문이었다.

무성제는 길길이 날뛰었다. 그는 결국 여승들의 사지를 찢어 죽였다. 그리고 자신의 어미 호태후를 복궁 깊숙이 유폐시켜버렸다.

호색녀가 복궁에 유폐되고 보니 더욱 남자가 그리웠다. 그녀는 환관을 시켜 남자 성기를 닮은 목각을 하나 구해다 달라고 했다. 그것으로 겨우 자신의 욕정을 달래었는데 어미를 유폐시킨 아들 무성제는 여덟 살 난 아들에게 나라를 물려주고 도망 가다가 북주의 군사들에게 잡혀 죽었다.

호태후는 풀려나 북주의 군왕들을 홀렸다. 북주의 군왕들이 그녀가 요물임을 알고 죽여 성기를 살펴보니 명기 중의 명기였다. 그녀의 성기는 그들이 신봉하는 명당을 그대로 닮아 있었다. 음의 기운이 강해 요부가 나는 혈의 모습을 그대로 하고 있었기 때문이었다.

북주의 군왕들은 그녀를 묻고 장사를 지내주었다.

그로부터 7백 년 후 원순제 때 서역에서 양련진가라는 라마승이 들어왔다.

그의 눈이 합안이었다. 호태후처럼 매우 음탕했던 그는 호태후의 소문을 듣고 그녀의 무덤을 찾았다. 그녀의 초상화를 보니 그 눈이 합안이다. 자신과 닮았다.

그는 직접 그 눈구멍을 보고자 했다.

아무도 몰래 무덤을 파헤쳤다. 관 뚜껑을 열어보니 믿을 수가 없었다. 7백 년이나 지났는데 시체는 그대로였다. 썩기는커녕 머리카락이 자랐고 살결에 윤기가 흘렀다.

양련진가는 그만 음기가 발동하고 말았다. 얼음장 같은 관속이 화로처럼 달아올랐다. 색남색녀가 7백 년 만에 제 상대를 만난 것이다.

십이궁도를 배우다

1

 그날 이후 내경은 아무 소리 못 하고 무려 일 년 동안 해골을 안고 살았다. 누구인지 모르겠지만 제자를 위해 제 아비의 뼈라도 주고 간 대스승의 신심이 그제야 눈물겹게 다가왔다고 할까.
 일 년을 보내고서야 조금은 알 것 같았다. 사람의 살 속에 파묻힌 해골을 겨우 이해할 수 있었으니. 그렇지만 그때까지도 아버지의 해골을 파내 대대로 물린 대스승의 저의가 충분히 이해가 되었다면 그것은 거짓말이었다. 버려진 해골들을 놔두고 제 아비의 무덤을 파헤쳐 그 뼈를 주고 갔다면 분명 그만한 이유가 있을 터인데 스승은 그 후로도 그 뼈에 대해서는 일언반구 말이 없었다.
 그렇게 골상학을 배우고 나서야 스승은 내경을 다시 시장으로 데리고 나갔다.
 여전히 스승은 그날그날의 과제에 철저했다. 오늘 십이궁의 관찰과 인상 판단 내지 인물감정을 해보자고 하면 시장바닥이나 길거리를 가리지 않았다.

"사람을 볼 때 먼저 어딜 본다고 했느냐?"

"눈입니다."

"그렇다. 그럼 눈은 무엇을 사이하고 있느냐?"

"미간을 사이하고 있습니다."

"미간이 어디냐?"

"눈 사이 아닙니까?"

내경이 그것도 모르냐는 듯이 대답하면 냅다 곰방대가 머리로 날아왔다.

"이놈아, 그렇게밖에 대답 못 해?"

"틀렸단 말입니까?"

"그러니까 그렇게밖에 대답을 못 하냐고?"

"그럼 어떻게 대답해야 합니까?"

"어허, 이런 미련한 놈을 보았나. 미간이 12궁의 어디냐?"

"그야 명궁 아닙니까?"

"그렇지? 그럼 그렇게 대답해야 될 것 아니야."

거적을 까니 지나가던 장돌뱅이 둘이 관상을 보겠다며 앉았다.

"잘됐네. 12궁으로 살펴봐라."

스승이 명령했다.

내경이 왜 하필이면 12궁으로 관상을 보라는지 모르겠다는 눈빛으로 스승을 쳐다보았다. 스승이 눈치를 채고 한마디 했다.

"12궁도가 현인오법(現人五法)이나 관인팔법(觀人八法)보다 세밀하고 자세하기 때문이다."

내경이 앞에 앉은 사람 중 한 사람을 보니 명궁이 좋지 않다. 양미간이 움푹 꺼졌다. 거기에다 흉터까지 있다. 운이 막히지 않으려면 우선 이곳이 맑아야 한다.

　재산 운을 보기 위해 재백궁(財帛宮)을 보니 그곳도 좋지 않다. 재백궁은 코다. 재산깨나 가지고 살려면 우선 코가 좋아야 한다. 둥근 대통을 반으로 잘라 엎어 놓은 것 같거나 쓸개주머니를 매단 것 같으면 좋은데 코끝이 뾰족하다. 거기에다 콧구멍이 보이니 평생 빈천함을 면치 못하겠다.

　재산이 없어도 형제간에 우애나 있을까 하여 두 눈썹을 보았더니 그것조차 시원찮다. 눈썹은 형제자매궁(兄弟姉妹宮)이다. 눈, 귀, 코, 입과 눈썹인 오관 중에서도 그 사람의 인상을 특징짓는 핵심은 눈썹이다. 눈썹은 지붕과 같으므로 눈보다 길어 눈을 잘 덮어주어야 한다. 만일 눈썹이 눈을 덮지 못하면 일생 고독하다.

　눈썹조차 수려하지 않고 끊기고 엉키고 거친 것을 보니 형제끼리 좋게 살기는 틀렸다. 가족이 뿔뿔이 흩어질 상이다.

　그렇다면 복덕궁(福德宮)은 볼 것도 없다. 복덕궁은 눈썹 끝의 위쪽 부분이다. 이곳이 도두룩하고 맑아야 한다. 그래야 평생 행복하다. 오목하고 깨끗하지 못하면 고생만 하고 빈한하게 살게 된다. 그러니 전택궁(田宅宮)인 눈두덩은 볼 것도 없다.

　전택궁은 집이나 밭이나 논을 가졌을까 하고 보는 곳이다. 눈썹이 좋지 않으니 전택궁인 눈두덩도 좋을 리 없다. 형제 우애가 없는데 전택궁이 좋을 리 없고. 눈두덩이 두둑하질 못하고 푹 꺼졌다. 어디 복 있는 곳이 있을까 하고 살펴보니 의외로 노복궁(奴僕宮)이 괜찮다.

　노복궁은 턱이다. 턱이 의외로 풍만하다. 뾰족하지 않고 흉터도 없다. 젊었을 때는 고생을 해도 나이가 들면 아랫사람들 거느리고 제대로 살 상이다.

슬며시 곁의 사람을 보았더니 이 사람은 턱이 뾰족한 역삼각형이다. 앞에 본 사람이 삼각형이었다면 이 사람은 그 반대다. 역삼각형이면 천이궁(遷移宮)이 좋을 수밖에 없다.

천이궁은 이마의 양 옆이다. 역삼각형이니 이곳이 넓고 발달할 수밖에. 삼각형인 사람은 이곳이 발달할 리 없다. 부자들을 보면 이마 양쪽이 불룩하다. 이곳이 빈약한 사람치고 부자가 없다. 이곳에 주름이 많으면 평생 관재구설수에 시달린다.

자연히 천이궁이 발달한 사람은 이마가 넓다. 미간이 훤하다. 하지만 삼각형의 얼굴을 가진 사람은 그렇지 않다. 어떻게 이런 사람들이 친구가 되었나 싶다.

12궁법에 의해 관상을 봐주고 나자 스승은 고개를 끄덕이다 동물형에 의한 물형비유 인물 감정법을 가르쳤다.

육지동물, 수중동물, 조류형, 파충류 등 한두 가지가 아니었다. 사상체질에 의한 인물 감정법이나 음양오행으로 본 인상 판단과 인물 감정법, 인체기공 잠재능력과 심령투시술의 인물감정법도 마찬가지였다.

생긴 대로 사는 이유

어느 날부터 상학은 가끔 내경을 불러 앉히고 심상 바둑을 가르쳤다. 내경을 가르치면서 상학은 수시로 뜨끔뜨끔 놀랐다. 실력이 예사롭지 않아서였다.

"하하하, 네 아비가 심상 보는 법만은 확실히 가르친 것 같구나."

상학과 내경은 한 번 바둑이 시작되면 밤이 깊어가는 줄 몰랐다.

"네 아비 냄새가 나. 반상을 읽는 솜씨가. 그러나 어림없지. 네 아비의 수를 읽고 있던 나였으니."

그렇게 심상법이 익어가던 어느 날 상학은 이런 말을 했다.

"관상쟁이가 반상을 마주하는 것은 양지(良知)를 얻기 위함이요, 마음을 어둡게 하는 물욕을 물리치고 이치를 끝까지 파고들어 앎에 이르기 위함이다. 이를 격물치지(格物致知)라 한다. 여기에 주자와 왕양명의 핵이 있어."

그렇게 말하고 상학은 다음날 내경을 시장으로 데리고 나가 지나가는 한 여인을 지목했다.

"자, 내경아. 저 여자의 명운을 한번 보자. 얼굴을 보아라. 다리는 짧은데 걸음이 허둥거리고 얼굴은 사색이 되어 있지. 사방을 두리번거린다. 눈동자가 무엇을 끊임없이 찾고 있다. 손을 보아라. 금방 무엇인가를 부를 것 같고 잡을 것 같다. 이로 미루어 저 여자는 장을 보다 분명 무엇인가를 잃어버렸다. 돈을 잃어버렸을까? 눈을 보아라. 땅을 보고 있는 것 같지는 않다. 그럼 돈은 아니다. 그럼 물건을 잃어버렸을까? 그것도 아닌 것 같다. 입이 열려 있다. 속으로 누군가를 부르고 있어. 사람들을 의식해 소리치지 못하고 있을 뿐. 그럼 무엇을 찾고 있을까?"

"아마…… 시장으로 데리고 온 자식을 잃어버린 것 같습니다."

내경이 집히는 대로 대답했다.

"맞다, 상대를 판단할 때는 눈으로만 보지 마라. 상대의 동정을 세밀하게 관찰하여 그 기운을 살피고 과거와 현재를 추리하여, 현재에 비치는 미래를 예지하라는 말이다. 이 경지를 얻으려면 마음이 순수해져야만 해. 정신이 맑지 않으면 묘리가 생겨날 리 없지. 아마 딸을 잃어버린 것 같구나."

"그걸 어떻게 아십니까?"

"양 눈 밑을 누잠이라 한다. 오장의 기운이 나타나지 않는 곳이 어디 있겠느냐. 좌측이 사내아이라면 우측은 여식이지."

"이제 그 정도는 압니다."

"잔말 말고 들어. 세상에 좀 안다고 뻐기는 놈치고 돌팔이 아닌 놈을 보지 못했다. 그래 그렇게 잘났다면 대답해보아라. 딸을 잃어버린 지 얼마나 된 것 같으냐?"

상학이 그렇게 묻자 그만 내경은 말이 막히고 말았다.

"그러면서 잘난 체는. 우측 눈 밑을 봐라. 무엇이 보이느냐?"

"글쎄요?"

"양 눈 밑을 비교해보란 말이다."

"그러고 보니…… 우측 눈 밑에 약간 검은 기운이 있습니다."

"바로 그거다. 우측에 검은 기운이 뻗쳤으니 딸을 잃어버린 지 한 식경(밥 먹는 데 걸리는 시간)은 되었다."

"한 식경요?"

"그 검은빛의 크기로 기한을 짐작할 수 있어야 한다."

내경이 멍하니 상학을 쳐다보다가 벌떡 일어났다.

상학이 일어나는 내경을 올려다보았다.

"왜 그러느냐?"

"스승님을 의심해서가 아니라 확인을 한번 해보려고요."

내경이 여자를 향해 달려갔다.

"아주머니, 누굴 잃어버렸어요?"

"아이고, 딸을 잃어버렸소. 키가 요만하고 머리를 길게 땋은 계집아이 못 봤소?"

"잃어버린 지 얼마나 되셨습니까?"

"한 식경이 넘어가는데. 이것이 어딜 갔나 그래."

"이름이 무엇인가요?"

"상순이라오. 상순이."

상순아, 하고 내경이 불러대자 상학이 희미하게 웃으며 일어나 다가갔다.

"아주머니, 애가 시장에 따라나설 때 뭘 사달라고 하던가요?"

상학의 먼 눈을 보고 놀라던 여자가 잠시 생각하다가 대답했다.

"옆집 아이가 저번 장날에 꽃신을 샀다고……."

"꽃신을 사달라고 했단 말이오?"

"예, 비싸서 안 된다고 했는데……."

"꽃신 파는 곳으로 가보아라."

내경이 꽃신 파는 곳으로 가보니 계집아이가 꽃신 가게 앞에 쪼그리고 앉아 있었다. 사지는 못하고 그냥 바라보고 있다.

"어떻게 아셨습니까?"

꽃신 가게 앞을 돌아 나오면서 내경이 물었다.

"이놈아, 상식 아니냐."

"그것도 상으로 아셨습니까?"

"그것이 이치의 상이다. 상이 없는 상. 관상은 가늠인 것이다. 유추라는 말이다. 항상 유추심을 잊어서는 안 된다. 상황의 유추. 그것이 상이다. 잊지 말아라."

"알겠습니다."

"자리를 옮겨보자."

그들은 다른 난전으로 갔다.

"저 여자를 봐라. 얼굴에 점이 많지?"

"그러네요."

"관상에서는 점을 흑자(黑子)라 한다. 위치에 따라 길흉이 정해지는데 역대 제왕의 초상화를 보면 이상하게 점이 많다. 그렇다면 얼굴의 점이 다 나쁘다는 건 아니라는 걸 알 수 있다. 그러나 여기에 조건이 있다. 어떤 점이든 숨겨져 있어야 한다는 것이야. 귀한 상의 점은 하나같이 드러나지 않아."

그때 젊은 여자 하나가 지나갔다. 내경이 얼굴을 쳐다보다 물었다.

"얼굴에 붉은 점이 있습니다. 몹시 거슬리는데요?"

"그렇다. 하필 이마에 붉은 점이 있구나."

"나쁜가요?"

"지극히 나쁜 점이지. 삼족이 멸할 흉측한 점이다. 당장 없애버려야 한다. 특히 사마귀가 귀의 뿌리에 나 있다면 길가에서 죽을상이다."

이번엔 콧등에 점이 난 여자가 지나갔다. 상학의 시선이 그녀를 좇았다.

"저 콧등의 점을 보아라. 애교는 있어 보이나 보통 기생들에게서 볼 수 있는 점이다. 도독하니 살아 있는 점은 좋으나 저런 점은 잘생긴 코에 평생 보이지 않는 쥐새끼 한 마리가 달라붙어 있는 꼴이지. 눈꼬리의 점은 눈물이 많고 남자에게 헤픈 형이고, 눈과 눈 사이의 점 또한 빼야 할 점이다. 부부 사이가 나빠지기 때문이야. 눈 아래 점은 남편을 두고 불륜을 저지르게 될 상이고, 흰자위의 점은 남자는 총명하지만 여자는 남편을 두고 부정한 사랑을 하게 될 것이다. 저 할머니를 봐. 콧대 중앙에 세로 주름이 선명하게 잡혀 있지. 병든 과부가 분명하다. 더 산다 해도 노년이 고독해. 더욱이 준두 즉 콧등에 주름까지 가로로 있어 자식과도 인연이 없고 갈 날이 얼마 남지 않았다. 만약 자식이 있다면 그 자식은 관재구설수에 휘말릴 것이야."

내경이 할머니를 잡고 사정을 알아보니 스승이 말한 그대로였다.

어느 날 문득 상학은 내경에게 물었다.

"얼굴의 총론을 한번 말해봐라? 내가 운을 떼주지. 대부운재천 소부운재근(大富運在天小富運在勤)이다."

그의 말을 풀이해보다 내경이 고개를 갸웃했다.

"누구나 큰 재벌이 되고 싶지만 억지로 될 수 없다, 뭐 그런 말 같은

데요?"

"그렇다. 바로 그 말이 상의 총론이다. 이미 상은 받아 나오는 것이어서 제 마음대로 할 수 없는 것이다. 그런데 그 말이 좀 잘못된 것 같지 않느냐?"

"예?"

"아무리 가난한 상일지라도 자기 분수를 안다면 어떻게 될까?"

"자기 분수를 안들 이미 받아 나왔는데 무슨 소용이 있겠습니까?"

"넌 역시 냉정한 놈이다. 이놈아, 상쟁이의 첫째 조건은 연민에 있는 것이다. 어찌 그렇게 곧이곧대로냐."

"문제가 달라진다는 말인가요?"

"자기 분수를 안다는 것은 부지런하게 노력하는 형임에 분명하고 그런 사람은 재산을 모으고 살 수 있다는 말이다."

"하지만 지장불여복장(智長不如福長)이라 하지 않았습니까? 아무리 꾀가 많고 학문이 뛰어나다 하더라도 복이 많은 자에게 당할 수 없다고 말입니다."

"그렇다. 대저 복이란 눈에는 보이지 않는 것이다. 그렇다는 말인 것이다. 열심히 살려고 하는 사람은 그 심상이 복 받는다는 말인 것이지."

"어떻게 생각해보면 복 없이 태어난 사람들이 심상으로부터 위로받는다는 말처럼 들립니다?"

상학은 머리를 내저었다.

"아니다. 그렇지 않아. 예를 들어볼까. 혹 김주라는 사람을 아느냐?"

"김주?"

"고려 말 사람이다. 성균관 직강까지 지낸 양반인데 요승 신돈의 죄를 간하다 유배를 당했지. 그의 아내가 보기 드문 추녀였다. 김주는 일이 안 되면 무엇이든 그녀의 탓으로 돌렸다. 아내는 오히려 대장부답지 못함에 서운해했고."

"당신이 아무리 나를 부정해도 나로 인해 목숨을 구할 것이니 그리 아세요."

김주는 아내의 말뜻을 알지 못했다. 설마 했던 것이다. 그러나 인생이란 설마에 꼬투리가 잡히기 마련. 신돈이 사사되자 김주는 귀향에서 돌아와 비서감승에 임명되었는데 조선의 개국으로 감사가 되었다.

그런데 문제는 하륜이란 자였다. 김주가 그를 제거하려고 하자 아내가 말렸다.

"그와 척지지 마세요."

"왜 그러오?"

"그는 못생겼으나 마음속에는 큰 그림이 그려지고 있습니다. 나는 분명 보았습니다. 그의 인중에서."

"방금 인중이라고 하시었소?"

"인중은 곧고 길어야 합니다. 그래야 장수할 수 있지요. 그의 인중이 그의 심상을 대변하고 있습니다. 그의 명(命)을 말하고 있는 것입니다. 한번 하고자 한다면 해내는 형이 바로 그런 형입니다. 그는 해낼 것입니다. 그의 대의가 인중에 드러나고 있어요."

김주는 설마 했으나 그의 허물을 굳이 논할 필요가 없어 그대로 넘어갔다.

아내의 말대로 그 후 하륜은 충청도 관찰사가 되어 정안군 이방원이 베푸는 연회에 참석하였다.

하륜은 술에 취한 척하고 정안군의 무릎에 음식과 술을 엎었다.

"이게 무슨 짓이오?"
"아이고, 미안하오이다."
"에이!"
정안군이 화를 내며 후딱 일어나 안으로 들어갔다.
"허허, 내가 술이 취했나. 이런 실수를 하다니. 사과라도 해야겠네."
그러면서 하륜은 정안군을 따라 들어갔다.
정안군이 그제야 하륜의 의도를 알아채고 그를 돌아보았다.
"내게 무슨 할 말이 있는 것이오?"
"그렇습니다."
하륜은 지금 왕자의 생명이 급하게 되었다고 했다. 자신은 왕명을 받아 임지로 떠나니 안산군수 이숙번을 찾아가 그의 도움을 받아 경복궁을 포위하라고 했다.
하륜을 믿었던 정안군은 그 길로 이숙번을 찾았다.
이숙번이 그 말을 듣고는 그 길로 한양에 도착해 궁중의 복종을 이끌고 경복궁을 포위했다.
그때쯤 김주는 자신의 본성을 버리지 못하고 백성을 혹사하고 있었다. 그 죄로 죽을 위기에 빠졌다. 하륜이 김주를 잡았기 때문이었다.
김주의 아내가 그 사실을 알고는 하륜을 찾아갔다.
하륜이 김주를 죽이기 위해 옥으로 가다보니 말머리 앞에 여인이 하나 앉아 있다.
"누구인데 앞을 막는 것이냐?"
"저를 모르시겠습니까?"
김주의 처임을 알고 하륜이 눈을 크게 뜨는데 그녀가 남편을 살려 달라고 했다. 하륜은 형식적으로 김주를 영주에 유배시켰다. 그리고 속으로 생각했다.

"김주 같이 색을 밝히는 자가 어찌 그런 여인을 아내로 맞았단 말인가."

나중에 하륜이 김주에게 물었다.

"어떻게 그런 아내와 평생을 같이 살 수 있는가?"

김주가 대답했다.

"그녀가 아니었으면 내가 나리를 만났겠습니까? 그녀의 마음이 나를 살린 것입니다. 아니 우리를 살린 것입니다."

그 후 김주는 결코 다른 여인을 넘보지 않았다. 오히려 아내의 마음을 얻기 위해 눈치를 살필 정도였다.

내 안의 괴물

그렇게 세월이 흐르고 있었다.

어느 날 스승 상학이 어딘가를 다녀오더니 불쑥 호패 하나를 내밀었다. 내경은 그때까지 호패 문제로 마음고생을 좀 했는데 스승은 그게 마음에 걸렸던 모양이었다.

호패는 16세 이상의 남녀는 누구나 지녀야 하는 것이었다. 그것이 있어야 신분을 보장 받을 수 있었다.

세상이 어지러울수록 어느 고장이나 타관 사람이 찾아들면 의심부터 먼저 하고 보았다. 어디 사는 사람이냐, 죄를 짓고 도망 다니는 사람은 아니냐. 신분을 증명 받고 사람답게 살아가려면 없어서는 안 될 것이 호패였다.

내경이 호패를 받아보았더니 양민의 것으로 성명과 나이, 거주지, 얼굴의 모양새, 수염의 유무 등이 적혀 있었는데 그 성명이 김내경이 아니라 김심경(金心鏡)이었다.

"마음거울? 왜 심경이라 했습니까?"

"내경이나 심경이나 그게 그거지."

"그래도요."

"이놈아, 그나마 감지덕지해라. 네 아비 역적질 하는 바람에 온전히 낼 수나 있다더냐."

내경이 나이가 들수록 운신을 염려하는 게 몸에 배었는데 상학은 언제나 그게 마음에 걸렸다. 어떻게 해봐야겠다고 마음먹고 이리저리 알아보았지만 호패 내기가 쉽지 않았다. 그러다 가뭄이 심해 유민이 늘어나자 그곳 관장이 조정의 문책을 겁내 자신의 부내(府內)에 안주시킨다는 소문이 돌았다.

마침 그곳 관장이 아는 이였다. 그래 찾아가 새 호패를 내주는 곳에서 어떻게 발급받았다. 그것도 관장이나 이방이 상학의 은덕을 입었기에 가능한 일이었다.

"이왕 이름을 바꾸려면 좀 더 멋진 이름으로······."

상학은 어이가 없어 흐흐흐, 웃고 말았다.

"언젠가 왜 내가 심경이라고 했는지 알 날이 있을 게다. 그렇다고 오늘부터 심경이란 이름을 쓰라는 말이 아니야. 쓸 때만 쓰면 되지 뭘 그래."

그렇게 말하고 말았다. 그러고 보면 호패를 가질 나이가 넘었으니 그만큼 세월이 흘렀다.

임금의 둘째 아들 진평대군이 함평대군에 책봉되었다. 그리고 그해 7월 진양대군(晋陽大君: 훗날의 수양대군)으로 봉해졌다. 임금은 한편 세자를 성균관에 입학시켰다. 왕업을 튼튼하게 하기 위해 왕자들의 교육에도 힘쓰고 있었다.

세월은 그렇게 변해 가고 있었지만 상학은 한시도 가르침을 잊지 않았다. 자신처럼 쓸모없는 상쟁이를 만들 수는 없다고 그는 생각하고 있었다.

내경은 아직까지도 김종서를 향한 원망의 마음을 제대로 달래지 못했다. 더 두고 봐서는 안 되겠다 싶어 노골적으로 나무랐다.

"네놈의 상을 살피니 그 심상에 원심이 가득하다. 어찌 그렇지 않겠는가. 그러나 원심을 채우려면 원심으로부터 벗어나야 한다는 걸 알아야지. 그렇지 않고는 결코 그 원심을 채울 수 없을 것이야."

"어렵습니다."

내경이 한숨처럼 말했다.

"어려울 것 없다. 너의 원망이 얼굴에 보일 정도라면 말 다했지. 김종서. 네 아비를 죽인 사람. 어찌 원심이 차지 않겠느냐. 그러나 알아야 해, 원심만으로 원심을 풀 수는 없다는 것을. 더욱 열심히 공부하는 수밖에. 너의 원심을 화두로 삼으란 말이다. 그럼 그 원심을 풀 수 있을 때가 보일 것이야. 그리고 어떻게 풀어야 할지도 보일 테고. 그 경지에 가지 않고는 넌 너의 원심을 풀 수 없을 것이야."

내경이 그래도 입을 앙다물었다.

"어리석은 생각에 몸을 맡기면 안 된다. 김종서의 사가로 오늘이라도 쥐새끼처럼 담을 넘어 들어갈 수도 있지. 하지만 무엇이든 때가 있다. 분명히 너는 상쟁이가 될 수밖에 없는 운명을 타고 난 놈이다. 그러니 그렇게 아비를 잃었고 나를 만난 것이다. 올 곳 갈 곳이 없어 나를 만났다고 하지만 이미 너는 상쟁이가 될 수밖에 없는 운명을 타고 났으니 나를 만난 것이 아니겠느냐. 대답은 거기 있다. 상, 그 상을 너의 것으로 했을 때 그때 너의 원심은 저절로 풀려갈 것이다."

"무슨 말씀인지 알겠습니다만 저의 원심이 지운다고 해서 지워질 성질의 것입니까."

"내경아, 지금은 부디 마음을 잡아야 한다. 관상쟁이가 되려면 영(靈)이 열리고 눈이 열리고 귀가 열려야 하는 법이야. 득령(得靈), 득시(得視), 득청(得聽)하지 않고는 결코 상쟁이라 할 수 없다. 그 경지에 가려면 부지런히 노력해야 한다."

원심으로 가득한 그에게 상학은 언제나 득령, 득시, 득청을 외쳤다.

"비로소 그 경지가 열려야 진정한 상쟁이라 할 것이다. 명심하거라."

내경의 나이 어느새 21살. 그때까지도 그들의 가르침과 배움은 이어지고 있었다.

언젠가부터 상학은 얼굴 주요부 명칭이 표기된 면부긴요도를 내놓고 방사형 자를 사용하기 시작했다. 상학이 만든 것이었다. 그림을 펴면 얼굴별로 부위 묘사가 되어 있고, 빽빽이 부위 명칭이 적혀 있었다.

제자, 스승의 상을 보다

1

"이곳?"
"예?"
"모르겠단 말이냐?"
 이상했다. 스승은 시도 때도 없이 그림을 내놓고 부위를 묻는데 이상하게 스승이 없을 땐 술술 입에서 흘러나오던 것이 스승이 자를 들고 짚기만 하면 내경은 기억이 나지 않았다.
 짚기가 무섭게 부위를 말해야지 조금이라도 더듬거리면 그대로 붓대가 꿀밤이 되어 날아왔다.
 부위가 달달 외워져야 그 종이는 구겨져 화로에 던져졌는데 뭔 부위가 그렇게 많은지 내경은 기가 막혔다. 그렇게 한동안 암기, 폐기의 과정이 반복되었다.
 어느 날 상학이 남자의 얼굴이 하나씩 그려진 종이 두 장을 내놓았다. 하나는 눈썹과 눈, 코, 입이 누가 보아도 위엄이 있어 당당한 얼굴이고, 또 다른 얼굴은 홀쭉하고 주름이 많아 빈곤하고 피로에 절은 모습이었다.

그때 내경은 알 수 없었다. 상학이 무엇 때문에 화선지 두 장을 내놓았는지.

내경에게 상학은 이렇게 말하고 있었다.

"신상전편의 열네 가지 얼굴상 중 두 개를 뽑았다. 이름과 특징을 말해보아라."

"첫 번째 것은 위상이 아닌지요. 두 번째 것은 박상이옵고……. 위상은 눈, 코, 입에 위엄은 있으나 사납지 않아 웃으면 세 살 어린아이도 따르고 화를 내면 십만 대군도 떨어 임금이나 높은 벼슬을 할 상입니다."

"그럼 박상은?"

"박상은 박복해서 인덕도 행운도 없는데 글 읽는 재주는 조금 있어 하급관리나 이름 없는 학자로 살다 죽을 상 아닙니까."

"그렇지. 이제 나를 보고 앉아라. 서로의 면상을 보고 관상을 파악해보게."

그러고 보니 스승 얼굴 참 웃기게 생겼다. 천골이다. 이 어디 복이 있어 관상이라도 보고 살아갈 수 있는지 영 감이 잡히지 않았다.

어릴 때는 그래도 부유하게 살았는지 이마 하나는 조악하지 않고 넓다.

듬성듬성한 눈썹, 쭉 찢어진 눈, 거기다 오른쪽 눈은 흉측하게 칼을 맞았다. 거기다 콧등이 죽은 요비(凹鼻)다. 툭 튀어나온 광대, 뾰죽한 입……. 뭐 하나 제대로 된 곳이 없다.

눈 하나 깜빡이지 않고 스승 얼굴을 뚫어져라 쳐다보는데 그가 말했다.

"어디, 너부터 읊어봐."

"상판은 섬면상(蟾面相: 두꺼비상)인데 그 기를 잃었으니 오뉴월 풀밭에서 말라비틀어진 맹꽁이로다. 조택(입 아래 부위)에 잔주름이 어지럽고 콧등이 솟은 고봉비라 혈육이나 일가에게 따돌림 당해 평생 남의 집에 세 들어 살 꼴입니다."

상학이 인상을 찌푸렸다.

"뭐시라!"

에라 모르겠다 싶어 내경은 그대로 읊었다.

"어라? 세 들어 사는 것은 맞는데, 그 쥔집이 누이 댁이니 혈육에게 따돌림 당한다는 말은 틀리네. 처첩궁의 살빛이 거칠고 메마른 것이, 객지 귀신이 될 것도 같고……."

사람은 이 세상에 태어날 때 오복을 가지고 태어날 권리가 있다. 내경은 스승에게서 그렇게 배웠다.

그런데 이 상판에 도대체 무슨 복이 있다는 것인지 알 수가 없었다. 오복이라고 하면 첫째가 부모복, 재물복, 처복과 남편복, 임종복, 수명복일 터이다. 명궁(눈썹과 눈썹 사이)이 잘생기기를 했나, 코가 잘 생기기를 했나 도대체 어디 하나라도 짚어볼 만한 곳이 없다.

그런데도 스승은 이내 역정을 내었다.

"너 지금 무슨 말을 씨부리는 것이야?"

내경은 모른 체하고 시침을 뗐다.

"왜 틀립니까?"

2

상학이 생각해보니 요놈 봐라 싶다.

상학은 눈을 한참 감고 있다 애써 화를 지우고는 한쪽 눈을 떴다.

"맞다! 잘 보았어. 그렇지 않다면 내가 이곳에서 네놈 관상이나 가르치고 앉았겠냐. 에이, 얼음 같은 놈. 이제 내가 볼 차롄가? 보자. 상이 반듯하니 봉황상이로다. 그러면 뭐할 것인가. 시대를 못 만나면 닭상보다 못한 것을. 좌측은 일각이요, 우측은 월각이다. 부모의 안위가 흉측하다. 월각(月脚)이 아니라 월각(刖脚)이로다. 아비 목이 잘렸구나. 그래서 생긴 원심이 심상을 어지럽히고 있어. 언제나 그 먹구름이 걷히려는지. 칼 하나 품고 살아가는 살기에 착한 심상이 조각나고 좌측 이마에 찰색이 어두워 우측 각을 침범하니 모친이 병중임을 알겠다. 좌측 일각이 잘 발달하였으니 사내새끼를 낳겠구나. 그러나 눈 끝 어미 간문(奸門)이 어지럽다. 살기가 들었어. 검고 푸르니 스스로 이별을 부르리라. 거기다 주름이 많으니 서른 전에 부인이 분명 악사하겠도다. 아아, 이 생리사별을 어이할꼬. 거기다 자녀궁인 눈의 용궁(아래 꺼풀 부분인 눈 안쪽), 중앙의 누당, 눈 끝의 와잠에 살성이 끼었으니 새끼를 본다 하나 그 새끼 서른 되기 전에 그 명을 다하리라. 이마 양쪽 역마궁이 발달하였으니 평생 객지 귀신이 될 상이요, 명궁에 녹이 들어 한때 녹을 먹는다 하나 일장춘몽이다. 칼끝 앞의 목숨이라 귀신이 돕지 않는다면 그 목숨 보존치 못하리라."

그렇게 말하고 상학은 내경의 턱을 흔들다가 놓아버렸다.

"이놈아, 네놈은 평생을 조심하며 살아야겠다."

"왜 그러십니까?"

"살성이 그림자처럼 붙었어. 때만 되면 기웃거릴 게야."

다음 날 상학은 내경을 데리고 동헌으로 갔다. 사건이 났는데 범인을 가려달라고 했기 때문이다.

이참에 내경의 공부를 시험해봐야겠다고 생각한 상학은 동헌으로 들어서면서 내경에게 이렇게 말했다.

"오늘은 좀 쉬울 게야. 그러니 네가 한번 해보아라."

"무슨 사건인데요?"

내경이 뭣 모르고 물었다.

"아마 부잣집 도령들이 모여 술을 마시고는 처자를 건드렸던 모양이야."

"강간을요?"

"맞아. 넷이 다 한 것은 아닌 것 같아 한 자와 안 한 자를 가려내야 하는데 쉽지가 않다는 게야."

내경이 옥안으로 가보니 네 사람이 몰려 앉았는데 부잣집 도령들의 태가 났다. 그래도 내로라하는 지방의 유지들 자제라 그 부모들이 옥 앞에서 떵떵 고함을 질러대었다.

내경은 그들의 찰색을 살폈다. 날이 좋지 않아서인지 살피기가 쉽지 않았다. 그때까지도 내경은 스승 상학이 바로 그 점을 노리고 있었다는 걸 눈치 채지 못했다.

찰색만큼 혼란스러운 것도 없다. 오장의 기운에 영향 받는 찰색은 순간순간 빛의 음영에 의해 영향 받기도 하기 때문이다. 폐장의 흰색과 비장의 황색과 심장의 적색과 신장의 흑색과 간장의 청색, 이 다섯 색이 적당히 어울려 찰색을 만들어내는데 날이 궂어 빛의 영향을 받을 때는 우선 크게 나누어버리는 수밖에 없다. 움직여야 할 때의 색,

현재를 지켜야 할 색, 크게 재물이 모일 색 등등으로.

그렇게 일단 분류하고 간문의 찰색을 살펴야 한다. 간문은 눈썹 끝과 눈끝 사이다. 오장육부 중에서 신장의 기운이 머무는 자리다. 이곳에 홍윤색으로 윤기가 돌면 정력이 정상적이라는 뜻이요, 어두우면 간밤에 색욕이 동해 고갈되었다는 뜻이다.

간문의 길이로 파정의 시각도 가늠할 수 있다. 이것은 찰색법 중에서도 가장 고단위에 속하는 관상법이다. 정숙한 남녀 사이엔 이곳에 윤기가 돌고 약간 붉은색이 돈다. 서로를 그리워만 하고 있다는 증거다. 그러나 난잡한 관계의 남녀 간문은 여기가 어둡다. 그곳만 살펴도 남녀 사이가 어느 정도인지 정확하게 가늠할 수 있다.

상학의 매서운 두 눈이 도령들의 찰색을 살피는 내경의 눈에 가 꽂힌 채 움직일 줄 몰랐다.

내경이 네 도령을 살펴보니 두 도령은 간밤의 파정으로 간문이 어두웠고 두 도령은 생색만 내다가 말아 건드려도 터져버릴 정도로 붉었다. 색이 차 있다는 증거였다.

상학의 염려를 비웃듯 그동안 배운 대로 내경이 정확하게 가려내자 도령들이 그제야 실토를 했다. 넷이 같이 했다고 하면 죄가 가벼워질 줄 알고 강간을 한 총각들이 안 한 총각들을 끌고 들어갔다고 했다.

돌아오면서 상학은 아무래도 믿어지지 않아 필필 웃었다.

"제법일세."

"스승님도 참……."

"이제부터는 내가 허드렛일을 할 테니 네가 관상을 보아라."

상학이 말했다.

"왜 그러십니까?"

"네놈 편하라고 그러는 게 아니라 실전을 더 쌓으란 말이다. 뭐니 뭐니 해도 관상은 실전이다."

정말 그날부터 상학이 허드렛일을 하고 제자 내경이 관상을 보았다. 그 전에 상학은 내경에게 몇 가지를 가르쳤다.

"관상쟁이로 나서 내공에 자신이 없을 때 처신하는 방법을 몇 가지 가르쳐주마. 그 사람의 앞날에 대해 섣불리 혀를 놀릴 생각일랑 말고 이 세 가지만 행하거라. 첫째, 불길하게 생긴 부분은 거들떠보지 말고, 가능한 얼굴에서 좋은 부분만 골라 덕담을 해줄 것. 둘째, 금방 결과가 나타나는 예측은 하지 말고 예견을 하더라도 조만간, 장차, 훗날, 아니면 말년에, 같은 간접적 표현을 쓸 것. 셋째, 정말 관상이 더러워서 어디 하나 잘 풀릴 구석이 없는 상판을 만났다 싶으면, 자기 처지에 불평하지 말고 열심히 사시오. 그러면 임금의 용안이 안 부러울 것이오, 라고 말해주어라. 이 세 가지대로 하되, 당신이 순간의 판단을 그르치면 아무리 좋은 관상도 모두 헛것이오, 라는 말은 언제나 잊지 말고 해주어야 한다. 그래야 행여 그자의 운세가 꼬여도 나중에 관상쟁이 탓을 못 하는 것이야. 알겠느냐."

3

점심때쯤 아낙 하나가 들었다. 관상을 볼 때는 상학이 월래암으로 올라와 방을 하나 차지하고 상을 보았는데 그 관상방이 이제 내경의 차지가 되었다.

내경은 손님을 앉혀놓고 얼굴을 찬찬히 읽어내렸다.
"바깥양반 때문에 속을 좀 썩는 듯하오. 일은 싫고, 술은 좋고, 아내가 벌어오는 돈에 의지하고."
내경의 말에 아낙이 반색하며 눈을 크게 떴다.
"아이고 용네. 바로 맞히셨소. 내 이러니 앞으로 누굴 믿고 무슨 낙으로 살아야 하겠소?"
"당장 가서 집을 팔고 여자들과 함께 사시오. 남자들이 쉽게 지분거리지 못할 테니."
아낙이 어리둥절한 표정을 지었다.
"여자들하고 살라고요?"
"주위를 보면 신세가 비슷하거나 과부가 된 여자들이 있지 않소. 그들과 뭉쳐 살며 남자 보는 눈을 기르고. 다른 남자를 만나려거든 부인과 키가 비슷하고 손이 큰 사람을 만나시오."
아낙이 고개를 끄덕였다.
"키는 그놈이 나보다 두 뼘이 크긴 하지요. 손은 나만 하면서……."
이번엔 중인 계층으로 뵈는 남자가 턱이 뾰족한 남자와 함께 들어왔다.
중인 남자가 턱이 뾰족한 남자를 가리키며 말했다.
"이 사람 얼굴 한번 봐주쇼."
그렇게 말하고 볼일이 있는지 도로 문을 열고 밖으로 나갔다.
내경은 턱이 뾰족한 남자의 얼굴을 유심히 살폈다.
전체적으로 박상이다. 사람 붙기가 틀렸다. 남자나 여자나 눈이 길어야 좋은데 눈이 짧다. 고양이 눈처럼 동그랗다. 이런 눈은 본시 끈질기지 못한 구석이 있다. 처음에는 장사를 신나게 벌려놓고는 안 되면 얼마 안 가 때려치워버린다. 거기다 눈이 초롱초롱 해야 할 터인데 흐리멍덩하다. 큰돈 벌기는 틀린 상이다.

 입술도 붉지 않고 검다. 입술이 검다는 것은 여색을 밝히는 상이다.

 "색골이었구먼. 허리뼈가 두어 번은 돌아갔던 몸이네. 뭐로 나왔을까?"

 "흐흐흐, 용네."

 비로소 사내가 손등으로 턱 밑을 쓸며 내경을 흘끔거렸다.

 "뱀탕깨나 마신 모양이로군."

 내경이 중얼거리듯 말하자 허허허, 관상쟁이가 신이라도 되나, 하고 어이가 없는지 놀라다 못해 새하얗게 질려서는 다시 물었다.

 "그게 보인단 말이오?"

 "그럼 보이지. 당신 오입 바람에 복이 죄다 날아갔어. 살이 빠지는 바람에 얼굴살도 함께 빠졌거든. 그러니 쭈그렁상이 된 거야."

 "아이고!"

 사내가 낙담을 하며 한숨을 푹 쉬는데 중인 남자가 문을 열고 들어오더니 말했다.

 "다 보셨소? 그럼 자네, 저기 좀 가 있어."

 "에이, 제기랄. 안 본 것만 못하네."

 뾰족 남자가 한마디 했다.

 "왜 그래?"

 "너도 그래, 임마."

 뾰족 남자가 중인 남자를 노려보았다.

 "이 자식 좀 보게."

 "나를 그리 못 믿어?"

그러자 중인 남자가 성을 벌컥 내었다.
"잠시 가 있으라 하지 않나."
뾰족남이 투덜거리며 멀찌감치 떨어졌다.
"저자 어때요?"
중인 남자가 내경에게 물었다.
"뭐가요?"
"상이 어떠냔 말이오?"
"뭐 괜찮은 편이오."
"그래요? 동업을 해도 좋을 관상인지 좀 알려주쇼."
"머리통 옆이 볼록하고, 턱이 뾰족하니 허영심과 권모술수가 남다르겠소만······."
"역시······."
"거짓말도 곧잘 하나 상업을 할 것이면 느릿한 당신보다 손님 다루는 게 유리할 수도 있으니, 상호 보완이 되겠소."
중인 남자가 귀가 솔깃해 다가들었다.
"그럼 동업해도 내가 피 볼 일은 없다는 거요?"
"당신 관상보다는 먼저 본 양반의 관상이 좋구만 뭘 그래."
중인 남자가 벌떡 일어났다.
"에이, 가자."
좀 전에 본 사내의 눈가가 젖었다. 내경이 그를 보며 희미하게 웃었다.
그들이 나가고 나자 이번에는 평민으로 보이는 남녀 한 쌍이 관상을 보러 들어왔다.
"여자가 말이 많을 상이네."

내경이 대뜸 어깃장을 놓자 남자가 기다렸다는 듯이, '봐라, 이 여편네야' 하고 여자에게 면박을 놓았다.

"당신은 뭐 좋은 줄 알아."

여자가 할 말을 잃고 입을 벌리고 있는 것이 안 되어 보여 내경이 이번에는 남자에게 면박을 주었다.

"눈치 없이 생각깨나 하는 것 같네. 뭔 생각을 그리해?"

"맞소."

여자가 기다렸다는 듯이 맞장구를 치며 한 수 더 떴다.

"옛날 첫사랑 생각하나 보오."

"이놈의 여편네가 미쳤나? 언제 적 이야기를."

"그럼 대답은 나왔네. 서로가 조금씩 노력하면 되겠네. 한 사람은 말 방정을 조심하고 한 사람은 입에 이끼가 끼지 않도록 노력하면 될 거 아니오. 그럼 아주 잘 살겠네."

"이 사람 정말 첫사랑 귀신 붙은 거 아닌가요?"

내경의 말에 여자가 못 믿겠다는 어투로 물었다.

"아니 이놈의 여편네가 미쳐도 오지게 미쳤다니까. 에이, 치와 고마."

"그러니까 입에서 냄새 안 나게 아내 보고 지불거리고 사시오."

내경의 말에 두 사람이 고개를 갸웃하며 나갔다.

뒤이어 얼굴이 뺀질뺀질한 젊은 남자가 들어왔다.

"내 관상이 좋다는 소리를 많이 들었는데 말이오."

"그런데?"

"얼굴을 수시로 닦고 잘 관리했는데, 어째 여자 하나를 못 잡아 아직도 이 신세요?"

"총각이다?"

"맞소."

"미색을 찾으시는구먼. 주위에 있는 낭자 가운데 확 잡아끄는 맛이 없더라도 심성을 잘 살펴보지 그래. 박색이 반드시 나쁜 관상은 아니니까."

"그뿐이오?"

"그럼 뭘 더 바래. 내가 여자라도 소개시켜줘야 하나?"

에이, 그러면서 사내가 나가버렸다.

참다못한 상학이 들이쳤다.

"아이고, 야 이놈아. 내가 관상을 보라고 했지 싸우라고 했냐."

"싸우다니요?"

"그게 이놈아, 싸우는 게 아니고 뭐냐. 첫 손님에게는 여자들하고 살라 하고, 두 번째 손님에게는 왜 동업을 하면 좋은지 안 좋은지를 설명도 않고 내보내고. 야, 이놈아, 누가 널더러 시답잖게 동정이나 베풀라고 했냐. 모름지기 관상쟁이는 연민을 잃어서는 안 된다고 가르치긴 하였다만 엄밀히 말해 중인 남자도 네 손님이다. 그 사람과 동업해 곧 망할 것이 뻔한데 동업을 하라고 하는 심보는 뭐냐? 그리고 또 한 손님에게는 말방정을 조심하라고? 그리고 말투가 그게 뭐야. 도사 흉내를 내도 분수가 있지. 해라, 마라. 잘못 걸리면 이놈아, 양반네 한테 몰매 맞아 죽어."

안 되겠는지 다시 관상방은 상학이 들어앉았다.

"나 하는 걸 자세히 봐둬."

사대부가의 젊은 부인이 여덟 살 정도 된 아들을 데리고 왔다. 마치 내경과 경쟁이라도 하듯 상학은 거침없이 쏟아내었다.

"이마가 깨끗하고 눈동자가 거울 같이 맑아 앞길에 거칠 것이 없겠고 조선 땅이 좁게 느껴질 것이니 명국에 보내 공부를 시켜도 좋으며 또한 수리에 밝으니 호조에 발탁되어 국고를 책임지면 판서 자리에 이를 상이십니다."

"숨 좀 돌리며 말하시오. 그런데 거 부러 좋은 말만 해주는 거 아니요?"

상학이 정색을 했다.

"좋은 것만 보이는데 저보고 어쩌란 말씀이오. 박 대감님 댁 둘째를 보며 안타까웠던 저의 마음이 지금 위로를 다 받습니다."

부인이 만족스럽게 웃는데 난데없이 아이가 명나라 말을 지껄이기 시작했다. 원어민의 억양이 유창했다.

"쯔아 짜로 시부 서어 부 허 더 피엔즈 소우."

상학이 놀라, '아드님이 명나라 사람이셨습니까?' 하고 말하자 부인이 황당한 표정을 지었다.

"뭐요?"

보고 있던 내경은 큭큭 웃음이 나왔다.

부인이 화를 벌컥 냈다.

"아니, 이 화상이 시방 뭔 소릴 하는 거여?"

"예?"

"내 아들이 명나라 사람이라니?"

그제야 상학이 깜짝 놀랐다.

"아, 아닙니다."

"아니라니? 내 냄편이 조선 사람인 걸 알면서 내 아들이 명나라?"

"아, 아닙니다. 농담입니다."

"이놈의 관상쟁이. 할 말이 있고 안 할 말이 있지 그럼 내가 떼국놈과 붙어먹었단 말이야?"

"아, 아닙니다요. 그럴 리가. 자제분 얼굴이 이국적 수려함을 갖추었을 뿐 아니라 품격 있는 명나라 말을 쏟아내는 통에, 제가 잠시 착각했더랬습니다."

부인이 그제야 화가 풀렸는지 노기가 누그러졌다.

"그래도 조심하셔야지."

"죄송합니다."

"하긴 내 새끼지만 이리 보고 있으면 기특해 죽겠다오. 그나저나 무엇이라 말을 한 게냐?"

부인이 어느새 자랑스러운 어조로 아이에게 물었다.

"저 사람 순 사기꾼라고 했습니다."

부인이 흠칫 놀라며 상학의 눈치를 보았다. 오히려 상학이 민망해 허허허, 하고 웃고는 과연…… 태산을 두 개는 옮기실 분이옵니다, 하고 마음에 없는 소리를 했다.

내경이 웃음을 참다가 고개를 숙이고 큭큭거리는데 관상쟁이의 간사가 부담스러운 듯 부인이 아들을 데리고 후딱 방을 나갔다.

대청에는 자식을 데리고 온 두 명의 여자가 더 기다리고 있었다.

그때 찬바람을 날리며 무서운 기세로 마루에 오르는 여자가 있었다. 순서를 무시하고 방 안으로 성큼 들어서 자리를 잡고 앉았다. 내경이 말릴 사이도 없었다. 일전에 사돈 마나님과 함께 궁합 관상을 보고 간 신부의 어머니였다.

내경이 방안을 들여다보며 뻘쭘해하자 눈치를 챈 상학이 한마디 했다.

"아니, 무슨 일로 앞뒤 순서도 없이 이리 험하게 들어와 자리를 차지하시는 게요?"

"천상배필이라더만 침방에서 신랑이 물건을 못 세워 부부의 연은 고사하고 소박맞게 생겼으니 어쩔 것이오."

"거 신랑의 얼굴이 아랫도리가 묵직할 상이던데, 아직 그 무게를 들어 올리지 못하는 게지."

"차라리 병신이라 그러면 다행이지. 그놈이 지 혼자 용두질이나 하고 자빠졌으니, 이보다 망측한 일이 어딨어."

"먹다 체하느니 허기만 달래주겠다는 게로군."

부인이 어이가 없는지 허, 하고 웃었다.

"뭐? 이제 보니 이거 돌팔이네. 복채 받은 거 도로 뱉어내."

상학이 독기 어린 눈으로 노려보다가 한마디 했다.

"피차간에 다 알고서 왜 이래."

"알긴 쥐뿔을 알아. 새신랑이 그리 가리는 놈인 줄 알아챘어야지. 돈 내놔, 이 나쁜 놈아."

내경은 달려들어 싸움을 말리면서도 자꾸만 나오는 웃음을 참을 길 없었다.

용의 눈, 이리의 얼굴

1

가을꽃은 언제 보아도 쓸쓸해 보인다. 찬바람만 쌩하니 불어도 금방 져버릴 것 같아 서글퍼 보인다. 하기야 겨울이 가까워지면 가랑잎 굴러가는 소리만 들어도 때 아니게 물을 맞은 것처럼 아파오는 게 인간의 심사.

어느 날 상학은 내경에게 이런 말을 했다.

"한양으로 올라가자. 이곳에서 백날 상을 봐야 잔챙이 상밖에 더 보겠느냐. 큰상을 보려면 한양으로 가자."

내경은 군말 없이 스승을 따라 나섰다.

괴나리봇짐에 짚신 엮어 달고 한양까지 정처 없이 걸었는데 가면서 관상을 봐주고 경비 조달을 했다.

한양에 도착해 여기저기서 한동안 관상을 보자 용하다고 꽤 소문이 나기 시작했다.

얼마 후 한양에서 제일간다는 곳에서 사람이 나왔다. 상을 보고 시험을 해보더니 제의를 했다.

"보아하니 상 보는 솜씨가 예사롭지 않은데 어디서들 오셨소?"

말은 그렇게 점잖게 묻고 있었지만 그들의 눈길은 흉측하게 칼을 맞은 상학의 오른쪽 눈을 흘끔거리고 있었다.

"이천서 왔소."

"누구 문하에서 배웠소?"

"이천수 문하요."

상학이 하나밖에 없는 눈을 빤히 뜨고 거침없이 대답했다.

"몰라뵈었습니다. 이천수 어른은 도선국사의 정통적자가 아니십니까? 그분의 법을 이었다면 진두가 있을 터인데……."

그날 내경은 상가(相家)에서 대대로 전해지는 진두(眞頭)인 상인(相印)을 처음 보았다. 푸른 옥이 그 자태를 드러냈다. 믿어지지 않았다. 자신의 보잘 것 없는 스승이 도선의 정통적자라고?

말이 안 된다는 생각이었다. 그런데 찾아온 이들이 하나같이 스승 앞에 엎어졌다.

"아이고, 몰라뵈어 죄송합니다."

그 길로 두 사람은 그들의 집으로 모셔졌다. 한양의 내로라하는 관상쟁이는 다 모인 듯했다. 그들은 여느 대갓집 부럽지 않게 살고 있었다. 내경은 아하, 상만 잘 봐도 이렇게 살 수 있구나 싶었다. 한마디로 으리으리했다.

여장을 풀기 무섭게 아니나 다를까, 몇몇 관상쟁이가 들어오더니 술 한 상을 내놓고 슬슬 떠보기 시작했다. 취기를 빌미 삼아 네놈이 도선의 적자라면 실력을 한번 보자, 그런 식이었다. 진두를 보았으면서도 진두를 본 적이 없어 못 믿겠다는 무리들까지 끼어 있는 것 같았다.

계속해서 말이 묘하게 돌아가자 상학이 이마에 쌍심지를 세웠다.

"날 못 믿겠다는 말이로다."

"아, 아니외다."

가장 연장자인 집주인이 손을 홰홰 내저었다.

"아니면 왜 이러시오?"

"그런 것이 아니라 도선국사의 정통적자라면 우리로서는 영광 아니오이까. 그러니 그 실력을 한번 보고픈 생각에……."

"그래 날 어찌 시험해보겠소?"

상학이 그들의 음흉한 속을 알고 바로 찔러 들어갔다.

그들이 서로 눈치를 살폈다. 상학이 생각하기에 이미 그들은 작정을 하고 들어온 것 같았다.

집주인이 입을 열었다.

"이 마을에 정삼품을 지낸 벼슬아치가 살고 있습니다. 그 벼슬이 당상관까지 올랐는데 오래전에 벼슬을 그만두었소. 아들을 출가시킨 게 올해로 여러 해인데 문제는 그 아들이 참으로 효자라는 것이오. 얼마나 효성이 지극한지 자신의 아비가 언제 세상을 버릴지 그걸 알고 싶어 한다는 거요. 그래서 언젠가부터 관상쟁이들끼리 싸움이 그치지 않고 있다오. 누구는 아들 마흔다섯에 아비를 잃는다 했고, 어떤 이는 쉰에 잃는다 했으니 말이오. 그 아비가 지금 병석에 누워 있소. 집에 불이 났는데 아비를 구한 사람이 바로 그 아들이기 때문이오. 그리고 그들을 도운 개가 있는데 그 개가 불이 난 방으로 먼저 뛰어들어 운신을 못 하는 아비를 끌어내며 짖어대었고 그제야 아들이 달려들어 아비를 구했다 하오."

"그럼 그 아비를 볼 수 있겠소?"

고개를 끄덕이며 듣던 상학이 물었다.

말을 하던 사람이 고개를 내저었다.

"아비는 화상이 심해 그 얼굴을 볼 수가 없소."

"그럼 그 아들은?"

"아들이야 얼마든지 볼 수가 있습니다."

상학이 고개를 주억거렸다.

"하기야 아들만 보아도 알 수가 있지. 그 아비까지 볼 것도 없으니."

"그럼 아들의 얼굴만 봐도 언제 아비를 잃을지 알 수 있단 말이오?"

상학이 고개를 끄덕였다.

"그런데 조건이 있소."

"조건?"

"화선지에 그대들이 그자의 상을 본 것을 내게 써주어야 하오."

"아니 그건 왜요?"

"별것 아니외다. 아들이 몇 살에 아비를 잃을지도 써주면 되니까. 그렇게 보았다면 적당한 이유가 있을 게 아니겠소."

"아, 알았소이다."

내경이 생각하기에 스승의 내심을 정확하게 파악은 하지 못하겠으나 자신을 의심하는 그들을 골려주려는 것 같았다.

내경의 의혹은 적중했다.

"단 이유를 쓰되 먼저 그 아비가 언제 그 명을 다할지 연도와 달까지 정확히 기재해야 하오. 굳이 날짜까지는 쓰라고 하지 않겠소."

"달까지?"

"왜, 싫소?"

"그럼 그대는 그 달까지 맞힐 수 있다는 게요?"

상학이 웃었다.

"그 정도는 되어야 상을 본다고 할 수 있지."

관상쟁이들이 머리를 내저었다.

"아무리 용타해도 그렇지, 달까지……."

그러자 상학이 비웃으며 일갈했다.

"그럼 날짜까지 쓰기로 할까요?"

그들이 멍청한 표정으로 상학을 쳐다보았다. 그러다 하나같이 얼굴을 무섭게 찡그렸다. 시골바닥에서 놀던 외눈박이 관상쟁이가 사람을 가지고 논다고 생각한 모양이었다. 아무리 도선의 적자라 해도 그렇지 자식의 상으로 그 아비의 죽을 날짜까지 맞힐 수 있다?

"어떻게 상을 봐 그 날짜까지 맞힐 수 있다는 거요? 점쟁이야 뭐야."

뒤에 앉은 젊은이가 소리쳤다.

"맞아, 저놈 사기다! 외눈깔로 도대체 뭘 볼 수 있다는 거야."

곁에 앉은 이가 소리쳤다.

"그렇다, 사기꾼이다!"

다시 누군가 소리치는데 점잖게 생긴 중년 사내가 입을 열었다. 생긴 것만큼이나 말투가 상스럽지 않았다.

"그대가 도선국사의 적자인지는 모르겠으나 우리라고 맹탕은 아니외다. 왜 모르겠소. 우리들도 알고 있소이다. 보아하니 그대는 기색을 중요하게 여기는 모양인데, 그렇지요? 중요하지요. 천지의 기, 그 기는 우리 몸의 핵이니 어찌 그렇지 않겠소. 그렇다고 죽을 날짜까지 자식의 상판에서 판단한다? 거 너무 앞서 가는 거 아니오? 설령 상의 개조라 하더라도 그 경지까지 갔다는 말을 들어본 적이 없소."

상학이 필필 웃었다.

내경이 보니 스승은 웃고 있는데 아무래도 이상하다. 성한 눈에 신열이 뻗쳤다. 그 신열이 말이 되어 터져 나왔다.

"그럼 내가 하나 묻지."

"어라, 저자 이제 막나가네."

누군가 눈을 부라리며 중얼거렸다.

"여기 기(氣)를 본 이가 있는가?"

상학의 말에 모두가 입을 벌렸다.

"내가 지금 묻고 있지 않는가? 기를 본 자가 있느냐고."

상학이 다시 소리쳤다.

"기를 보다니? 그것이 어디 눈에 보이는 것이던가. 그럼 그대는 그것을 보았단 말이오?"

"하하하, 내가 본 그대로 말해 드리리다. 해가 뜨면 기 역시 일어나더이다."

"무엇이?"

"내 미간을 물들이면서 온몸으로 퍼져 가더이다. 나는 분명히 보았소. 해가 지면 미궁으로 사라지는 놈의 모습을."

"저놈 저거 지금 무슨 소릴 하고 있는 것이야? 외눈깔로 기를 보았다고?"

"그렇게 숨어 우리의 몸을 형성합디다. 체내의 오행 속에 숨어들어 말이오. 이것이 곧 우리 운명의 실체요, 운명이 곧 기다 그 말이외다."

"어허, 이럴 수가. 그렇다면 느꼈다고 해야 할 말을 아주 선동적으로 하고 있지 않은가."

"그렇소. 사람이라면 누구나 정(精), 기(氣), 신(神)이라고 하는 생명원소를 보유하고 있다 이 말이오. 이 생명원소는 해가 뜨면 오장육부에서 일어나 인당으로 나가서 해가 서쪽으로 지듯이 함께 이동한다 그 말이오. 인당에서 내려와 코끝인 준두에서 발하며 얼굴 전체에 머물다 해가 지면 오장육부 속으로 스며든다 그 말이오."

"치워라. 헛문자 쓰지 말아. 맞습니다. 저놈 저거 아주 사이빕니다."

상학이 입꼬리를 꼬았다.

"내 보아하니 아직 공부들을 더 하셔야 되겠소. 아니, 하나 같이 상쟁이 수양을 열심히들 해야 하겠어."

"뭐야? 저런, 저런……."

누군가 삿대질을 하며 혀를 찼다.

상학은 아랑곳하지 않았다.

"기라는 게 수양이 좀 되면 잘된 인간의 운명이 잔잔히 흐르듯 그렇게 흐르는 것이야. 바로 그 모습이 진짜 기의 모습이지. 오장과 오체와 기가 조화로워져 하나가 되었다는 말이야. 그 조화로움의 여파가 찰색이요, 기색이다 그 말이야. 어떤 이는 밝게 나타나고, 어떤 이는 탁하게 나타나고……. 그걸 어떻게 읽어낼 수 있느냐고? 정심(正心)의 경지에 든 상쟁이에게는 그것이 보인다 그 말이야. 그 기색을 통해 그 사람의 현재 상을 정확히 살필 수 있다 그 말이야. 그런데도 기가 보이지 않는 것이라 할 텐가?"

사람들이 할 말을 잃고 서로 흘끗거렸다.

"그러니까 그대가 그 경지에 들었다?"

가까스로 생각을 가다듬은 누군가가 물었다.

그를 바라보던 상학이 내질렀다.

"오늘 무잡다리 쪽으로 가지 마라. 술이 취해 개울로 처박힐 상이니."

"무잡다리? 무잡다리가 어디야?"

그가 사방을 둘러보며 묻자 누군가 말했다.

"무잡다리는 개울 위에 놓은 다리를 말하는 게요. 어이, 시골 관상가 양반. 그럼 내가 말하리다. 그대는 두껍다리를 건너지 말아야겠소."
하고 말했다.

"두껍다리는 또 뭐야?"

좀 전에 물어보던 사내가 다시 물었다.

"개울바닥에 놓인 징검돌다리를 말하는 게요. 저놈 사기꾼이 분명하다."

노골적으로 그 사내가 비웃으며 소리치자 상학이 벌떡 일어났다.

"사기꾼? 내가 사기꾼이라면 너희들은 뭐냐?"

내경이 큰일 났다는 생각에 상학을 붙잡았다.

"스승님, 왜 이러십니까?"

스승 상학의 성질은 어느 정도 알고 있었지만 뒷감당 못 할 말을 막하는 그가 이해된다면 거짓말이었다.

상학이 내경의 손을 홱 뿌리쳤다.

"놓아라, 이놈."

"스승님!"

"가서 그자를 데려오시오. 내 날짜까지 보아줄 테니."

상학의 말에 관상쟁이들이 하나 같이 눈을 크게 떴다. 미친 사람이라고 생각하는 것이 분명했다.

"허, 역시 미친놈이었구만. 도선의 적자는 무슨……."

"그럼 그 진두는 뭐야?"

"그자를 데려오라니까."

상학이 꽥 큰소리를 쳤다.

사람들이 고개를 갸웃대며 상학을 흘끗거렸다.

"정말 날짜까지 볼 수 있다는 거요?"

아무리 생각해도 믿어지지 않는다는 표정을 지으며 집주인이 물었다.

"어떤 스님은 자신의 종명일을 스스로 보는데 그걸 보지 못할까."

그때 구석자리에서 상학을 날카롭게 쏘아보던 중늙은이 하나가 갑자기 나섰다.

"이보시오, 그대의 상을 보아하니 섬면상이라 맹꽁이가 울면 비가 오는 법이외다. 눈물을 흘릴 수이니 그런 치길랑 거두는 것이 어떠하오."

상학이 그 사람을 무섭게 노려보았다.

"으하하하, 누군지 모르겠으나 오관은 읽을 줄 아는구나."

나중에야 안 사실이었지만 상학을 향해 섬면상이라고 했던 이는 서운관(書雲觀) 이참지였다.

"말을 삼가시오. 이분은 그대가 도선국사의 적자라 하더라도 함부로 대할 분이 아니외다. 서운관에 단 한 분 계신다는 부정(副正) 어른이시오."

"부정?"

"이 나라에서 금상의 상을 볼 수 있는 사람."

"아하, 이 나라 최고의 관상쟁이? 관상 잘 보기로 달마가 무색하다고 소문난 바로 그 관상쟁이? 대단하군. 얼마나 관상을 잘 보았으면 서운관 부정 자리까지 올라갔을까 했는데."

금상의 상을 살피고 있는 관상쟁이의 모습이 상학의 눈앞을 스쳤다. 상학의 얼굴에 다시 조소가 흘렀다.

"그렇구만. 그곳에서 만백성을 속이고 있었구만."

부정이 부르르 떨었다.

"정말 무례하구나. 네 이놈, 보자보자 하니 네놈이 정녕 방자하지 않은가!"

상학은 눈도 깜빡하지 않았다.
"방자한 것은 그대지. 하찮은 재주로 임금과 세상을 속였으니."
그가 벌벌 떨다가 상학 앞으로 다가왔다.
"네놈이 그렇게 자신이 있느냐?"
"이보시오, 부정나리. 상은 자신으로 보는 게 아니외다."
"이런 놈을 보았나."
"보아하니 그대의 명줄도 얼마 남지 않았는데 이제라도 낙향이나 하시지 그러오."
"실성을 해도 분수가 있지. 좋다, 네놈이 날짜까지 볼 수 있다 했으니 나 또한 그러하리라. 만약 네놈이 틀렸다면 어떡할 테냐?"
상학이 그를 보았다.
"무엇을 드리리까? 보다시피 시골 촌놈이라 줄 것이 없는데."
"네놈의 하나 있는 눈을 다오."
부정이 눈도 깜빡하지 않고 말했다.
"으하하하, 내 눈구멍을 마저 뽑아버리시겠다?"
"그 나불거리는 혓바닥마저 뽑아버리고 싶구나."
"그럼 그대는 무엇을 걸겠소?"
"말하라, 무엇이든."
"그럼 그대의 혀는 내가 뽑으리다. 백성을 속이고 임금을 속인 죄로."
"허허, 이런 놈을 보았나. 여봐라, 그자를 데려오라."
아랫것이 득달같이 달렸다.
그가 오는 동안 냉랭한 기운이 감돌았다.
내경이 눈치를 보다가 스승에게 달라붙었다.
"어쩌려고 그런 약속을 하십니까?"

"구경이나 해라."

"스승님."

"어허, 귀찮게 하는구나."

그러는 사이 그들은 그들대로 이쪽의 눈치를 살피며 부정에게 말을 건네고 있었다.

"부정 나리, 거 날짜까지. 너무 심하신 게 아니십니까?"

"심하긴. 날 뭘로 보시는가."

"아, 아닙니다. 저자가 보통 놈이 아닌 것 같아 아마 지시면 혀를 뽑으려고 달려들고도 남을 놈입니다. 칼 맞은 눈을 보십시오. 아주 흉악하지 않습니까."

"어허, 두고 보시게."

상학이 그런 그를 보며 씨익 이까지 드러내고 웃었다. 지금까지의 상법은 사실 골상이 주를 이루고 있어 찰색관상이 아직 널리 알려진 상황은 아니었다. 하지만 골상만 가지고 앞날을 정확하게 예측할 수 없다는 한계에 부딪치자 찰색관상이 등장하면서 그래도 뜻 있는 상가에서는 운기를 읽어내지 못하는 상쟁이는 관상쟁이로 쳐주지도 않는 마당이었다.

부정이 그렇다는 걸 모를 리 없었다. 아니 누구보다 뼈저리게 느끼며 부정까지 되었을 것이었다.

서운관은 천문, 재상, 역일, 추택, 사주 명리, 점복, 관상까지의 일을 맡아보는 곳이다. 그가 부정이라면 영의정이 겸임하는 서운관 최고책임자인 영사(정1품) 아래 직품일 것이다. 전문직 정(正)이 정3품이라면 단 한 명밖에 없다는 부정은 종3품이다.

그런 그가 상쟁이와 어울리고 있다면 이 나라 최고의 상쟁이임에 분명하다. 금상의 상을 보는 이. 궁중에서 궁가의 길흉을 살피는 이.
 그렇다면 관상을 보려는 이들의 현재를 정확하게 읽어낼 수 있는 힘이 그에게는 있을 것이다. 상대방의 관상을 통해 기색을 살펴 그의 몸 상태부터 의원보다 정확하게 읽어낼 힘도.
 상학은 그렇게 생각하면서도 소리 없이 웃었다.
 부정이 그런 상학을 노려보았다. 참으로 어이없고 무례한 놈.
 두 사람의 눈빛이 예사롭지 않은데 아비를 구했다는 아들이 도착했다.
 "어쩐 일들이시오? 나를 찾다니?"
 상학이 보니 까마귀 한 마리가 푸드덕 날아 들어온다. 이제 마흔이나 되었을까. 그런데 머리가 벗겨지고 이마가 넓다. 까마귀상 특유의 상징인 머리숱이 적다. 콧대가 가늘고 입이 뾰족하다. 그런데 이상하게 머리가 둥글고 골고자가 아니다. 하관 역시 빠지지 않았다.
 '자마(慈馬)다!'
 상학이 속으로 소리쳤다.
 그의 곁을 보니 주인을 구했다는 개가 꼬리를 흔들며 붙어 있다. 검둥이다. 눈이 까맣고 조선천지 어디에서나 볼 수 있는 똥개다. 똥개는 똥개인데 그 눈에 충성심이 가득하고 주인을 향한 마음이 갸륵할 정도다.
 저 개가 주인을 구했다고?
 상학의 시선이 개의 상판에 가 꽂혔다.
 어허, 내가 이제 짐승의 상판까지 살피게 되지 않았는가.
 집주인이 아들 가까이 다가가더니 이제 본격적으로 상을 볼 것 같으니 앞으로 나가 자리에 앉으라고 했다.
 아들이 어리둥절한 표정으로 앞자리에 앉자 화선지 두 장이 상학과 부정에게 나누어지고 붓과 벼루와 먹이 나누어졌다.

상학의 시선이 아들의 얼굴을 샅샅이 훑었다. 자마형의 까마귀상이 맞았다. 자마형의 까마귀상은 그나마 부모궁이 괜찮다. 부모궁은 좌우 눈썹 위다. 오른쪽 월각은 어머니궁이요, 왼쪽 일각은 아버지 궁이다. 일각으로부터 일어난 운기가 콧방울 바로 옆 당상까지 내려와 있다. 그럼 그 자리는 42살이다.

당상 주위의 찰색을 자세히 살피자 반이 푸르고 반이 아직 물들지 않았다. 그럼 42살 6월 15일이다.

다시 상학의 눈이 그 길이를 정확하게 살폈다. 분명하다.

상학의 붓이 42살 6월 15일이라 썼다.

"그대 지금 나이가 몇이외까?"

상학이 붓을 놓으며 아들에게 물었다.

"42살입니다."

상학이 고개를 끄덕였다. 상학의 손이 날렵하게 사주를 짚었다. 정확히 그날이었다.

"오늘이 며칠이냐?"

상학이 그저 놀란 표정을 짓고 있는 내경에게 물었다.

"5월 보름이 넘었지 않습니까?"

"흐흠, 열흘도 못 남았구나."

"예?"

"소리를 죽여, 이놈아."

그렇게 말하고 상학이 부정을 바라보았다.

"이제 펴시지요."

집주인이 기다리고 있다가 말했다.

부정이 상학을 쏘아보다가 쓴 것을 집주인에게 주었다.

집주인이 그것을 걷어 상학에게로 다가왔다.

상학의 것마저 거두어 보고는 고개를 갸웃했다. 그러다가 사람들 앞에 서서 부정의 것부터 읽어내렸다.

"46살 9월 14일. 부정나리의 예측일이오."

사람들이 웅성거렸다.

"42살 6월 15일을 곽산서 오신 이상학 공께서 쓰셨소."

"뭐야? 6월 15일! 그럼 열흘도 안 남았잖아."

"부정나리께서는 왜 그해로 잡았는지 말씀해주시기 바랍니다."

집주인이 부정을 향해 말했다.

"관상을 면밀히 살핀 결과 일각에서 뻗친 찰색이 권골까지요. 그러하니 그는 이번 일로 죽지 않을 것이오. 골이 기울어지는 당상 옆의 자리 46살 9월이외다."

사람들이 웅성거렸다. 고개를 끄덕이는 이도 있었고 고개를 갸웃대는 이도 있었다. 당상 자리와 권골 자리는 거기가 거기 같지만 엄연히 다르다. 42살 자리가 당상이라면 43살 자리는 코 너머 당상 자리로 넘어갔다가 다시 돌아온다. 그리고 다시 넘어가 권골 자리 47살을 만든다. 그러니 찰색을 조금만 잘못 살펴도 그 수명에 차이가 날 수밖에 없다.

이번에는 집주인이 상학의 것을 읽었다.

"이상학 공께서는 왜 이 해 6월 15일로 잡으셨는지 말씀해주시오."

"저자의 상을 자세히 보시오. 참으로 박복한 까마귀상이오. 그러나 까마귀는 까마귄데 자마요."

"자마?"

부정이 뇌까렸다.

"까마귀라고 다 같은 까마귀가 아니외다."

"그럼?"

집주인이 물었다.

"까마귀는 네 종류가 있소이다. 오마, 큰부리까마귀 대마, 작은 부리 까마귀 소마 그리고 갈까마귀 자마요. 그 중 자마는 태어나서 60일간 어미로부터 먹이를 받아먹고 자라오. 그 후 그 어미에게 60일간 먹이를 날라다 먹이는 새가 자마요. 보은의 새가 바로 이 새요."

"어허!"

누군가 무릎을 쳤다. 그도 당상 자리를 본 상쟁일지 몰랐다. 부정의 시퍼런 눈이 그를 노려보았다. 그가 움찔 놀라 몸을 움츠렸다.

그러나 상학의 음성은 전혀 기가 죽지 않았다.

"이를 반포(反哺)라 하오."

"반포?"

부정이 시선을 거두다가 뇌까렸다.

"저 개를 보시오. 자마의 효성심과 저 똥개의 충성심이 하나로 뭉쳐 있소. 그러나 그 효성심과 충성심을 받을 복이 아비에게는 없소이다. 저 아들의 일각이 그 정도밖에 안 되기 때문이오. 이제 날짜를 기다려야 하겠구려. 내 말이 틀리면 하나 남은 눈알 드릴 생각이나 해야겠으니."

부정이 쩝, 하고 혀를 찼다. 도포자락을 사납게 여미고 방을 나가며 한마디 했다.

"그대의 명줄이 이제 일주일 남았군."

상학이 헛헛거렸다.

"두고 봐야 알지."

"에이, 고얀!"

2

내로라하는 선비들이 떼로 몰려왔다. 일주일을 기다리는 동안 소문이 있는 대로 났기 때문이다. 사람들은 일주일 후에 그 아들의 아비가 죽을까, 죽지 않을까 주시했다.

내경이 몰려온 사람들을 보았더니 예사 사람들이 아니다. 나중에 안 사실이었지만 실세 중의 실세들이었다. 진양대군을 위시해 그의 동생 임영대군, 신숙주, 박팽년, 유응부, 이맹전이 그들이었다. 하나같이 옥돌처럼 빛이 났다.

상학이 물러나며 내경더러 그들의 상을 보라고 했다. 스승이 누구에게 무슨 말을 들었는지 앞장선 이가 금상(세종)의 아들 진양대군(훗날의 수양대군)인 것 같다고 했다.

내경이 그들을 맞았다.

"소문에 들으니 천하제일의 관상쟁이가 외눈박이라고 하던데 외눈은 어디 가고 두 눈 멀쩡한 애송이가 맞는가?"

진양대군이 내경의 아래위를 살피며 농지거리하듯 말했다. 주위 사람들이 웃었다.

"고뿔로 바깥출입을 못 하십니다."

"으하하하, 그럼 우리가 날을 잘못 잡은 것이 아닌가."

그때 문이 열리면서 상학이 들어섰다.

그를 쳐다보던 사람들이 하나같이 흠칫했다. 봉두난발인데다 칼을 맞은 오른쪽 눈이 괴기스럽다. 자신을 노려보는 상학의 예사롭지 않은 눈빛에 진양대군의 미간이 꿈틀거렸다. 그러나 그의 입이 이내 흔들리는 마음을 숨기고 있었다.

"오호라, 이제야 나타나시는군."

진양대군의 말이 떨어지기 무섭게 상학이 그 앞에 무릎을 꿇고 절을 올렸다.

"대군마마!"

"대군마마? 아니 내가 대군이라는 걸 그대가 어떻게 아시는가?"

상학이 엎드린 자세로 그를 올려다보았다.

"어찌 하늘이 주신 상을 몰라 뵙고 상쟁이라 하겠나이까."

그제야 진양대군이 상학 앞에 앉았다. 뒤이어 사람들이 덩달아 앉았다.

"참으로 광영이옵니다. 어찌 떠돌이 상쟁이가 대군마마를 뵐 수 있을지 상상이나 했겠사옵니까."

"오호, 내가 한눈에 대군이라는 걸 아는 자가 날 만날 줄 몰랐다. 어딘가 말이 맞지 않아 보이는데?"

"태양이 검은 구름에 들면 세상은 어두워지기 마련입니다. 제가 아무리 눈이 밝다 하나 어찌 구름에 든 태양을 볼 수 있으리까."

"으하하하, 검은 구름이라. 그래 언제나 그 구름이 벗겨지겠는가?"

"대군마마, 오늘이옵니다. 오늘을 잘 넘기셔야 이 나라의 태양이 되실 것이옵니다. 그러나 오늘을 잘 넘기지 않으시면 영원히 구름 속에 남으실 것이옵니다."

진양대군의 얼굴에 어두운 그늘이 스치고 지나갔다.

"그게 무슨 말인가?"

"오늘 일진이 대군마마의 평생을 좌우할 것이란 말이옵니다."

"글쎄, 그러니까 그게 무슨 말인가?"

"저는 이곳으로 와 병이 들었사옵니다."

"고뿔이라고 하지 않았는가?"

"그렇사옵니다."

"그럼 뭐 문제될 것이 있다고."

"아니옵니다. 대군마마, 만병의 근원이 바로 고뿔이옵니다. 만약 저에게 고뿔이 전염되신다면 평생을 그르치고 말 것이옵니다. 그러하오니 오늘의 상은 이 젊은이에게 보옵소서."

진양대군이 내경을 돌아보았다. 그의 미간에 경멸의 빛이 스치고 지나갔다.

"보아하니 아직 애송이인데, 모르겠구나, 내 상을 저런 애송이에게 맡기는 이유를?"

"대군마마, 비록 나이가 여물지 않았으나 저의 경지를 뛰어넘고 있사옵니다."

"너의 경지를 넘어서 있다고?"

"그러합니다."

설마 하는 빛이 진양대군의 얼굴에 스쳤다.

잠시 후 그의 얼굴에 장난기가 어렸다.

"너의 경지에 이르렀다? 그럼 네가 얼굴만 보고도 내가 대군이라는 것을 알았듯이 저자도 알겠구나."

"그러하옵니다."

"좋다. 그렇다면 오늘 상은 저자에게 보겠다. 그 대신 여기 온 이들의 상을 제대로 보아내지 못한다면 어떡할 테냐?"

"네?"

"일개 관상쟁이가 허언을 해 사대부를 능멸한다?"

"대군마마, 어떤 벌도 달게 받겠나이다."

"좋다. 물러가라. 그러니 더욱 겁이 나는구나. 나중에 부르겠다."

그렇게 말하고 그는 소매로 입을 막았다.

상학이 다시 절을 올리고 나가자 그가 내경을 쳐다보았다.

내경은 속으로 큰일 났다 싶었다. 왜 갑자기 스승이 그렇게 말하고 물러났는지 모를 일이었다. 이미 물은 엎어진 뒤였다. 정신을 바짝 차려 상을 보지 않는다면 스승이나 자신의 목숨이 낙엽처럼 떨어질 수도 있는 입장이었다.

"그래, 보자. 얼마나 알아맞힐지."

진양대군이 그렇게 뇌까리며 내경 앞으로 몸을 돌렸다.

"말을 들었으리라. 어디 한번 내 상을 보려무나. 네 스승이 말하던 검은 구름장이 언제나 벗겨질지."

내경은 이를 꽉 악물고 떨리는 심중을 다잡았다. 그러면서 그의 상을 똑바로 쳐다보았다.

내경은 그동안 배운 관인팔법으로 살펴보자고 생각했다. 스승 상학에게 귀가 아프게 배우기도 했지만, 아버지에게 바둑을 배울 때 관인팔법에 대해 들은 것이 있었다.

아버지는 세상의 어느 상도 관인팔법을 벗어날 수 없다고 했다. 그 중에서도 첫째가는 상이 위맹지상(威猛之相)이라고 했다. 진양대군의 상이 바로 말로만 듣던 위맹지상임에 분명하였다. 아무리 봐도 극귀의 상이었다.

진양대군은 물형으로 보면 이리상인 듯했으나 자세히 보니 용상이었다. 금상(임금)의 상이었다. 용상과 이리상은 전혀 다르다. 용상은 뱀이나 이무기상에 가깝다. 반면 이리상은 개상에 가깝다. 그런데 진양대군은 이리상에 용상을 섞어놓은 것 같았다. 그러니 첫눈에 잘생겼다는 생각이 들었다.

용상은 사실 거친 맛이 있다. 코가 이마에서부터 뻗어내려 콧방울이 크지만 콧구멍이 보이지 않는다. 우락부락하면서도 극귀가 들었다. 그러나 이리상은 잘생겼다. 이목구비가 오밀조밀 예쁘고 코가 오뚝하고 날렵하다. 진양대군의 코는 이리의 것이었다.

그런데 진양의 눈은 용이었다. 이리상은 눈에 꾀가 있고 날카롭다. 반면 용은 안광에 매서움과 온화함이 함께 깃들어 있다. 남자 제일의 관상은 뭐니 뭐니 해도 눈의 정기가 살아 있는 것이다. 진양의 눈은 용의 것처럼 형형했다.

게다가 코가 짧지 않고 쭉 뻗었다. 입이 용처럼 크고 넓으니 능히 여의주를 물 것이었다. 귀가 이리처럼 높이 솟아 세상 소문에 민감할 것이었다. 특히 인상적인 것은 넓고 고른 이마와 그 아래 눈썹뼈인 미릉골이 두텁게 발달해 있다는 점이었다. 이곳이 발달하지 않고는 관운을 얻기 힘든 법이다. 그런데 왼쪽 이마 중앙인 일각에 패성이 흘러들고 있다. 그렇다면 부계 쪽 패성이다.

일각에 패성이 일어나 미릉골까지 미치고 있었다. 부계 쪽 혈족에게 영향을 받고 있다는 말이다. 주로 역모꾼들에게서 볼 수 있는 현상이다. 그럼 금상이 된다는 뜻?

거기까지 생각이 이르자 내경은 몸이 부르르 떨렸다.

다만 진양대군이 말할 때 입꼬리 옆 근육이 심술보처럼 불룩해지곤 했는데 그게 흠이었다. 심기가 불편하다는 뜻이었다. 이상한 것은 그 심술보가 아무렇지도 않은 듯 무덤덤한 표정을 지을 때 만들어진다는 것이었다. 어금니를 지그시 깨무는 습관이 있는지 하악선이 유달리 발달해 있었다.

이런 상은 결정적일 때 이중적인 모습을 드러내는 경향이 있다. 자신이 필요할 때는 속마음을 감추고 간이라도 빼줄 듯하지만 원하는 것을 얻고 나면 뒤도 돌아보지 않는다. 때문에 그의 의중을 정확히 가늠하기가 쉽지 않다. 게다가 눈에는 용상에서 볼 수 없는 살성이 깃들어 있었다. 이런 상은 상대를 버릴 때도 그냥 버리지 않는다. 후사를 두려워해 덫을 친다.

내경은 진양대군의 상을 보면 볼수록 더욱 아연해지기만 했다.

"왜 쳐다보기만 하고 말이 없는 게냐?"

진양대군이 얼굴을 내맡기듯 하고 있다가 내경에게 물었다.

"대군마마, 극귀의 상이라 뭐라 할 말이 없어서입니다."

진양대군이 웃었다.

"그게 무슨 말인가? 할 말이 없다니? 관상쟁이가 상을 보고 할 말이 없다니 그럼 상쟁이가 아니지 않은가?"

"지금으로서는 그렇게밖에 말할 수 없기 때문이옵니다."

"그렇게밖에 말할 수 없다? 그게 무슨 말인가?"

"지금 말할 수 있는 것은 누군가의 영향을 받고 있다는 것이옵니다."

"그게 무슨 말이냐?"

"그것은 제가 말할 수 있는 성질의 것이 아니옵니다. 다만 이 상쟁이가 말할 수 있는 것은 그분이 누구일까 하는 것입니다. 분명히 영향을 주고 있습니다. 그리하여 결심을 굳히고 있구요. 미릉골(눈썹뼈) 주위를 보니 마흔 안에 관운이 정점에 이를 것입니다."

"어허, 이자가 지금 무슨 소릴 하고 있는 것이야?"

"곰곰이 생각해보시옵소서. 제 말뜻을 이내 알아채게 될 것이옵니다."

"어허, 이자가 목숨을 부지하기 위해 허언을 하고 있는 것이 아닌가.

"좋다, 무슨 소린지 모르겠으나 그럼 네 실력을 정확히 보여봐라. 내 곁에 있는 이 아이. 이 아이의 상은 어떠한가?"

그의 옆에 선 도령을 내경이 쳐다보니 진양과 얼굴이 비슷했다.

"동생이시군요."

"응?"

보기가 무섭게 내경이 대답하자 진양이 놀라 뇌까렸다.

"아니옵니까?"

"나를 닮았느냐? 나를 닮지 않았다고 하는데?"

"닮았사옵니다. 어릴 때는 젖살 때문에 그렇습니다. 젖살이 아직 다 빠지지 않으면 닮아 보이지 않을 수도 있습니다."

"무슨 소리야. 애 나이가 얼마인데?"

"늦도록 젖살이 빠지지 않는 경우도 있습니다."

진양대군이 고개를 끄덕였다.

내경이 도령을 자세히 살펴보니 그는 거북이상이었다. 목이 짧은 듯 길었다. 거북이가 목을 빼면 학처럼 길어진다. 그런데 닭의 눈에 거북이상을 합쳐놓은 것 같다. 눈이 물결치듯 깊이 흘러야 할 터인데 그저 무난하다.

입속의 이가 고르게 나 있다. 이가 고르다는 것은 장수를 뜻한다. 이가 뾰족하고 드문드문 나 있고 굽어 있다면 단명하고 빈천하겠지만 그렇지 않다. 역시 귀한 집안의 자손다웠다. 나이에 비해 키가 크고 이목구비가 반듯했다. 오관의 중심인 코가 붕어 머리 모양이다.

온순한 얼굴에 호기심이 가득한 반짝이는 눈빛이 영락없는 거북이다. 전형적인 귀골로, 이목구비가 시원하고 음성 또한 느리고 순하다.

이런 상을 지닌 자는 성품이 어질고 싸움을 싫어한다. 고집이 세지만 친화력이 있어 윗사람을 잘 따른다. 결코 앞에 나서서 천하를 다스릴 상은 아니다. 청수지상(淸秀之相)이다.

"대군마마의 상은 청수지상이온데 눈이 크고 맑아 초원에 누워 풀피리를 부는 격이옵니다. 느릿느릿 거북이가 백사장을 거니는 듯 그 성품이 느긋하시고 어질어 초야에 묻혀 살 상이옵니다. 그러나 초혼운은 그렇게 좋지 않아 부인과 이별할 상이옵고, 14세에 이르러 둘째 부인을 보게 될 것이옵니다. 그분과의 사이에서 5남 2녀를 볼 것이며 셋째 아들이 승통을 이어 받을 것이옵니다."

"허어!"

진양대군과 사람들이 탄성을 내질렀다. 마침 임영대군은 아내와 헤어진 참이었다. 맞아들인 부인이 정신병 증세를 보이자 임금이 궁에서 내보낸 것이다.

"그럼 나는 자식을 몇 명이나 두겠는가?"

진양대군이 궁금한지 내경에게 물었다.

처첩궁을 살피던 내경이 이내 말했다.

"두 분의 부인에게서 4남 1녀를 둘 것입니다."

"4남 1녀라?"

"두고 보시옵소서."

그렇게 말하고 내경은 임영대군의 곁에 앉은 사대부의 상을 살폈다.

물형으로 보아 학상이다. 목이 길고 도량이 창해와 같아 덕이 있는 상이다.

그런데 모양이 학을 닮아 청수해 보이기는 하나 너무 맑아 그 기가 쇠약해 보인다. 일생 부귀를 누린다고 하나 단명치 않으면 평생 번민과 고뇌로 보내게 될 상이었다.

어깨가 곧고 바르니 창파 위를 나는 기러기상도 섞여 있었다. 포부가 커 모든 사람들로부터 칭송을 받을 것이며 정신이 출중하여 남을 꾀는 어휘를 적시적소에 활용하는 달변가일 것이다. 다만 목이 길어 어깨에 힘이 없어 보이고 앉을 때 한쪽으로 기우는 듯한 빈한한 상으로 비칠 수도 있다.

더욱이 망건 위로 보이는 앞이마 선이 반듯하지 않았다. 머리카락이 시작되는 이마 부분의 선이 들쑥날쑥해 어지러웠다. 변절자에게서 흔히 볼 수 있는 상이다. 그 마음을 쉽게 믿어서는 안 된다. 게다가 눈이 부유하듯 떠 있다. 이는 냉혹한 성격의 소유자라는 뜻이다. 생긴 모습이 청수하여 욕심이 없을 것 같지만 의외로 야심이 크고 이용 가치가 없는 사람을 냉정하게 배신할 상이다.

'언뜻 보기에는 청수지상 같으나 그 속은 고괴지상(孤怪之相)이라.'

내경은 그의 상을 보면 볼수록 종잡기가 힘들었다.

"후중지상(厚重之相)입니다. 성품이 학과 같이 고귀하여 선비로서 최상의 상을 지녔습니다. 23세에 관직운이 열리시어 승승장구하실 것이옵니다. 관직운이 쉰다섯에 최고직까지 이를 것이니 항시 벗들과의 관계를 소홀히 말아야 할 것입니다."

"벗들?"

"벗들이 곁에 둘러싸고 있는 모습이 보입니다. 그들과 함께 임금을 모시고 큰일을 해내실 것이라 상에 나타나 있습니다."

"큰일이라?"

진양대군이 뇌까리다가 눈을 크게 떴다. 용하군, 하는 표정이 역력했다. 내경이 상을 본 사대부가 바로 신숙주였다.

"그쯤 하고 나는 어떻소?"

기다리기 지친 옆 사람이 내경에게 물었다.
 내경이 보니 옆자리의 사대부는 좀 전에 본 사대부와 그 상이 비슷하다. 유달리 코가 길고 백학처럼 빛이 난다. 게다가 이마 시작 부분이 먼저 본 사대부처럼 들쑥날쑥하고 눈이 떠 있다.
 "얼굴을 바로 들어보겠습니까?"
 내경이 그의 얼굴을 한눈에 훑어내려 갔다. 귀가 얇지 않고 두둑하다. 두터울수록 좋은 것이 귀다. 그런데 귀가 앞쪽으로 쏠려 정면에서 보면 그대로 드러난다. 이런 귀는 속을 숨기지 못한다. 입은 사각의 틀로 찍어놓은 것처럼 큼지막하고 반듯하다. 미간을 보니 손가락 두 개가 들어갈 정도로 넓고 훤하다.
 '벼슬이 재상에 이르기는 하겠구나.'
 내경이 속으로 생각하며 그의 상을 계속 읽어나갔다. 오관이 모두 고르게 잘생겼다. 그러나 고르기만 할 뿐 패기가 느껴지지 않는다. 대신 오기 같은 것이 느껴진다. 앞서 본 신숙주처럼 눈이 떠 있고 코가 날카롭고 아랫입술이 윗입술을 덮었다. 코끝이 날카롭다는 것은 마음이 차다는 뜻이고 아랫입술이 윗입술을 덮었다는 것은 항상 배반할 준비를 하고 있다는 뜻이다.
 '겉은 멀쩡하게 점잖지만 속은 음흉한 사람이군.'
 그는 한 마디로 배신을 통해 출세할 상이었다. 그 배신이 어중간하지 않으니 오히려 나락으로 떨어지는 일은 없을 것이었다. 맹수처럼 이가 사납지는 않아도 마음이 독해 악상으로 봐야 한다. 내색하지는 않지만 분명히 심상이 쓸쓸하다. 쌩쌩 한파가 몰아쳐 추울 것이다. 겉모습은 후중지상인데 속은 빈한한 고한지상(孤寒之相)이다.
 "앞서 본 분처럼 청수지상입니다. 그 상이 맑고 밝아 나라의 근간이 될 것이옵니다. 나이 19세에 관운이 열려 승승장구하실 것이오나 월각이 함몰하여 그 찰색을 본 즉 마흔에 천근(아버지)을 잃으실 것이옵니다. 인중이 기시어 천수를 누릴 것이오며 턱이 모나거나 빠지지 않으시고 원만히 잘 발달되시어 아랫사람의 존경을 받을 것이오며 관운의 극에 이르시어 신하로서 이 나라 최고직까지 수행하게 될 것이옵니다."

그가 무릎을 쳤다.

"옳네. 내가 식시문과에 든 것이 19살이거든. 그럼 자식은 얼마나 두겠는가?"

"5남을 두시겠습니다."

자식궁을 살피던 내경이 대답했다.

"딸은 없겠는가?"

"노력하셔야 될 것입니다."

"허어."

"복에 겨운 물음이 아니십니까? 족보에도 올리지 못하는 것들을 두어 무엇 할 것이라고. 다섯 명의 아들을 둔다면 다섯 명의 딸을 데려온다는 말이 아닌가. 세상에 그런 복이 어디 있어. 이제 나 좀 보아 주게. 나는 언제나 뜻을 이루겠는가?"

다음은 박팽년이었다. 내경이 보았더니 기린상이었다. 전한(前漢) 말 경방의 저서 『역전』에 기린에 대한 기록이 있다. 몸이 사슴 같고, 꼬리는 소를 닮았고, 발굽과 갈기는 말과 같은데 빛깔이 다섯 가지 색이라고 했다. 내경은 실제로 기린을 본 적은 없었지만 기록에 따르면 그는 분명 기린상이었다.

그런데 한 가지 이상한 것이 있었다. 기린의 상을 닮았다면 귀가 커야 할 터인데 그는 두둑한 귓불이 유달리 짧았다. 귀에 살이 겹겹이 붙어 분명 부귀할 상이긴 한데, 귓불만은 눈에 띄게 짧다. 더욱이 귀가 검붉다. 귀가 검붉다는 것은 얼마 가지 않아 파재(破材)하고 구설이 생기거나 눈앞에 사신이 와 있다는 뜻이다. 그러고 보니 턱선에 고집이 가득하다. 결코 꺾이지 않을 정도로 고집이 세다. 그 고집으로 망한다. 사신이 올 때가 머지않아 보인다.

내경의 눈이 그의 미간을 훑었다. 미간이 넓다. 눈동자가 분명하고 코뿌리가 완강하다. 이런 상은 결코 자신의 지조를 굽히지 않는다. 목에 칼이 들어와도 타협이라고는 없다. 재주가 뛰어나 벼슬에 들었지만 일찍 단명하지 않으면 일생을 고독하게 지낼 박약지상(薄弱之相)이 분명하다.

"상을 보건대 기린을 닮은 상이옵니다."

"기린?"

"기린은 상상 속 동물이지요. 봉황과 마찬가지로 이것이 출현하면 세상에 성왕(聖王)이 나올 길조라고 했습니다. 백수의 영장이라는 기린상에 걸맞게 12학궁에 해당하는 정수리, 양 귀, 미간, 양 눈썹, 치아, 혀, 입술, 양 이마, 두각이 모두 섰습니다. 어느 곳 하나 흠잡을 데가 없어 보입니다. 먼저 목이 시원하게 깁니다. 눈이 총명해도 귀나 코가 못생기면 학문을 마치기 힘들고 벼슬길도 막히지요. 그런데 콧대가 곧고 날카로운 듯하나 콧방울이 실합니다. 눈도 길고 깊습니다. 그러므로 극귀상입니다."

"관운이 언제 열리겠는가?"

"17세부터 32세까지 과거운이 보입니다. 원하는 곳마다 들 것이며 그 벼슬이 참판에 이를 것입니다."

"참판?"

겨우 그 정도냐는 듯이 그가 되물었다.

"평생을 유념해야 할 점이 있습니다."

"그게 뭔가?"

"혀는 이빨보다 부드러우나 평생을 가고 이빨은 혀보다 강하나 평생을 가지 못합니다. 강하면 부러지기 쉬운 법입니다. 그 강직성을 유(柔)하시면 관직이 최고조에 이를 것입니다."

"성질을 부드럽게 하라? 그러니까 좀 죽여라?"

"맞아. 그대는 너무 성질이 콧대처럼 세."

곁에 앉은 누군가 말하자 그가 허허 웃었다.

내경은 다음 사내를 살폈다. 이맹전이었다. 봉황상. 왕족으로 태어났다면 성군의 상으로, 어디 하나 흠잡을 데가 없다. 그런데 얼굴의 신변관(審辯官)인 코가 좋지 않다. 얼굴에 살이 없고 콧등이 날카롭다. 게다가 입을 악무는 버릇이 있다. 역시 타협할 줄 모르는 상이다. 겉모습이나 마음이 굳세어 쓸쓸하고 어두운 고한지상이다.

왜 이럴까? 앞 사람이나 이 사람의 상이 비슷하다. 이때는 뭐라고 해야 하나?

"상은 봉황상이라 예사롭지 않습니다. 이마가 넓고 빛이 나니 명문에서 나고 자랐을 것입니다. 일찍 과거에 합격할 운을 타고 나시어 이미 벼슬을 받으시었고 그 명망이 자자할 상이십니다. 그러나 재물이나 권세에 뜻이 없어 그 마음이 백옥 같으니 다가오는 갑술년(단종 2년)에 크게 운이 바뀔 것입니다."

"어떻게 바뀐다는 것인가?"

내경이 말이 없자 답답한지 그가 물었다.

"그해에 자신을 숨길 일이 있을 것입니다. 봉황이 숲으로 몸을 숨긴다는 것은 세상으로 나아가지 않겠다는 뜻입니다. 아침 해를 향하여 절하는 모습이 보이옵니다."

"어허, 그렇다면 무엇을 빈다는 말인데 명이 그 정도라는 말인가?"

"걱정하지 마십시오. 장수하실 것이옵니다. 봉황이 해를 향해 절을 하는 것은 자신이 원하는 세상을 위해서입니다."

"허어, 우리 중에 제일 상이 좋다는 말이 아닌가? 내가 듣기로 봉황상은 세상을 못 만나면 닭상보다 못 하다고 하던데 그럼 그대의 세상이 숲이다? 숲? 하긴 봉황이 놀기에는 숲이 제격이지, 하하하."

누군가 말하고 호탕하게 웃자 그가 입마구리를 주먹으로 쓸고 내경에게 물었다.

"그럼 자녀운은 어떠한가?"

"4남 1녀를 두실 것입니다. 자녀운도 좋으셔서 모두 하나같이 대길할 것이옵니다."

그제야 그의 입가에 웃음이 물렸다.

그 모습을 보다가 마지막으로 남은 이를 살펴보았다. 상을 보니 무인인데 청수지상이다. 얼굴이 각이 지고 두꺼웠지만 살결이 맑고 극귀상이다. 지금까지 본 상과는 딴판이다. 좀처럼 보기 드문 학자형의 무인이었다.

'생긴 모습은 우락부락해도 천상이 아니라, 극귀상이다.'

내경이 속으로 생각했다.

물형으로는 오소리상이었다. 무인은 보통 전투적인 물형이 많다. 호랑이나 곰, 늑대, 개, 여우 등이다. 그런데 그는 오소리였다.

오소리는 너구리를 닮았지만 더 힘이 세고 영리하다. 호랑이가 먹던 먹이도 빼앗아갈 정도로 겁이 없다. 평소에는 발톱을 반쯤 발속에 숨기고 있지만 드러내면 길고 날카로워 치명상을 입힐 수 있다.
 또 오소리는 몸 전체가 기름으로 둘러싸여 있어서 투실투실하다. 뱀의 이빨이 들어가지 않을 정도다. 이빨을 박았다 해도 독이 잘 퍼지지 않고 독이 퍼져도 잠시 기절할 뿐 이내 회복한다. 그렇기에 오소리가 작정하면 뱀도 당해내지 못한다.
 그는 그 오소리를 빼다박은 것 같았다. 몸이 조금 작은 게 무인으로서 약점이 될 수도 있었지만 오소리가 기름으로 둘러싸여 있는 것처럼 갑옷으로 무장한 모습이 강인해 보였다. 다리가 짧고 몸이 약간 굽은 것도 영판 오소리와 닮았다.
 그런데도 관상이 귀하다. 흉악하지 않다. 다만 얼굴에 비해 코가 컸다. 얼굴의 중심부인 코가 크면 중심적인 인물이 된다는 뜻이지만 얼굴과의 비례가 조화롭지 못하면 명파(命破)할 수도 있다. 분명 귀한 상이긴 하나 눈동자에 살기가 서려 있고 체모가 뱀이나 전갈처럼 독하게 생겼으니 엄밀히 말하면 완악지상(頑惡之相)이다. 불구, 단명, 형액이 따르는 악상으로 봐야 한다.
 내경은 고개를 갸웃했다. 아무리 생각해도 이 상은 진양대군의 상과 너무 대조적이다. 서로 어울리지 않는 상이다. 진양대군의 상은 용과 이리를 섞어 놓은 상이다. 용은 엄밀히 말해 뱀이다. 뱀과 오소리는 천적이고 오소리가 용심을 피우면 뱀이 이기지 못한다. 그런데 이리가 버티고 있다. 오소리는 이리를 무서워하지 않는다. 이리 역시 오소리가 무서워서 피하는 것이 아니다. 질기고 모질기 때문에 피해버리는 것이다. 그렇다면 그들은 언제나 상극 관계에 있다는 말이다.
 "지금까지 본 상들과는 판이하게 다른 상입니다."
 "다르다?"

그가 큰 눈을 치뜨며 물었다.

"문인의 상이 아니라 무인의 상이기 때문입니다. 그러면서도 같이 오신 분들과 어올리시는 것은 학문을 사랑하면서도 무술에의 염이 끊어지지 않으시기 때문입니다. 한 번 마음먹으시면 결코 도중에서 그만 두는 일이 없으시며 그로 인해 윗사람의 은혜를 깊이 입을 상이십니다."

"윗사람? 그럼 주상?"

진양대군이 놀라며 뇌까렸다.

"거 용킨 용쿤. 그러지 않은가."

진양대군의 말을 들으며 그가 내경을 향해 시선을 돌렸다.

"슬하는 어떻겠는가?"

"3남 1녀가 잡히지만 확실치 않습니다."

"왜 나만 그러한가?"

"무인의 손에는 언제나 피가 가득한 법입니다. 그 보가 자손에게 미치기 때문입니다. 결코 그 원에 의해 자식 모두가 길할 수는 없는 법입니다."

"그럼?"

"언제나 인과응보의 뜻을 새기며 살아야 하는 것이 무인의 업입니다. 첫째도 둘째도 업을 잊어서는 안 됩니다. 상은 곧 그 업의 산물이기 때문입니다. 아무리 좋은 상을 타고 났더라도 그 사실을 잊고는 언제 어느 때 흉액에 발목을 잡힐지 모르오니 조심조심 인생의 강을 건너가야 합니다."

그제야 사람들이 숙연해졌다. 그런 그들을 보며 내경은 문득 속탁지상(俗濁之相)이라는 말을 떠올렸다. 이들 속에 극귀의 상인 위맹지상도 있고, 후중지상도 있고, 청수지상도 있지만 진중지물이라 더러운 티끌 가운데 떨어진 물건 같았다. 하나같이 버릴 수도, 떨쳐버릴 수도 없는 욕망에 의해 빈고, 요절, 병액으로 평생 고생이 그치지 않을 상들이었다.

위없이 극귀하고 청수한 상이라고 하지만 하나같이 형체와 모양이 탁하여 천하게 생긴 상들이었다. 그들의 기색이 그랬다. 드러난 상과 심상에 떠돌고 있는 상이 같지 않았다. 속을 감추고 있다는 증거였다.

그들은 때를 기다리고 있었다. 그들의 드러난 상으로 보아서는 언젠가는 우여곡절 끝에 세상을 가질 수 있을 것이었다.

그들이 돌아가고 나자 옆방에서 귀를 세우고 있던 상학이 나타났다. 그는 이미 사람들에게 상을 보고 간 이들의 신상을 파악한 뒤였다.

"어찌 그럴 수 있습니까? 저에게 밀어버리고 빠져버리다니요. 왜 자꾸 그렇게 극단으로 치달리십니까? 목숨이 두 개 있는 것도 아니고. 아주 이제는 겁이 납니다."

상학이 헛헛 웃었다.

"이놈아, 어쨌든 해내지 않았느냐. 매사 그래야 하는 것이야. 관상쟁이는 목숨을 내놓고 상을 봐야 하는 것이야. 그렇지 않고는 언제 목이 날아갈지 모를 테니."

"그래도 그렇습니다. 그런데 진양대군은 어찌 아셨습니까?"

"일전에 초상을 한 번 본 적이 있었지."

"그렇지 싶었습니다. 그런데 저한테는 생전 본 적도 없는 상을 보라고 하셨습니까? 제가 진양대군 곁에 앉은 사람들을 보며 얼마나 간을 졸였는지 아십니까?"

"어쨌든 알아맞히지 않았느냐? 그럼 됐지 뭘 그래. 설마 상 좀 잘못

봤다고 죽이기야 하려고."

"그래도 그렇지요. 도령 얼굴을 처음 보는데 오줌을 쌀 뻔했다니까요."

"허허허, 사내자식이 그래서야 원. 나도 사람들에게 들어 안 것이다만 진양대군의 곁에 앉은 도령이 그의 동생인 임영대군이라고 하더구나. 임금과 왕후 사이의 넷째아들."

"그럼 그 곁의 사람들은요?"

"첫 번째 사람 이름은 신숙주. 세종 20년에 생원시와 진사시에 합격한 사람이라고 했다. 이듬해 친시문과에 급제하여 전농시직장을 지냈다는데, 네 상 보는 솜씨가 제법이더구나."

"그 곁 사람은요? 제가 세 번째 본 사람."

"그 함자가 정인지라고 했다. 네가 말한 그대로 문과 중시에 장원급제하고 이후 좌필선을 맡고, 이듬해 부제학 시강관을 겸하고 있다고 했다."

"제가 말한 때가 맞아들었단 말입니까?"

"그게 뭐 대수라고. 그렇게 공부했는데 그 정도는 우습게 알아야지. 뭐 대단하다고."

"그 후 사람들은요?"

"네가 다음에 본 사람이 박팽년이라고 하던가. 잘 보더구나. 본시 성격이 과묵하다고 그래. 말수가 적고 융통성이 없어 소학에 나오는 예절대로 실천하는 사람이라고 한다. 하루 종일 단정히 앉아서 의관을 벗지 않는 사람이라고 하니 말이다. 그의 성품을 네가 그대로 찍었으니 그들이 어찌 놀라지 않겠느냐. 그 뒤에 본 사람은 이맹전이란 함자를 쓰는 사람이라고 했다. 문과에 급제했고, 역시 고지식한 사람인 모양이더라. 효성이 지극해 가정의 법도가 엄숙할 정도라고 한다. 어버이가 병중이면 말도 못 타게 하고 시종들도 데리고 다니지 못하게 할 정도라니까."

"그 뒤에 본 양반은 전형적인 무인이던데……."

"맞아. 유응부, 그의 내력을 물어보았더니 일찍이 무과에 급제하여 임금의 총애를 받고 있다고 하더구나. 진양대군과도 족하(足下)라 할 정도로 친하다고 하니 말이다. 서로 형 아우하며 가깝게 지낸다는 것이다."

"나이 차이가 나던데 족하라니요?"

"그 정도로 서로 아끼고 친하다는 말이겠지."

그래요? 하는 표정을 지으며 내경은 고개를 모로 꼬았다.

진양대군과 유응부가 서로 친하다?

그렇다면 분명히 다른 이유가 있을 것이라는 생각이 들었다. 만약 두 사람 중 흑심을 품은 자가 있다면, 진양대군 쪽이 아니겠는가. 상으로 보아 분명 두 사람은 상극이다. 그렇다면 지금은 서로가 속을 드러내지 않고 가깝게 지내고 있다는 말이다. 앞으로 유응부가 진양대군의 최대의 적이 될지 모른다는 기미를 분명히 느꼈었다.

박팽년, 이맹전 같은 이들도 그렇다. 그런데 무엇 때문에 진양대군과 함께 어울려 다니는 것일까. 언젠가는 반목할 상임에 분명한데.

그런데 함께 있다? 왜?

3

새벽이었다. 검은 그림자 하나가 내경이 자고 있는 방으로 소리 없이 숨어들었다. 상학이었다.

내경이 꿈속을 헤매고 있는데 누군가 자꾸 깨웠다.

"일어나, 이놈아."

"누구야?"

"나다. 나야."

"내가 누구야?"

"이놈, 일어나지 못하겠느냐."

그제야 내경이 눈을 떴다. 보니 스승이다.

"왜 그래요? 아직 날이 새려면 멀었는데……."

"글쎄 일어나라니까."

"왜 그래요?"

내경이 소리를 내자 상학이 손으로 내경의 입을 막으며 사방을 휘둘러보았다.

아, 왜 그러냐니까요? 내경이 눈으로 물었다.

"가자."

"네?"

"도망가잔 말이다."

내경이 상학의 손을 뿌리치며 벌떡 일어나 앉았다.

"도망요?"

"이놈아, 소리 좀 줄여라."

"왜, 왜 그러십니까?"

"저놈들 말이다."

"저놈들?"

"날 도선국사의 적자라고 알고 있잖냐."

"그래서요?"

상학이 겸연쩍게 히죽 웃었다.
"나 사실 가짜거든."
"예?"
내경이 놀라 소리를 지르자 상학이 또 입을 틀어막았다.
"소리 좀 죽이라니."
"가짜라니요?"
내경이 소리를 죽이고 상학에게 물었다.
"그럼 어쩌느냐."
"그럼 아니란 말입니까?"
"할 수 없어 그랬다."
"그럼 그 도장은요?"
"이거."
 그러면서 상학이 도장을 내밀었다.
"맞네요. 그거요."
"이거 내 도장이야."
"그런데요?"
"저들이 증거를 내놓으라고 하잖냐. 그래 아무 것이나 보였지 뭐."
"네?"
"알 게 뭐냐. 내가 그렇다고 하는데."
내경은 큰일 났다 싶었다. 어쩐 일일까 했더니 글쎄가 역시였다.
"그럼 부정과의 내기는요?"
"사실 자신이 없어. 내일 아니냐?"
"그럼 상을 보지도 않고 그렇게 썼단 말입니까?"
"보긴 했지. 그런데 자신이 없다니까."

관 상 237

이른 새벽 두 사람은 행전 단단히 치고 그곳을 도망쳐 나왔다.

새벽달이 떠 있었다. 쥐새끼처럼 살금살금 신방돌을 내려서 대문도 소리 날까 열지 못하고 화초담을 넘었다. 두 사람은 고갯마루를 벗어나 마포나루를 향해 달렸다.

"그런데 이상합니다."

"뭐가?"

"스승님이 정한 날짜가 내일이지 않습니까."

"그렇지."

"이렇게 도망가라고 길을 열어놓지 않을 텐데 말입니다."

"그러게."

잠시 가다가 내경이 또 생각해보니 뭔가 아귀가 맞지 않았다.

"스승님의 스승 함자가 이천수 맞지 않습니까?"

"맞아."

그래서? 그런 눈빛으로 상학이 대답했다.

"이천수라고 하니까 그들이 엎어졌지 않습니까?"

"그랬지."

"그럼 이천수가 스승님의 스승은 맞지 않습니까?"

"모르지. 내 스승도 이천수가 아닌데 자신이 이천수라고 했을지도."

"예에?"

"허허허, 상 보는 자들이 다 그렇지 뭐."

"그러니까 스승도 사기꾼이고 그 제자도 사기꾼이다 그 말입니까?"

"이놈!"

상학이 내경의 머리를 탁 쥐어박았다.

"아무리 그래도 옷 선조를 사기꾼이라니."

"그거야 스승님이 그랬지 않습니까."

"내가 사기꾼이라고 했냐. 내 스승도 유명한 이천수 이름을 빌렸을지 모른다고 했지."

"그 말이 그 말이지요."

"이놈아, 이천수면 어떻고 유학수면 어떻다는 거냐."

내경은 기가 막혀 웃음이 나왔다.

내경이 웃자 상학도 헛헛 웃었다.

"어이, 한양 구경 한번 잘했네. 이밥에 고깃국은 실컷 먹었으니 너도 원은 없지?"

내경은 어이가 없었다.

"어쩐 일인가 했습니다. 곽산 거지가 그러면 그렇지."

"한양으로 와 으스대며 살아봤으니 됐지 뭘 그러냐. 그것도 다 날 만난 복 아니냐."

"다리 밑 거지가 대갓집 불 난 거 보고 아들 더러 우리는 불 날 것 없으니 그게 다 아비 덕이라고 한다더니 정말 기가 막힙니다. 일장춘몽이 따로 없네요."

"열흘 붉은 꽃 없는 법이다. 그리 생각하고 너무 서글퍼 말거라. 언제 상판대기 봐 출세하려고 했냐."

두 사람은 막 배를 타려다가 멈칫했다. 이상하게 지키는 사람 하나 없다 했더니 몽둥이를 쥔 장정들이 여기저기서 뛰어나왔다.

앞장 선 이를 보았더니 부정이었다.

"허허허, 내 이럴 줄 알았지. 시골 촌것이 하늘같은 이들을 농락했겠다! 어디서 배운 수작인지 모르겠으나 예서 통할 리 없지. 여봐라, 쳐라."

여기저기서 장정이 달려들어 불문곡직하고 쳤다.

그들에게 끌려가 광 속에 묶여 꼬박 하루를 새웠다.

"이 무슨 놈의 팔자인지 모르겠구나. 사람을 구해야 할 상쟁이가 사람 죽기를 바라게 되었으니, 이럴 수가!"

상학의 절망이 하늘 같은데 부정이 드나들면서 죄인 취급이었다.

"이놈, 어떡할 테냐. 그 어른이 차차 건강을 되찾고 있다고 한다. 이제 일어나 앉으셨다고 해. 죽기가 힘들어졌으니 네놈 눈 뽑을 일만 남았구나."

부정이 돌아가고 난 후 내경이 물었다.

"상을 보았다면서요?"

"허허 참, 그럴 리가 없을 터인데."

"내가 이런 양반 밑에서 뭘 배우겠다고."

"그러게 말이다. 나 원 참."

"이제 어쩔 겁니까, 나까지 죽게 생겼으니. 아이고, 스승 하나 잘못 만나 죽게 생겼네. 우리 아부지 뭔 심사로 저런 양반한테 날 보냈을까."

"이놈아, 사람은 한 번 죽지 두 번 죽는 게 아닌 법이다. 전생에 인연이 그래도 돈독했나 보다. 너와 이생에서 북망산 동무해 가게 생겼으니."

"내가 못 살아."

광문 틈새로 비치던 달이 금세 사라져버렸다.

해가 천천히 밝아왔다.

저벅저벅, 부정과 집주인이 광으로 오는 소리가 들려왔다.

그들이 들어오더니 장정들에게 일렀다. 부정의 음성이 흡사 얼음장 같았다.

"이놈들을 끌어내어라. 화로에 불을 피우고. 하나 남은 그 요망스런 눈을 칼로 도려내야겠으나 피 묻히기가 싫구나."

기어이 내경이 바지에 오줌을 질금거리고 말았다.

상학이 그제야 체념을 하고 부정을 올려다보았다.

"나야 상 한 번 잘못 보아 이리되었으나 내 제자는 무슨 죄가 있는가. 저놈은 보내주시오."

"말이야 바른말이다. 제자 놈은 보내기로 하지."

장정들이 묶인 밧줄을 풀었다.

"네놈도 한심하다. 저런 놈 밑에서 배울 것이 뭐 있다고. 아량을 베풀어 풀어주는 것이니 다음에는 저런 화상일랑 만나지 말거라."

부정이 호기롭게 특별히 봐준다는 듯이 말했다.

내경은 풀려나 그대로 뛰었다. 눈물이 비 오듯 쏟아졌다.

아, 살았구나. 살았어.

한참을 뛰다보니 앞에 개울이 있었다. 엎어져 물을 마시고 물 바닥에 얼굴을 비춰보니 거기 해가 있다. 문득 아버지의 얼굴이 거기 나타났다.

"아버지!"

"못난 놈! 그래도 네놈이 내 아들이라고 할 수 있느냐."

"아버지 무섭습니다. 무서워요."

"만약 내가 너의 스승이 당하는 지경이 되었다면 어찌하겠느냐?"

"예?"

되묻는 순간 아버지의 모습이 보이지 않았다. 털버덕 엉덩방아를 찧고 앉아 아버지의 말을 되씹었다.

아버지…… 아버지였다면?

되돌아 뛰었다. 스승을 구해야 한다. 스승을. 어떻게?

내경은 그 자리에 멈추어 섰다. 그러다 다시 뛰고 뛰다가 다시 돌아섰다. 그러다 보니 어느 사이에 스승이 있는 그 집 마당이었다.

불에 벌겋게 단 인두를 막 상학의 눈으로 가져가려던 장정이 내경을 의식하고는 멈칫했다. 내경이 그의 앞을 막아섰기 때문이다.
"내 스승이 잘못은 했으나 이럴 수는 없습니다."
"무엇이라?"
부정이 어이가 없는지 피식 웃었다.
"이럴 수가 없다니?"
"아무리 약속이라 하더라도 그만한 일로 눈을 파내겠다니요!"
"이놈 겁대가리가 없구나. 너희 스승은 하늘같은 도선국사를 욕보였으며 이 나라 상쟁이의 위상을 던져버린 위인이니라."
"그럼 저에게도 책임이 있으니 제 한쪽 눈을 파내십시오."
"오호, 그러니까 네놈이 사이비 스승을 위해 눈 한쪽을 내놓겠다?"
"그렇습니다. 눈 한쪽이라도 있어야 세상을 볼 수 있지 않겠습니까."
"하하하, 스승을 생각하는 너의 신심은 갸륵하나 나는 그러지 못하겠다. 저런 놈을 살려둔다면 이 나라의 상이 어찌 되겠느냐. 물러서라."
"안 됩니다."
상학의 눈에서 눈물이 흘러내렸다.
"내경아, 물러서라. 물러서."
상학이 소리쳤다.
"스승님!"
내경이 상학을 향해 달려들려고 하자 장정의 발길이 날아왔다. 뒤로 벌렁 넘어져 허우적거리는데 장정 하나가 대문을 열고 집주인을 향해 다가왔다. 귓속말로 무슨 말인가를 했다. 집주인의 눈이 점점 커졌다. 그는 후다닥 부정에게로 다가갔다.
부정이 그 말을 듣고는 소금기둥처럼 얼어붙었다.

그는 잠시 상학을 눈부신 듯 바라보다가 뒤로 멈칫멈칫 물러섰다.

사람들이 왜 저러나 하는데 부정이 홱 몸을 돌려 그대로 달아나버렸다.

사람들이 우르르 상학을 향해 몰려갔다.

집주인이 그제야 정신을 차리고 상학 앞에 엎드렸다.

"용서하십시오."

모든 사람들이 하나 같이 상학 앞에 엎드렸다.

내경은 나중에야 알았다. 일어나 앉아 밖을 내다보던 병자가 앉은 채로 갑자기 죽었다는 것을. 병자가 일어나 앉았던 것은 마지막 안간힘이었던 것이다.

"부정을 찾아 혀를 뽑아야 하지 않겠습니까?"

내경이 묻자 상학이 젖은 음성으로 말하였다.

"그는 이제 혀가 있어도 말을 하지 못할 것이다."

그렇게 말하고 와락 내경을 안았다.

"지겸이가 그래도 아들 하나는 잘 두었구나."

그렇게 말하고 벌떡 일어났다.

"이제 내려가자."

사람들이 잡았으나 상학은 거기 더 머물 생각이 없었다.

다들 나루터까지 따라와 전송했다.

이천 곽산으로 돌아와 다시 시장으로 나가니 내경은 솔직히 기가 막혔다. 바람이 들대로 들어서인지 한양 생각이 꿈결 같았다. 상판이나 봐주고 난전에서 국밥을 먹고 있자니 신세 참 처량 맞다 싶었다.

"에이, 오지 말걸 그랬어요."

내경이 볼멘소리를 하자 상학이 허허허, 웃었다.

"아주 네놈이 한양 맛을 제대로 보았구나."

"좋았는데 뭘 그래요."

"그러다 정말 도선국사의 정통적자가 나타나면 어쩌냐."

"그럼 정말 아니란 말입니까?"

"잘 온 게야. 잊어버려라. 다시 분수껏 살면 되지. 혹 아느냐, 그런 세월이 다시 올지도."

"언제요?"

"그러니까 열심히 배우란 말이야."

"그래서 사기 치는 법부터 가르쳤습니까?"

"야, 이놈아. 그럼 어쩌냐. 잘난 사람 상판을 봐두어야 할 마당이니."

"그렇다고 사기를 쳐요."

"칠 만하면 쳐야지. 그것도 재주 아니냐."

"그렇다고 남을 속여가면서 호강할 마음 없습니다."

"그럼 그래야지. 그런 심성으로 살아야 해. 나야 이제 갈 날이 얼마 안 남았지만 넌 인생이 구만 리잖냐. 열심히 배우다 보면 그런 세월이 올지도 몰라."

설마 싶었다. 그러면서도 스승을 따라 시장으로 나갔다.

완벽한 상을 그리는 법

1

상학은 내경에게 화선지 한 장을 주었다.
"자, 지금부터 배운 대로 가장 이상적인 상판을 하나 그려보거라."
"제가요?"
"그래, 그동안 배운 것이 헛되지 않았다면 그려낼 수 있을 것 아니냐."
내경은 먹을 갈아 스승이 시키는 대로 그렸다. 그런데 쉽지 않았다. 본시 그림 실력이 없기도 했지만 무엇 하나 생각대로 그려지는 것이 없었다.
머리는 둥글어야 한다. 그래서 둥글게 그리려 하면 제대로 그려지지가 않았다. 움푹 꺼지거나 비뚤어지게 그려졌다. 그렇게 상판을 그려가며 공부를 했는데도 늘지 않는 것이 그림 실력이었다.
상학도 보니 기가 막혀 혀를 쯧쯧 찼다.
"너 같이 그림 못 그리는 놈은 처음 본다. 도대체 머리통이 어떻게 생겨야 하는지 알고는 있는 것이냐?"

"그걸 모를라구요."

"그럼 한 번 읊어라도 봐. 속 터져 못 보겠네."

"머리통은 동글어야 하지 비뚤어지거나 가죽이 엷으면 안 된다. 무조건 크기만 해도 안 되고 납작해서 죽은 데가 있어도 안 된다. 전두골 즉 앞머리가 발달한 사람은 직관력과 관찰력이 매우 뛰어나다. 반면에 후두골 즉 뒷머리가 발달한 사람은 백절불굴하는 정신력이 있다. 뒷머리 밑이 발달한 사람은 색에 밝아 치정 사건에 휘말리기 쉬운 사람이고, 머리 좌우 횡부(橫剖)가 발달한 사람은 허영심이 많고 임기응변에 강해 거짓말을 밥 먹듯 하는 사람이다."

"야야야, 됐다 됐어. 아주 앵무새 저리가라구만. 이놈아, 상판의 지식이 눈에 붙어야지 주둥이에 붙으면 어떡하냐. 도대체 알고나 씨부리는 것이냐? 그러니까 실전에 들어가면 주댕이가 중구난방이지."

"그만 그릴까요? 그리고 싶지도 않은데."

"마저 그려, 이놈아. 어떤 귀가 좋다는 건 알고 있을 것 아니냐."

내경은 되는 대로 그렸다. 배운 대로 생각하며 그렸다. 귀를, 코를, 입을 그리고 턱을 그리고……. 그렇게 그려 갔다.

상학이 보니 웃음이 나왔다.

내경이 시선을 들자 스승이 웃고 있다. 하하하 웃다가 걀걀걀 웃었다. 낄낄낄 웃다가 바닥에 퍼질러 앉아 온몸을 비틀며 웃어댔다.

"아이고 내가 못 산다. 내가 못 살아. 야, 이놈아, 이게 사람의 모습이냐, 응? 사람이 이렇게 생겼다고? 세 살 먹은 어린아이가 그려도 이것보다는 잘 그리겠다. 이게 어디 사람의 모습이야."

"실력이 없는 걸 어떡합니까?"

볼멘소리가 내경의 입에서 터져 나왔다.

"이 잡놈아, 네 지식이 이 정도이니 이렇게 그려진 것이 아니냐. 그래 귀가 이렇게 생겨야 좋을 것 같으냐? 한쪽 귀는 너무 작고 한쪽 귀는 너무 크니 이게 도대체 뭐냐?"

"저도 압니다. 귀는 너무 커도 안 좋고 너무 작아도 조화롭지 못하다는 것 정도는."

"그런데 왜 이렇게 그린 게야?"

"그림 실력이 없어 그렇다고 하지 않았습니까."

"아무리 실력이 없어도 그렇지. 최소한 두 귀가 똑같게는 그려야 할 거 아니냐. 그런데 이게 뭐냐."

"그만하세요."

"내가 왜 사람의 상을 그리게 한 줄 아느냐? 바로 네 마음의 심상을 보기 위해서였다. 이 그림을 봐라. 정성이 없다. 사람의 상을 볼 때도 이 그림을 그린 듯이 한다면 뭐가 되겠느냐? 상이란 정성인 것이다, 정성."

"나도 압니다. 그 정도는."

"그런데 이게 뭐냐. 다시 그려."

"싫습니다."

"뭐 싫어? 좋다. 그리지 않겠다면 난 기어코 너와 여기서 인연을 끊을 것이다. 그러니 그리는 게 좋을 것이다. 배운 대로 그려라. 열 장이든 백 장이든. 제대로 된 얼굴이 될 때까지."

내경은 그날부터 밤을 새워 얼굴 그림만 그렸다. 아무리 그려도 이상적인 상판은 그려지지 않았다. 그런데 계속 그리다 보니까 제대로 된 상판이 점차 일어나기 시작했다. 하지만 사람의 얼굴 형태만 그리는 게 아니라 색깔을 사용하여 오장육부의 찰색을 나타내라고 하니 환장할 일이었다.
 그래도 그렸다. 그리다 보니 귀는 좋은데 눈이 좋지 않다. 그러면 다시 그렸다. 그렇게 수십, 수백 장을 그렸다. 무려 보름을 그렸다. 이제는 됐다 하고 가져갔더니 스승이 넌지시 보다가 둘둘 말아 호롱불에 태워버렸다.
 "네 눈이 정녕 비뚤어진 것이냐? 찰색은 둘째치고라도 형태부터가 맞지 않다. 이놈아, 한쪽 귀는 두텁고 단단해 보인다. 맞아. 그래야 장수하지. 그런데 한쪽 귀가 얇아. 그럼 명이 짧은데 어쩔 거야?"
 다시 그려갔다. 스무 날이나 걸려.
 그러자 스승은 그것을 둘둘 말아 호롱불에 태워버렸다.
 "아직도 귀가 이상해. 그럼 다른 것은 볼 것도 없지. 귀를 왜 붉게 그렸을까. 모르지는 않을 텐데. 오장의 영향에 의해 갑자기 붉어지는 귀가 좋지 않다는 건 알 게다. 그런데 그림을 보니 본래 붉은 귀가 아니야. 그런 귀라야 부할 텐데 그런 귀가 아니야. 그리고 좋은 귀는 얼굴보다 희어야 만년에 영화를 누릴 터인데 얼굴 보다 희지를 않아. 그리고 콩팥과의 관계가 드러나 있지 않아. 오장 중에 콩팥이 고장난 귀를 그려놓긴 했는데 영 아니야. 그렇게 붉지 않아. 찰색을 더 살펴봐."
 다시 사흘을 그려서야 스승의 눈이 눈으로 옮겨졌다. 귀에 대해 말이 없었다. 제대로 그렸다느니 잘못 그렸다는 말 같은 건 없었다. 잠시 들여다보다가 다시 둘둘 말아 호롱불에 태웠다.
 "이걸 눈이라고 그렸으니 할 말이 없다. 허허, 참."
 "저도 막막합니다. 아니 답답합니다."
 "이놈아, 만약 이런 눈을 가진 사람이 상을 보러왔다. 너 뭐라고 할 것이냐?"

"예?"

"뭐라고 할 것이냐고? 네놈이 그려 놓은 대로 읊어댈 것 아니야?"

그럴 것이라는 대답 대신 내경은 자신도 모르게 고개가 숙여졌다.

"그동안 도대체 뭘 한 게야? 눈과 눈 사이의 길도 모르느냐?"

"미간 말입니까?"

내경은 겨우 시선을 들고 물었다.

"그래, 눈과 눈 사이의 길 말이다. 눈은 눈의 길이와 눈과 눈 사이사이의 길이를 자로 재어 보면 알 게다. 내 말을 믿지 못하겠다면 당장에 재어보거라. 정확히 1:1로 같을 것이다. 그것이 가장 이상적인 비율이다. 그런데 이 눈은 뭐냐? 비율적으로 하나도 맞지 않고 있지 않느냐."

내경은 다시 눈을 그렸다. 이를 부득부득 갈며 그렸다. 누가 모르랴. 눈은 정신의 표상이며 장부로는 간(肝)에 속한다. 간의 피가 맑으면 눈이 맑고 간의 피가 탁하면 눈 역시 탁하기 마련이다. 간이 탄다는 말이 있다. 간이 타면 눈 역시 탄다. 눈을 보면 간의 상태를 알 수 있다.

내경은 그렇게 생각하며 또 생각하며 그렸다. 내경이 그린 것을 스승에게 가져가면 호롱불이 기다리고 있었다. 하루는 화가 나 소리쳤다.

"도대체 왜 이 말도 안 되는 짓을 시키십니까?"

"이놈아, 관상의 특징과 비율을 아는 데 이만한 것도 없다는 걸 알아야지. 더 정확해야 해. 간이 타면 눈이 타는 건 알고 있는 것 같으나 그 찰색이 아직 선명하지 않아."

내경은 다시 그렸다. 무려 보름을 그려서야 코로 넘어갔다. 역시 어김없이 호롱불에 그림은 태워졌다.

"코는 얼굴의 중악(中岳)이다. 그래서 재성(財星)을 상징하는 것이 코야. 그런데 흙을 쌓아놓은 모양인데 왜 이렇게 그렸느냐?"

"그렇게 가르치지 않았습니까. 그래야 좋은 코라고."

"하지만 폐와 연결되어 있어 수명을 관장하는 곳이란 생각이 들지 않아."

"어째서입니까?"

"산근(山根)을 봐라. 이게 살아 있는 것 같으냐? 이곳이 질액궁인데 질액이 어떻게 오는지가 자세하지 않아. 그 사람의 건강상태가 나타나는 곳이 바로 이곳이란 것쯤은 알고 있을 게다. 다시 그려."

또 열흘을 그렸다. 코는 자기 얼굴의 중심이기도 하지만 대인관계에서도 중심이므로 너무 크거나 작아도 안 된다. 너무 크고 높으면 자기중심적이다. 그래서 결국에는 고독해지고 만다. 너무 높지도 낮지도 말고 그 얼굴에 맞아야 한다. 비뚤어지거나 굽어서도 안 된다. 코끝이 구부러진 매부리코는 욕심이 많다. 거기에다 냉정하며 매우 이기적인 사람이다. 곧고 바르게 내려와야 길하다. 그런데 잠깐 잘못하여 주먹에 맞은 듯이 코뼈가 내려앉으면서 비뚤어져버렸다.

에잇!

내경은 그리던 그림을 던져 버리고 다시 콧대를 바로잡았다. 콧대가 섰다. 준두와 난정(콧방울)이 풍후하다. 이곳이 풍후하지 않고는 무력하여 소용이 없다. 콧구멍이 너무 작다. 융통성이 없는 콧구멍이다. 안 된다. 더 넓게 그리자.

이번에는 특별히 콧구멍에 신경을 써서 그린다. 콧구멍이 작은 사람은 편견이 심하고 인색하다. 물론 코에 비해 콧구멍만 크고 코가 큰 사람은 낭비벽이 있다. 그러나 체면을 손상하는 일은 하지 않는다.

그런 콧구멍을 용서할 상학이 아니었다. 상학이 보니 콧구멍만 뻥

뚫어져 있다. 다시 웃음이 나왔다. 상학은 웃다 말고 내경이 보라는 듯이 북북 그림을 찢으며 소리쳤다.

"정녕 이렇게밖에 못 그리겠느냐?"

그렇게 노력을 했는데 역시 북북 찢겨 호롱불 행이 되자 내경이 눈을 치떴다.

"정말 너무하시는군요."

"이놈! 이마와 눈이 청년기를 나타낸다면 코는 장년기를 나타낸다. 사십대에서 오십대 사이의 부부 운은 코에서 나타나는데 그 부부 운이 나타나 있지 않다."

"그걸 어떻게 나타내란 말입니까?"

"내가 그걸 어떻게 알아."

"예?"

"내가 어떻게 아느냐고. 네놈이 알아서 그려야지. 사십대에서 오십대 사이의 부부사이가 그렇게 좋을 수가 없다 그러면 찰색이 어떻게 나타날까? 또 사이가 좋지 않으면 어떻게 나타날까?"

내경은 다시 그렸다.

상학이 내경이 가져온 그림을 보았더니 역시 아니었다.

"어째 찰색이 맑지를 않아. 그리고 너무 검어. 이건 부부가 좋지 않을 정도가 아니라 원수 사이 같아. 서로 죽일 일 있어. 다시 그려와."

내경은 다시 그렸다. 겨우 통과하는가 했는데 이번엔 인중이 문제였다.

"인중은 인체의 수로다. 물길이다. 모든 인체의 기가 이곳을 통과한다. 그러므로 인체에서 가장 소중한 길이다. 그렇기에 인중이 길면 오래 산다고 하는 말이 나온 것이다. 그래서 인중은 청수해야 한다. 흐리거나 탁하면 안 된다. 그런데 이게 뭐냐? 혈류나 기에 이상이 있을 때 이곳의 빛으로 찰색을 관찰할 수 있는데 그 사람의 현재 상태를 알아낼 수 있는 것이 아무것도 없다. 크기와 넓이로 건강 상태까지도 정확히 짚어낼 수 있어야 하는데 봐라, 눈이 있다면 봐. 표정도 없고 사연도 없는 그저 표정 없는 상판 하나가 그려져 있을 뿐이다. 나이가 마흔댓은 되어 보이는데 이렇게 인중이 깨끗하다니. 다시 그려."

내경이 다시 열흘을 그려서야 입으로 넘어갔다.

내경의 방안은 완전히 물감으로 뒤범벅이었다. 화선지가 산더미를 이루었고 전신이 물감으로 물들었다. 얼굴 본바탕을 그리고 거기에다 오장육부의 영향을 받아 일어나는 찰색을 그림으로 나타낸다는 것이 결코 쉬운 일이 아니었다. 입의 형상을 그리고 주위의 찰색을 나타내는 데만도 한 달이 흘렀다.

무려 두 달 동안을 끙끙거리며 그렸다. 그렇게 노력을 해 그려가서인지 스승은 말이 없었다. 그런데 의외의 명령을 내렸다.

"턱과 수염까지 그려 오너라."

내경은 수염을 정성스레 그려갔다.

상학이 그림을 보았더니 또 어이가 없다. 길길길, 채신머리없게 웃음이 나왔다.

내경은 멍하니 스승을 지켜보았다. 왜 웃느냐는 말도 나오지 않았다. 스승이 한참을 웃고 나더니 운을 뗐다.

"이놈아, 너 정말 해도 너무 한다. 수염은 있는데 턱이 어딨느냐?"

"턱이 어딨냐니요?"

"내가 모를 줄 아느냐. 넌 턱도 그리지 않고 바로 그 자리에 수염을 그렸다. 수염으로 턱을 메워버렸다 그 말이야."

"아니 턱이 있으니 수염이 있는 것 아닙니까?"

"이놈아, 여기 사람의 모습을 그리려고 한다. 어떤 이는 해골부터 먼저 그리고 그 위에다 살을 입히고 찰색을 나타내고 옷을 입힌다. 그것이 제대로 된 관상도다. 그런데 너는 아예 해골을 그린 적이 없다. 해골 위에다 살을 입힌 흔적을 나는 한 번도 발견하지 못했다. 그래서 내 스승은 평생을 인골을 가지고 놀았다. 바로 그 때문이었어. 그런데 너는 뭐냐? 그 해골을 너에게 주었거늘. 바로 너의 사이비 기질이 극명하게 나타난 곳이 이 수염이다. 턱뼈는커녕 턱도 그리지 않고 수염만 그렸다. 그러니 지금까지의 그림은 없는 것으로 하겠다. 새로 그리도록 해라."

내경은 그날 처음으로 울었다. 주막으로 달려가 술이라도 퍼마시고 싶었다. 이까짓 관상이 뭐라고. 벼루를 깨버리고 싶었다. 물감종지들을 깨버리고 싶었다. 화선지를 한데 모아 확 불을 싸질러버리고 싶었다. 그리고 봇짐을 싸고 싶었다.

가버리자. 일어나버리자. 이까짓 관상 배워서 무엇할 것인가.

그러나 아버지를 생각하며 참았다. 목이 잘린 아버지를 생각하며 참았다. 그 원을 풀기 위해 걸어가야 할 길이라면 걸어야 한다는 각오로 참았다. 이 아들 하나 잘되기를 바라고 있을 어머니의 눈물을 생각하며 이를 악물었다.

생각해보면 스승의 말이 틀린 말은 아니었다.

그날 밤 꿈이 이상했다. 생각이 그러해서인지 분명 사내는 술에 취해 있었다. 벼루와 물감종지들이 깨어졌고 화선지가 한 줌의 재가 되어 있었다. 아침 해가 중천에 떠올랐고 술이 덜 깬 사내 하나가 돌아누우며 허리춤을 벅벅 긁고 있었다. 분명 자신이었다.

자신이 봐도 자신을 믿을 수가 없었다. 바로 그가 누운 방문 앞에 눈꼬리를 째고 노려보는 사람이 있었다. 곰방대를 물고 칼 맞은 흉측한 눈을 찌푸리고 노려보는 눈길이 살쾡이 같았다. 바로 스승이었다. 꿈속에서 스승님 하고 불렀는데 방안을 노려보던 스승이 잠시 후 똥바가지를 방안으로 내던졌다. 그가 똥물을 뒤집어쓰고 벌떡 일어났다. 역시 자신이었다.

스승의 고함소리가 들려왔다.

"당장 나가거라. 너 같은 제자 둔 적도 받은 적도 없다."

그 길로 동굴로 가버렸는데 그 동굴 앞에 사내 하나가 무릎을 꿇고 앉아 있었다. 비가 억수 같이 쏟아지는데 꼼짝하지 않았다. 동굴 앞에서 무려 사흘을 빌고 있었다. 그러나 스승은 요지부동이었다. 그 후는 어떻게 되었는지 알 수가 없었다.

꿈을 꾸고 일어나자 내경은 섬뜩했다. 이만한 일로 잠시나마 딴 생각을 한 제자를 스승이 꿰뚫어보고 있는 것 같았다.

내경은 상을 다시 그렸다. 그동안 밀쳐 두었던 인골을 꺼내놓았다. 그것으로 기초를 잡고 살을 입히고 오장육부에 의해 일어나는 찰색을 표현해 나갔다.

그제야 알 것 같았다. 스승이 원했던 관상도는 결코 한 장이 아니었다. 오장육부에 의해 나타나는 모든 찰색이 그려진 관상도였다.

오랜 기간 그린 그림을 안고 내경이 동굴에 다다랐을 때 안에서 탕약 냄새가 흘러나왔다. 자신이 오리라는 걸 알고 있었던 것일까. 아니 가끔 엿보기라도 한 것일까.

내경이 들어가 그림을 내밀자 스승은 여느 때와는 달리 그림 같은 게 뭐 중요하느냐는 듯이 잠시 보다가 말했다.

"많이 좋아졌네."

손수 탕약을 짜 내경에게 내밀었다.

"마셔라. 공부를 하려면 몸이 첫째다. 내 보아하니 네 마음과 몸이 지쳐서 옳은 생각을 못 하는 것이다. 신외무물(身外無物)이라, 몸이 있고 난 뒤에 도도 있는 법."

스승의 그 말을 듣자 내경은 그만 울음이 왈칵 쏟아졌다.

2

상학이 내경의 상판 그림을 인정한 것은 그 후 다시 일 년이 지난 뒤였다. 그제야 그림이 제대로 자리를 잡아간다. 상학은 그래도 고삐를 늦추지 않았다. 내경은 말없이 따랐다.

상학은 내경이 정확하게 사람의 상을 그려낸 다음에야 다시 관상의 여러 가지를 가르쳤다. 그는 언젠가부터 내경에게 남녀의 걸음걸이에 대해서 가르쳤다.

걸음걸이 하나에도 귀천이 있다고 가르쳤다. 위엄 있게 거리를 멀리 띄워서 여유 있게 걷는 사람, 물이 흘러가듯 몸을 흔들지 않고 바르게 걷는 사람이 좋다고 했다.

"저기 가고 있는 사람의 걸음걸이를 자세히 관찰해보아라. 사람의 신분과 위치 정도는 걸음걸이만 봐도 알 수 있다. 저자의 걸음걸이는 펄렁펄렁 불꽃이 일어나듯 은연중 흔들거리고 있지 않느냐. 천한 자라는 걸 알 수 있다. 발뒤꿈치가 땅에 닿지 않는다. 저런 걸음은, 가난하지 않으면 단명이다. 고향을 떠나 타관 땅에서 고독을 안고 분망하게 돌아다닐 상이다."

"면상은 좋아 보이는데도 그렇군요?"

돌아보는 사람의 얼굴을 보며 내경이 나직이 말했다.

"우리의 몸에 일어나는 상만 좋으면 된다는 생각은 대단히 잘못된 것이다. 그 상을 부리는 자세에서도 상을 볼 수 있다. 이를 무시하고는 상을 제대로 본다고 할 수가 없다. 면상도 좋아야 하지만 걸음걸이 즉 주상을 받쳐주어야 할 종상도 좋아야 한다는 이유가 여기 있다. 면상에 맞게 행보 시에는 바르게 걷는 자가 부귀 장수한다. 상대가 걷는 도중 그 사람의 이름을 불러보면 그의 현재 상태를 알 수가 있다. 누구야, 하고 불렀을 때 고개를 왼쪽으로 돌려 돌아보는 자는 유관유록인(有官有祿人)이다. 만약 오른쪽으로 돌아보았다면 무관무록인(無官無祿人)이다."

"직업이 있다 없다를 알 수 있다는 말인가요?"

내경이 물었다.

"그렇다. 백면서생을 가려낼 수 있다는 말이지."

"부르는 쪽으로 고개를 돌리는 것 아닌가요?"

"그럴 것 같지만 그렇지 않다. 만약 있다고 한다면 자신의 관록에 대해 회의적이거나 자신의 존재감을 느끼지 못하고 사는 졸장부다. 또 있다. 관상쟁이는 상을 볼 사람이 앉았다 일어설 때를 자세히 보아야 한다. 왼발을 먼저 드는가 오른발을 먼저 드는가를 살필 필요가 있다."

"어느 쪽 발을 먼저 들면 어떻습니까?"

"아니다. 심상이 드러나는 곳이 발이기 때문이다. 왼쪽 발을 먼저 들면 사려심이 깊은 사람이다. 우리는 보통 오른쪽을 보고 쓴다. 그러나 원편을 보는 자는 남들이 보지 못하는 세계까지 보는 사람이다. 귀한 사람이다. 행보 시 고개를 숙이고 생각에 잠겨 걷는 사람은 생각이 많은 사람이고, 가끔 한숨을 쉬는 사람은 한이 많은 사람이며, 머리를 숙이고 눈동자를 좌우로 움직이는 자는 도적이다. 결국 횡사할 명이다. 왕의 걸음을 생각해라. 크게 될 사람은 앞을 당당히 보고 걷는다. 가슴을 펴고 걷는다."

그 말을 듣자 내경은 하기야 당당하게 걷는 자만큼 자신 있는 자가 어디 있을까 싶었다.

"그런데 의외의 걸음걸이가 하나 있다."

"네?"

"오리걸음이다. 압보(鴨步)."

"오리걸음이 나쁜가요?"

"남자는 재물을 쌓아 당대에 큰 부자가 되지만, 여자는 한천할 명이다. 뱀처럼 소리 없이 몸을 꿈틀거리며 걷는 사람이 있다. 사보(巳步). 남녀 모두 마음에 독이 있고 음흉하고 그 마음이 가난하다."

내경은 문득 친구 한명회가 생각났다. 그의 걸음걸이가 소리 없이 몸을 꿈틀거리며 걷는 걸음이었던 것이다.

"뱀 같이 걷는 사람은 때로 남을 위로할 줄도 알지만 사실 그 속은 음흉하여 긴 몸으로 상대방을 감고 있는 것이다. 그래서 그 속이 사악한 기운으로 뭉쳐 있다. 뱀의 몸뚱이에 휘감긴 비둘기의 비명소리를 들어본 적 있느냐. 사람들은 비둘기가 순결하다고 하지만 사실은 멍청하고 어리석어 뱀이 다가오는 것을 모르는 것이다. 언젠가 기러기 눈을 본 적이 있을 것이다. 그 눈을 색에 있어 제일로 치지만 사실 뱀의 색욕을 당할 수가 없다. 뱀의 성기는 두 개이며 한 번 교미를 시작하면 좌우 성기를 번갈아가며 쓰게 되어 있다. 그래서 뱀을 사악하다고 하는 것이다. 두 개의 성기. 그처럼 인간에게는 두 개의 마음이 있다. 바로 악을 지향하는 마음과 선을 지향하는 마음이다. 진리에 천착하는 이들은 색으로부터 벗어나 선을 지향하고, 타락한 세상에 물든 이는 악을 지향한다. 하지만 뱀은 악과 선이 공존한다. 한 번 삽입하면 사정할 때까지 결코 빠지지 않는다. 반면에 작보(雀步)가 있다."

"참새 말인가요?"

"그렇다, 참새걸음. 팔짝팔짝 뛰듯이 한다. 이 역시 경박하고 실패가 따르며 단명한다. 하지만 뱀처럼 사악하지는 않다. 그 영혼이 순결하기 때문이다. 영혼이 순결한 사람은 어리석다. 농간을 부릴 줄 모르기 때문이다. 그러므로 이 타락한 세상에서 살아남기가 힘들다. 바로 그것이 단명의 이유인 것이다. 일전에 본 진양대군의 걸음이 생각나느냐?"

"용과 이리를 섞어놓은 상이었습니다."

상학은 고개를 내저었다.

"나도 그렇게 보았으나 잘못 보았다."

"예?"

"상은 꼭 주상과 종상을 함께 보아야 한다고 하지 않았느냐. 물론 그의 주상은 용상과 이리상을 섞어놓은 것처럼 보인다. 그러나 종상을 보면 무언가 잊은 것이 있다. 바로 양의 상이다."

"양?"

스승이 고개를 끄덕였다.

"분명히 양상이 섞여 있었어."

"그래요?"

"나는 그의 몸과 보폭을 보았다. 얼굴은 이리와 용의 상이었으나 그의 몸은 양의 몸이었다. 하체의 생김이 양을 닮았는데 특이하게도 보폭은 용의 보폭이었다. 나는 아직 그렇게 난해한 인물상을 보지 못했다. 용의 발을 보았느냐. 언제나 여의주를 얻기 위해 준비하고 있는 것 같은 모습. 언제 어느 때 발을 뻗어 여의주를 움켜잡을지 모르는 자세. 그런 자세의 걸음걸이를 용보(龍步)라 한다. 앞으로 큰일을 할 이들의 자세요, 걸음이다."

내경이 생각해보니 그제야 그렇다는 생각이 들었다.

양의 다리를 하고 용의 걸음을 걷는다?"

"그러고 보니 그런 것 같습니다."

"같습니다가 아니라 같아. 그와 함께 온 신숙주란 사람의 걸음걸이를 보았느냐?"

"꼭 학을 보는 것 같았습니다."

"그렇다. 그들의 모든 것이 걸음걸이 속에 있었다. 맑고 기이한 보폭. 크기에 따라 다르겠지만 학은 땅에서 3척이나 높이 발을 떼며 걷는 놈도 있다고 한다. 그렇게 귀하게 걷는다는 말이다. 어깨는 없다시피 걷는다. 머리를 내밀고 서두르지 않아. 그리 걷는 사람들은 성품이 청고하다. 설령 상이 좀 상박하다 하더라도 청운의 뜻을 이루어, 벼슬을 하면 최고위직까지 오를 것이다. 그러나 우리는 여기서 짚고 넘어가야 할 것이 있다. 때가 타면 제일 더러워지는 게 뭔지 아느냐?"

"때가 타 더럽지 않은 게 어디 있겠습니까?"

"본시 탁하게 태어나 탁하게 사는 종자들은 탁하게 놀아도 별로 더럽게 여겨지지 않은 법이다. 그런 인간들이니까. 그런데 청수하게 태어난 인간들은 그렇지 않아."

"그러니까 바로 청고한 인간들 말입니까?"

"그렇다. 청정하고 고고하다? 그러나 때가 타면 더 더러워 보이는 것이 청정한 것이다. 그러므로 청고한 상을 타고 났더라도 한 발만 잘못 디디면 가장 더러운 상으로 추락하고 만다. 그것이 청수지상을 가진 이들의 숙명이다. 하늘이 준 균형이니라."

"무섭군요."

"자연의 이치. 그러므로 어떤 상의 소유자도 자연의 법칙에서 언제나 벗어나지 않아야 하는 것이다."

3

시퍼런 칼날이 일직선으로 날아와 박혔다.

가슴에서 붉은 피가 벌컥벌컥 뿜어져 나왔다. 얼굴도 보이지 않는 사내들의 웃음소리가 한동안 들려왔다. 문이 벌컥 열렸다. 긴 장검이 목을 향해 다가왔다.

"네놈이 날 죽이려 했다고?"

누구일까, 이 목소리의 임자는?

그를 올려다보았다. 아버지의 목을 날리던 사람.

"어림없는 소리. 난 네놈이 찾아올 줄 알고 있었다."

그의 얼굴을 향해 탁 침을 뱉었다. 피거품이 한 뼘쯤 솟아오르다가 도로 얼굴로 떨어졌다.

"으하하, 어리석은 꿈이나 꾸며 제 얼굴에 침 뱉는 놈이 영판 제 아비를 닮았구나."
"죽여라."
칼날이 목으로 날아왔다.
내경은 목을 안고 일어나다가 얼굴을 이불에 처박았다. 식은땀이 온몸을 적시고 있었다.
아아, 꿈이었구나. 공부에 몰두하다 보니 한동안 미몽을 꾸지 않았는데 갑자기 웬일인지 몰랐다.
어제 스승이 문득 일부러 상기시키듯 물었다.
"괜찮으냐?"
"뭐가요?"
"허허허, 조금은 편안해 보이는구나. 아직도 길이 보이지 않아?"
왜 갑자기 스승이 그렇게 물었는지 모를 일이었다.
그제야 내경은 그동안 잊고 있었구나 하는 생각이 들어, '아직도 길이 보이지 않는 것이 사실입니다' 하고 대답했다.
그런데 갑자기 꿈에 김종서의 무리가 보이고 그의 칼날이 가슴으로 목으로 날아들고 있었다.
느낌이 이상해 내경이 문득 시선을 들어보니 문틈으로 시퍼런 눈길이 자신을 쏘아보고 있었다. 스승이었다. 아마 기다리다가 암자로 온 모양이었다. 츱, 하고 혀 차는 소리가 들려왔다.
"불쌍하다."
내경은 벌떡 일어났다. 문을 열자 그제야 스승이 시선을 들어 똑바로 노려보았다. 스승의 입술 끝에 심술스런 분노가 꿈틀거렸다.
"하라는 공부는 하지 않고 심전(心田)에 잡풀만 가득하니, 아직도 원심에 사로잡혀 있지 않은가."

내경이 자신도 모르게 고개를 숙이자 스승이 다시 혀를 찼다.
"이놈아, 왜 그러느냐. 한동안 잊은 것 같더니."
"아버지 기일이 다가오니 그런 것 같습니다."
상학의 미간이 꿈틀거렸다. 상학은 그만 눈을 지그시 감으며 돌아섰다. 어찌 그렇지 않으랴 싶긴 하지만 지금은 제자를 복수심에 맡겨 놓을 수는 없다고 그는 생각하고 있었다.
"정신을 차려. 미망은 군자가 꿀 꿈이 아니야. 아직도 어리석은 꿈을 꾸고 있다면 네 마음이 여전히 원심에 사로잡혀 있다는 증거 아니냐. 네 공부가 모자란다는 말이다. 길을 보려면 더 열심히 하는 수밖에."
"공부가 궁극에 이른다면 정말 그 길이 보이겠습니까?"
내경이 등 뒤에서 물었다. 상학은 고개를 끄덕였다.
"물론이다."
"어떻게 알 수 있겠습니까?"
"먼저 어리석은 꿈이 사라질 것이다. 원심이 너를 떠나 있기 때문이다. 원심의 뿌리 끝까지 보아버렸는데 원심이 어디 있겠는가."
"모르겠습니다."
"알 때가 있을 것이다. 원심이 없어져버린 너의 복수. 어떻게 전개될지 기가 막히는구나. 그 눈부실 모습. 아아, 내가 그걸 보고 죽어야 할 터인데……."
그렇게 말하는 상학의 가슴이 울컥했다. 뒤이어 입술을 깨물며 내경이 고개를 숙였다.

가을이 되자 손님이 더 붇었다. 추수를 하고 쌀되라도 이고 와 관상을 보려는 사람들이 늘었다. 내경은 밤마다 하는 관상 공부에서 풀려날까 은근 기대했지만 천만의 말씀이었다. 손님이 많든 적든 관상 공부는 끝없이 계속되었다. 어느 날 스승이 아침부터 부산하게 차비를 했다.

"어디 가시게요?"

"내 엊그제 말하지 않더냐. 어제 목욕은 한 게냐?"

"목욕이야 어제 하지 않았습니까?"

"그래, 마음과 몸을 정갈히 하여라."

"왜, 누가 오십니까?"

"올 사람이 어딨다고. 오는 게 아니라 우리가 가야 하는 거지."

"어딜?"

"차비나 해."

내경이 스승과 함께 가다 보니 어느덧 군포다.

그런데 소문난 야시골 가는 길로 스승이 들어선다. 언젠가 이곳을 지날 때 스승이 '저 봐라. 저 흉특한 인간들. 자고로 색을 밝히는 놈치고 정신이 올바른 놈이 없느니라' 그렇게 말했던 것 같은데 지금 그 골목으로 들어서고 있다.

"이 길은 야시골로 가는 길 아닙니까?"

내경이 물었다.

"맞아."

"예?"

내경이 무슨 말인가 하고 상학을 뜨악하게 쳐다보았다.

"야시골로 가신다니…… 거긴 왜 가십니까?"

"가보면 알아."
"거긴 이상한 곳 아닙니까?"
"이상하다니?"
"매음골이라는 말을 들은 것 같아서……."
"알고 있었더냐?"
"손님들에게 들었던 것 같습니다."
"맞아."
내경은 고개를 갸웃하다 스승을 쳐다보았다.
"맞다니요? 거기 누구 있습니까?"
"있긴 누가 있어."
"그런데요?"
"가보면 안다니까."

 난전으로 들어서자 벌써 이상한 냄새가 콧속으로 흘러들었다. 색시들이 여기저기 홍등 밑에 서 있는 골목이 나왔다. 야시골이 바로 여기였던 모양이었다.
 술 냄새도 아니고, 지분 냄새도 아니고, 비릿한 정액 냄새도 아니고, 기분 나쁜 냄새가 계속해서 콧속으로 흘러들었다.
"왜 이곳에 오신 건지 모르겠지만 전 저 밖으로 나가 있겠습니다."
"왜?"
 스승이 멀뚱히 쳐다보았다.
"아, 색시들이 잡잖아요."
"색시들이 잡으면 따라 들어가면 되지."
"예?"
 내경이 어이가 없어 멀뚱히 스승을 쳐다보며 물었다.

"그러라고 여기 온 게야."
"스승님!"
"어허, 그렇게 부르지 말아. 그냥 재미 삼아 왔다고 생각해."
"여길 오려고 마음과 몸을 정갈히 하라고 했습니까?"
"그래, 뭐가 잘못됐냐?"
"스승님, 미쳤습니까?"
"어허, 이놈 말본새 보게. 스승더러 미쳤냐니, 제정신이냐?"
"지금 제정신이 아닌 게 누군데 그러십니까."
"암튼 따라와."
내경이 그냥 서 있자 상학이 팔을 당겼다.
"스승님, 정말 왜 이러십니까?"
"글쎄, 가보면 안다니까."
"전 안 갑니다. 세상에 제자를 매음굴로 데려오는 스승이 어딨습니까?"
"여기 있잖냐."
"안 갑니다. 안 가요."
"어허, 가재두."
상학이 계속 당겼다.
내경이 버티자 상학이 물었다.
"이놈아, 내가 네놈 오입시키려고 여기 온 줄 아느냐."
"그럼 뭡니까? 날 빙자하여 재미나 보시려고 온 것이 아닙니까. 어이구, 내가 미쳤지. 이런 사람을 스승이라고. 전 갈랍니다."
"요런 호로자식! 사람을 어떻게 보고."
철썩, 하고 내경의 뺨에서 소리가 났다.

내경이 어이가 없는 얼굴로 상학을 쳐다보았다.

"내가 왜 여기에 널 데려왔는지 정말 모르겠단 말이냐?"

"모르겠습니다. 그리고 알고 싶지도 않구요. 에이, 매음굴에서 뺨이나 맞고, 이게 무슨 지랄이야."

"이런 망할 놈!"

다시 철썩, 하고 내경의 뺨에서 소리가 났다.

"너 같이 소심한 놈을 가르쳤다니 실망이다."

"아니 왜 자꾸 손찌검을 하십니까. 이곳까지 와서?"

"답답해서 그런다."

"그렇게 하고 싶다면 혼자 가시면 될 게 아닙니까? 제자와 어깨동무하고 오입하러 가야 직성이 풀리시겠습니까?"

"어허, 이놈 보게. 이놈아, 너 없이는 소용이 없기 때문이다."

"소용이라니요, 오입도 소용 봐가며 합니까? 그리고 전 엄연히 총각입니다. 총각 딱지 이런 데서 떼고 싶은 생각 없습니다."

"누가 너더러 총각 딱지 떼라더냐?"

"예?"

"어허, 이놈 봐라. 아직도 감이 잡히지 않는 모양이네."

"뭐가 말입니까?"

"여기 공부하러 왔지 오입하러 온 것이 아니란 것을 모르겠느냐."

"공부?"

"그래 공부."

"무슨 공부 말입니까?"

"무슨 공부라니? 네놈이 마지막으로 배워야 할 생식기 공부지."

"생식기요?"

"수상, 족상까지 다 끝냈으니 이제 그것밖에 더 남았냐. 남자 것이야 네놈 거 네가 꺼내보며 공부하면 될 것이고, 여자 것이야 그럴 수 없으니 어떡할 것이냐?"

내경은 그제야 정신이 번쩍 들었다.

"그럼 진작에 그렇게 말씀하시지, 괜히……."

"이놈아, 네놈이 엉큼해서 그런 것이다."

두 사람이 유곽으로 들어갔다. 홍등이 여럿 걸린 집이었다. 색시들이 오가며 흘끗거리자 내경은 눈 둘 곳을 몰라 허둥거렸다. 그런데도 상학은 시침을 딱 떼고 거침없이 여자를 샀다.

돈을 받으면서도 주인 할멈이 고개를 갸웃갸웃했다.

"그러니까 뭐래? 그 짓은 하지 않고 밑의 그것만 보다 가겠다고?"

"네에, 할머니."

"너희들 혹시 변태 아니냐? 그것도 한 방에서 구경만 하고 가겠다니?"

"그렇다고 하잖소."

그래도 할머니는 고개를 갸웃대었다. 그제야 상학은 안 되겠다 싶어 사실대로 말했다. 스승의 말을 듣고 난 할머니가 그제야 '아이고, 그럼 그렇게 말하지. 내 아주 적당한 애들을 둘 넣어줄 테니' 하고 말했다.

상학이 내경을 데리고 지정된 방으로 들어갔다. 의외로 방안이 밝았다. 토벽에다 도배지도 발랐고 나지막한 서까래가 시골집을 연상시켰다. 구들목에 낡은 무명이불이 깔려 있었다.

"들어가도 되남요?"

처자들의 음성이 들려왔다.

상학이 내경에게 눈짓을 했다. 내경이 문을 열자 이제 스무남은 먹었을 처자 둘이 들어왔다.
 앞서 들어오는 처자는 얼굴이 달덩이 같다. 살결이 뽀얗고 덩치가 컸다. 머리털이 검고 윤이 흘렀다. 돈이 붙을 상이었다. 뒤의 처자는 살집이 없어 말라 보였는데 머리털이 곱슬에다 쑥대처럼 우거졌다. 평생 이성 문제가 끊어지지 않고 살림도 가난할 상이었다. 거기에다 살결도 거무튀튀하다.
 주인 할머니가 아주 눈썰미가 있었다. 여자 생식기 공부하기 좋게 골라 보낸 것 같았다.
 "관상 보는 선상님들 같네."
 앞장 선 처자가 두 사람을 번갈아 살피다 생글거리며 중얼거렸다.
 "하지도 않고 구경만 하다가 간다면서요?"
 뒤에 선 처자가 상학에게 물었다.
 "그래요."
 "호호호, 줘도 못 하겠네."
 내경이 들으니 스승의 꼬락서니를 두고 하는 말 같았다. 머리가 희끗거리고 용을 쓰게 안 생겼으니 하는 말이 분명했다.
 "자, 두 사람 옷을 벗고 누워보시오."
 상학이 익숙하게 말했다. 많이 다녀본 솜씨였다.
 처자들이 훌렁훌렁 벗더니 이부자리로 가, '이렇게요?' 하면서 누웠다.
 "그래요, 두 사람 나란히."
 처자들이 순순히 그 말을 따랐다.
 상학은 어깨에 메고 온 주루먹에서 미리 준비한 화선지와 붓을 꺼냈다. 병에 든 먹물을 꺼내놓자 그걸 보던 처자들이 일어나 앉으며 물었다.

"뭐하시게요?"

"걱정 말아. 생식기를 보고 그리려고 하니까."

"우리 것을 그린다구요?"

"자자, 두어 닢 더 주지."

그러면서 상학은 봇짐에서 엽전을 꺼내 두 처자에게 주었다. 그러자 처자들이 아무 말 없이 다시 누웠다.

스승과 제자는 처자들의 다리 밑에 엎드려 그녀들의 몸과 생식기를 살펴보기 시작했다. 무방비로 노출된 몸. 내경은 어쩐지 그녀들의 몸이 불안해 보이고 그러면서도 고독해 보인다는 생각이 들었다.

눈을 감고 있었지만 이쪽의 몸짓에 예민하게 반응하고 있었다. 솔직하게 드러난 신체의 선들을 보면서 내경은 생의 원초적 물음에 속수무책인 그들의 아픔이 느껴져 눈을 감고 말았다. 장악당하는 인간의 나약함. 더 숨을 곳이 없고 포장의 여지가 없는. 그러나 스승은 끝까지 침착함을 잃지 않고 치열하게 그 육체들과 싸우고 있었다. 그녀들의 얼굴을 더듬고, 목을 더듬고, 가슴을 더듬고 그리고 그 손은 잘록한 허리를 지나 삼각부 사이로 미끄러지고 있었다. 그때마다 연약한 피부들이 소리를 지르는 것 같았다.

살집이 있는 처자와 마른 여자의 몸은 확연히 달랐다. 살집이 있는 처자의 몸은 동글동글한 맛이 있고 기름지고 풍만했다. 애를 낳은 경험이 있는지 젖꼭지가 새까맣다. 허리도 살이 없는 처자는 잘록한데 반해 밋밋하고 살이 차 있다.

배꼽이 넓고 깊어 앵두 하나가 들어갈 만하다. 살구 하나가 들어가면 만석꾼이라고 했는데 이상했다. 더욱이 그 속에서 털이 두어 가닥

나와 있는 것을 보니 기이하다는 생각이 들었다. 필히 귀하게 될 상이다. 비록 지금은 몸을 팔고 있지만 언제 어느 때 돈 있는 자가 데려갈지 모른다.

곁에 누운 마른 여자의 유방은 볼품이 없었다. 아이를 생산한 적이 없어 젖꼭지가 검지는 않았지만 불그스름하기보다는 누랬다. 천한 성품의 소유자다. 배꼽도 깊지 않고 툭 튀어나와 있다. 가난하게 살다가 요절할 상이었다.

어느 사이에 삼각부 사이를 헤집던 상학이 생식기를 그리다가 붓대롱 끝으로 음모를 헤치며 입을 열었다. 소리를 죽인 음성이었으나 그녀들이 듣지 못할 리 없었다.

"여자의 눈두덩에 눈썹이 많으면 밑의 음모가 많고, 적으면 그 숱도 적은 것이다. 우리가 속았다. 눈썹을 새까맣게 그린 것이다."

"숱이 많을 것이라 생각하신 모양인데 적당한데요 뭐."

"음모는 듬성거리지 않고 윤기 있게 자라나 있어야 한다. 그래야 부귀하고 귀히 될 상이다. 두 여자 다 음모가 거친 편에 속해. 삼각부 위가 고르지 않다는 것은 초년 운이 박약하다는 뜻이다. 음모가 거칠다는 것은 그의 인생 또한 거칠다는 뜻이지."

"맞추어 가면 되지 않을까 싶은데요. 음모가 적다면 음모가 많은 사람을 만나면 되고 음모가 많다면 음모가 적은 남자를 고르면 되지 않겠습니까?"

"어허, 이제 네놈의 관상이 상을 넘어 대안의 경지까지 이르지 않았는가. 에라이, 요놈아. 이것에나 신경 써라. 인생이라는 게 그렇게 네놈 말처럼 만나지면 어찌 상이 필요하겠냐. 그게 바로 업장이라는 것이다. 전생에 지은 죄. 그래서 언제나 인간은 갈등 속에서 산다. 나는 저 사람을 사랑하고 저 사람은 다른 사람을 마음에 두고, 내가 가면 그가 오고 그가 가면 내가 온다. 그렇게 어긋나는 것이 인생살이다 그 말이다, 요놈아."

"무슨 말인지는 알겠는데요, 꼭 이렇게 여자의 생식기 앞에서 목욕 재계하고 치성을 드린 옥체를 붓등으로 때려야 하겠습니까."

"허허, 요놈 보게."

"그래도 인격이 있는데, 하필 여자의 생식기 앞에서 대장부의 대갈통을……."

"허허, 찢어진 입이라고……. 너 이놈, 여자의 생식기를 보니 환장을 해버린 것이냐?"

"멀쩡합니다."

"아이구, 꼴에 사내라고. 이놈아, 침이나 닦아라. 각설하고 자, 너의 눈앞에 있는 것이 바로 이 우주의 산실이다. 막연히 여자의 생식기라 생각 말고 우주의 산실이라고 생각하며 보아라."

"우주의 산실? 묘하네요."

"이제 세부적으로 들어가 보자. 여기 이거. 대음순이라고 한다. 남성의 음낭에 해당하는 기관이다. 내 기억에 의할 것 같으면 이 대음순은 사춘기에 뚜렷하게 발육된다."

"그럼 사춘기 전에는요?"

"사춘기 전에는 편평하다. 그래서 소음순이 더 뚜렷하게 보인다. 이 여자와 이 여자의 것을 비교해보자. 자, 보아라. 다르지 않느냐. 얼굴이 각자 다르듯이 말이다."

그러고 보니 얼굴이 다르듯이 그 모양새가 달랐다. 살집이 있는 여인의 생식기는 우선 깨끗하다는 느낌이 들었다. 대음순이나 소음순,

음핵, 질 같은 것이 깨끗한 거죽에 덮여 있다. 남자들을 수없이 상대하느라 질 입구의 살갗이 시커멓게 멍이 들어 있는 것이 걸렸으나 그것이야 직업이 그러니 어쩔 수 없을 것이었다. 그마저 깨끗하다면 나무랄 데가 없었다.

그런데 곁에 누운 마른 처자의 생식기는 우선 불결해 보인다. 소음순과 대음순의 살이 밖으로 비죽이 나와 너덜너덜한 감을 주었다. 그리고 그 색이 거무튀튀한 것이 눈살을 찌푸리게 한다. 그리고 질 주위의 환경이 아주 불결하다. 거기다 진물까지 흘러나오고 있다. 그렇다면 질 속에 염증이 있거나 열이 있다는 증거다. 건강한 생식기는 열이 있으나 진물은 나지 않는다는 말을 들은 적이 있다.

내경이 나름대로 생각해보고 있는데 상학이 붓대롱으로 소음순을 툭툭 건드렸다. 그때마다 처자들의 몸이 움찔움찔했다.

내경은 스르르 아랫도리가 이상했다. 그만 얼굴이 화끈거려 끙, 하고 시선을 돌리는데 상학이 눈치를 채고는, '에라이 요놈아' 하면서 처자의 생식기를 치던 붓대롱으로 내경의 머리를 또 탁 쳤다.

"정신 차려."

내경이 입맛을 쩝 다시자 상학이 하아, 하고 웃었다.

"꼴에 사내새끼라고."

"붓은 글을 쓰라고 나온 것입니다. 제 머리빡 때리라고 나온 것이 아니고."

"허, 요놈 보게."

그때였다.

"이봐요, 손님들. 싸우지 말고 얼른 끝내자고요."

마른 여자가 퉁명스럽게 말했다.

"아, 알았소이다."

상학이 내경을 보며 눈을 끔벅했다.

"조금만 참으시오. 다 돼가니까."

"내 세상에 조선 천지 다 돌았어도 밑 관상 본다는 말은 처음 들었네."

역시 마른 여자가 중얼거렸다.

"그러게. 우리 아부지는 지관이었는데 맨날 그래."

"뭐라고?"

"여자의 그거는 꼭 명당혈을 닮았다고. 그러니 새끼도 낳고 하는 거라고. 우리 할배 좋은 데 모셔 잘될 거라고 하더니 요 모양 요 꼴이네. 남정네 앞에 이러고 누울 줄이야 누가 알았을까."

"울지 마라, 지지배야. 우리라고 만날 이러라는 법 있냐. 잘될 거야."

상학이 눈을 감았다.

내경은 스승이 에이, 하고 일어날 줄 알았는데 아니었다. 자신의 처지나 제자의 처지를 생각해서라도, 아니 처자들을 생각해서라도 그만하자고 할 줄 알았는데 아니었다. 질겼다. 오히려 붓대롱으로 처자들의 소음순을 탁탁 치고 있었다.

"이제 소음순을 보자."

내경은 자신도 모르게 시선을 돌렸다.

"봐라. 이것이 음핵이다. 소음순은 음핵에서 회음부에 이르는 길, 그 좌우측의 긴 주름으로 존재한다. 검게 착색되어 있는 이 부분이 소음순이다. 봐라, 여긴 털이 없지. 소음순을 덮고 있는 피부에는 털이 없는 법이다. 하지만 이곳에 털이 있는 여자가 있다. 천에 하나 만에 하나 있을 귀한 상이다. 남들이 하지 않는 일을 하는 여자다."

"이건 뭔가요?"

음핵으로부터 길게 난 선을 가리키며 내경이 물었다.

"피지선(皮脂腺). 소음순은 성적 흥분 때 발기하는 기관이다. 하지만 음핵의 발기기능과는 비교가 안 될 정도로 경미해. 그렇다고 해서 무시하면 큰 오해다. 이곳이 발달한 여인은 다산하기 때문이다."

"애를 많이 낳는다는 말인가요?"

"자녀 복이 많다는 말이기도 하지. 음핵은 남성의 음경에 해당하는 기관이야."

상학이 손으로 처자의 소음순을 양쪽으로 벌렸다. 그 사이로 음핵이 나타났다. 질 입구가 보이고 요도 입구가 보였다.

"성관계 시 가장 민감하게 작용하는 기관은 음핵이야. 그러니 음핵은 클수록 좋다. 남자의 사랑을 독차지할 상이기 때문이다. 이것이 질 입구이다. 처녀일 때 이곳은 처녀막에 의해 부분적으로 폐쇄되어 있어."

"처녀막이라고 했는데 보여줄 수 있나요?"

상학이 내경을 또 붓대로 탁 때렸다.

"이놈아, 처녀막도 모르느냐."

"본 적이 없으니 모를 수밖에요. 처녀막 본 적이 있나요?"

상학이 피식 웃었다.

"보았지."

"정말요?"

"그럼."

"누구 거요? 아, 장가 간 적이 있을 테니 사모님?"

"요놈 이제 못 하는 말이 없네."

"그럼 어떻게 봐요? 더욱이 처녀의 것을."

"상을 보다 보면 볼 때가 있느니라. 부모들이 끌고 올 때가 있거든. 이년이 필시 어떤 놈과 붙은 모양인데 상판으로 알 수 없겠느냐고. 상판으로 알 수 있다고 해놓고는 어미를 내쫓고 겁을 줘 벗겨보는 것이다."

"예에? 설마요?"

상학이 씨익 웃었다.

내경은 벌떡 일어나 앉았다.

"이 순 사기꾼 아니야."

내경이 자신도 모르게 고함을 지르자 스승이 놀라 일어나다가 처자들과 눈이 딱 마주쳤다.

"나 갈랍니다. 사기꾼 스승과는 더 일 못 합니다."

상학이 내경의 목덜미를 잡아 자빠뜨렸다.

"이놈 미쳤나."

"어떻게 그럴 수 있습니까?"

"야, 이놈아, 처음에 몇 번 호기심으로 그래 보았다 그 말이다."

"아무리 호기심이라고 해도 그렇지. 순⋯⋯."

"이런 순진한 녀석. 내가 미치긴 미친 모양이다. 너 같은 파란 강충이 같은 놈을 제자로 받았으니⋯⋯."

"그 제자에 그 스승이구만 뭘 그래요."

마른 여자가 어이없다는 얼굴로 퉁명스럽게 말했다.

스승이 그 말에 눈을 크게 뜨다가 네놈 때문이라는 듯이 붓대롱으로 내경의 이마를 탁 쳤다.

"이놈, 나와 이 자리에서 인연을 끊지 않을 양이면 정신 차리는 게 좋을 게다. 요것이 오냐 오냐 했더니 아주 상투를 잡으려고 해요."

"스승이 스승 같아야지."

내경이 씹어뱉었다.

"이놈이 글쎄."

"모르겠습니다. 이게 무슨 꼴인지. 생식기를 앞에 하고 이게 도대체 뭐 하는 짓인지······."

"그러니 이놈아, 스승 공경 잘하란 말이다. 내 어떻게 번 돈이냐? 그 돈으로 자나 깨나 제자 눈 틔워주려고 이곳까지 몸소 와 처자들의 생식기 앞에 엎드렸으니 스승의 은혜가 어찌 하해와 같다고 하지 않으리오."

"이제 그만하고 가십시다."

"우리 일어날까요?"

역시 마른 여자가 볼멘소리를 냈다.

"자, 잠깐만. 다 되어가니 조금만 기다리라고."

그렇게 말하고 스승이 재빨리 색시들의 가랑이 밑으로 엎드렸다.

"빨랑 엎드려, 이놈아. 아직 남았으니까."

그렇게 말하면서 상학이 감당할 수 없는 힘으로 내경의 멱을 잡아끌었다.

"그러니까 종합을 해보면 대음순은 바깥대문이라 할 수 있고, 소음순은 안대문이라 할 수 있겠는데······."

몇 장의 그림을 그려 등에 지고 돌아오는 두 사람의 그림자가 어쩐지 쓸쓸하고 적막했다.

그런데도 스승이나 제자의 입가에 이상스런 웃음이 매달려 있었다. 내경이 오줌을 누면서 낑낑거리자 상학이 히잇, 웃었다.
"이놈아, 마음을 달래야지. 그러다 부러져."
"에이, 일어나는 용을 참다보니 아프기까지 하네요."
"으흐흐, 재밌지?"
한참 걷다가 상학이 물었다. 싱거운 사람이었다.
"어쩔란지 모르겠습니다."
"뭐가?"
"잠이나 자려는지 모르겠다고요."
"사내는 모름지기 그것 간수를 잘해야 하는 법이다."
"괜히 그런 데 데려가서는……."
"허허허, 지금은 그렇다만 언젠가는 고맙다 할 때가 있을 게다. 이놈아, 부지런히 익히거라. 바로 그곳이 존재의 구멍이요, 그로 인해 이 우주가 있고 자연이 있고 우리가 여기 있는 것이니라."
그렇게 돌아온 두 사람은 그 후로도 여자의 국부 그림을 놓고 설전을 벌일 때가 있었다. 두 사람의 싸움은 이제 외관상의 생식기에 머무는 게 아니었다. 어느 사이에 질 속으로 들어가 새 생명의 터전인 자궁 곳곳을 살펴가고 있었다.

하늘의 부싯돌이 되려 한 사내

1

봄이 왔다. 겨우내 녹지 않았던 잔설이 녹고 산등성이마다 꽃들이 지천이다. 꽃잎을 스치는 결 좋은 바람 속에 누우면 하늘은 그대로 푸르름이다.

간밤에 또 아버지의 꿈을 꾼 것일까.

그동안 보이지 않던 아버지를 문득 본 것 같았다. 꿈이라는 게 그 상에 맺혀 있으면 내내 시달리게 마련이다. 요즘 들어 한동안 아버지의 꿈을 꾸지 않았는데 갑작스러웠다. 그런 꿈을 꿀 때마다 스승은 어리석은 생각 말고 공부나 열심히 하라고 했고 그 말에 따르다 보니 어느 사이에 그런 꿈도 꾸지 않게 되었는데 이상했다.

꿈을 깨고 일어나자 문득 스승의 말처럼 그 길이 이제 보이고 있는 것일까 하는 생각이 들었다.

허허벌판이었다. 아니 소금밭이었다. 아버지가 목이 베이던 그 소금밭이었다. 햇살이 따가웠다. 가까이서 소금을 미는 사람들이 보였다. 낮은 곳의 물을 올리는 무자위(水車)를 밟는 사람들도 보였다. 그 너머로 염전습지가 보이고 염생식물 군락도 보였다. 아버지의 머리를 싸안은 한명회가 보이고 머리 없는 아버지를 진 자신의 어린 모습도 보였다.

그런데 이상했다. 명회와 땅을 파 막 아버지를 묻으려고 했을 때 두 아이는 자지러지게 놀랐다. 아버지가 아니었다. 목이 없는 시신은 아버지의 목을 베던 김종서였다. 명회가 김종서의 머리를 싼 보자기를 풀었다. 김종서의 머리가 나왔다.

"어떻게 된 거야?"

명회가 엉덩방아를 찧으며 소리쳤다.

내경이 아버지, 하고 사방을 돌아보며 불렀다. 아버지를 묻을 때는 검은 구름이 군마처럼 몰려오던 궂은 날이 아니었다.

내경은 사방을 살펴보았다. 시뻘건 석양이 온 하늘을 물들이고 있었다. 빛의 꽃밭이었다. 하늘의 빛기둥들이 구름 사이로 빠져나와 창망한 대지에 엄청난 빛기둥을 이루고 있었다. 그 어딘가에 아버지가 있었다.

저것은 무엇일까. 빛 사이로 하늘을 거닐 듯 흔들리고 있는 것은.

잠시 후에야 알았다. 그것이 하늘 그네였다는 것을. 하늘 그네를 타고 하늘을 날고 있었다. 빛 속을 그렇게 헤엄치고 있었다.

그 모습을 멍하니 바라보다 눈을 떴을 것이다. 꿈의 잔상이 한동안 뇌리에서 떠나지 않았다. 왜 아버지의 시신이 김종서로 바뀌었을까 하는 생각이 자꾸만 들었다. 이제 때가 되었다는 것일까 싶었다. 김종서의 종말이 가까워지고 있다는 것일까.

내경은 미몽의 잔상을 떨쳐버리듯 이불을 털어 햇살에 널고 겨우내 밀쳐두었던 빨래를 했다. 이곳저곳 손볼 곳은 손을 보고 청소도 말끔히 했다. 햇살이 기울 무렵 두 필의 말이 급하게 달려와 섰다.

내경이 내다보았더니 서른쯤 되었을 사내 둘이 들어섰다. 차림새로 봐 행세깨나 하는 양반집 도령들 같았는데 그래서인지 공손했다.

"안녕하시오."

내경이 인사를 건네는 사내를 보았더니 키가 훌쩍하고 눈매가 사납다. 피부가 뽀얀 것이 이목구비가 또렷해 귀골이다. 얼굴은 말상인데 눈이 뱀눈이다.

그 뒤에 선 자를 보았더니 차림새로 보아 좋은 아닌 것 같았다. 키가 작고 몸집이 있었다.

"누굴 찾아오셨습니까?"

내경이 그들을 맞자 '혹 여기가 월래암이오?' 하고 인사를 건네던 이가 물었다.

"그렇습니다."

"그럼 이곳에 이자, 상자, 학자를 쓰는 이상학이란 이름을 가진 관상 선생이 계시는지?"

"예, 그렇습니다만 누구신지?"

그제야 사내들의 얼굴에 미소가 떠돌았다.

"아, 우리는 한양에서 내려온 사람들입니다."

"한양에서요? 그런데요?"

"상학 선생을 좀 뵈러왔습니다."

"그분이라면 제 스승님입니다. 왜 그러신지요?"

"꼭 뵐 일이 있어 이렇게 왔습니다. 지금 어디 계시는지요?"

"이 아래 토굴에 계십니다만?"

"한양 서상수 어른 댁에서 왔다고 전하시면 아실 겝니다."

내경이 그들을 데리고 동굴로 가자 스승은 마침 해우소에서 나와 허리춤을 동여매고 있었다.
"네놈이 오늘은 오지 않을 줄 알았는데 어쩐 일이냐?"
"손님이 오셨습니다."
"손님?"
상학의 날카로운 눈매가 동굴 속으로 들어서는 사내들을 훑었다.
"뉘신가?"
상학이 살펴보다가 물었다.
"안녕하십니까? 한양에서 왔습니다."
"한양에서?"
 상학은 고개를 갸웃했다.
 상학의 오른쪽 눈을 살피던 키가 훌쩍 큰 사내가 앞으로 나섰다.
"혹 서상수 어른을 아시는지요?"
"서상수? 그대는 누구신가?"
"아시옵니까?"
 그가 다시 물었다. 자신이 먼저 물었으니 대답이나 하라는 듯.
"알다마다."
 그제야 두 사람이 허리를 굽혔다.
"상학 선생님이 맞으시군요. 우리는 서상수 어른의 자제들입니다. 서상수 어른이 곧 저희 부친 되십니다."
"뭐?"
 되묻는 상학의 음성이 튀었다.
"어허, 그럼 네가 동일이?"
"맞습니다, 어르신. 제가 동일이올습니다. 그리고 얘가 동삼이구요."

"오호, 맞아. 아주 어릴 때 본 것 같은데……. 그래 그건 그렇고 어떻게?"

내경이 보니 스승이 갑자기 정신이 든 사람처럼 두 사람에게 묻고 있다.

그제야 동일이란 자가 품속에서 서찰을 하나 꺼냈다.

"아버님께서는 선생님의 소식을 늘 듣고 있었던 모양입니다. 이번 일이 나자 이렇게 우리를 보낸 것입니다."

그가 그렇게 말하면서 서찰을 상학에게 주었다.

서찰을 읽어 내려가는 상학의 손이 떨렸다.

내경이 그들과 스승의 사연에 대해 안 것은 그들이 산을 내려가고 난 다음이었다. 스승 상학이 내경에게 이런 말을 해주었기 때문이었다.

상학의 나이 25세였을 때, 스승 이천수에게는 제자가 꼭 셋이 있었다. 이상학, 김지겸, 서상수.

그들이 어느 정도 일가를 이루자 스승은 상학과 상수에게 과거시험을 권했다. 일평생 시장바닥의 관상쟁이로 늙어갈 수는 없지 않느냐는 생각에서였다.

지겸은 도사 벼슬까지 이르러 파직된 인물이라 스스로 부정하는 바람에 강력하게 과거를 권하지 않았으나 상학과 상수에게는 서운관으로 들어가는 것이 어떻겠느냐고 했던 것이다.

서운관에는 음양과(陰陽科)에 점치는 일을 주요 업무로 하는 기구가 있었다. 점서와 명과학이 바로 그곳이었다. 경쟁률이 엄청 높았다. 초시에서 네 명만 뽑았다. 그런 다음 복시에서 두 명을 뽑았다. 합격자에게는 예조인(禮曹印)이 찍힌 백패를 주었다.
 상학과 상수가 과거에 들기 위해 한양으로 떠났다.
 이천수와 지겸은 그들이 과거에 들어 돌아오기를 손꼽아 기다렸다. 그런데 돌아온 것은 서상수 혼자였다. 서상수가 당당히 과거에 들어 홀로 돌아온 것이다.
 본시부터 서상수는 머리가 남다르긴 했다. 그는 양반집 서자였다. 주인이 계집종을 건드렸는데 덜컥 애가 들어섰다. 계집종은 본처에게 내쫓김을 당했다.
 계집종은 시장바닥을 헤매다가 대갓집 종으로 들어갔고 그 집 머슴의 처가 되었다. 머슴은 비록 자신의 씨는 아니지만 제 새끼까지 머슴질 시킬 수는 없다 생각하고 관상을 보러온 이천수에게 무릎을 꿇고 상쟁이라도 만들어 달라고 빌어 딸려보냈다.
 "상학은 왜 돌아오지 않는 것이야?"
 이천수가 홀로 돌아온 서상수에게 물었다.
 "모르겠습니다."
 상수가 대답했다.
 "네가 왜 몰라?"
 상수는 계속 모른다고만 했다.
 이천수는 나중에야 알았다. 상학이 상수와 과거를 보러가다 서낭당에서 갈 곳 없는 아녀자 하나를 만났다. 첫눈에도 양반집에서 소박맞은 여자였다. 갈 곳이 없어 수세베기(이혼장)를 들고 이불보를 지고 서 있었다. 서낭당 뒤에 숨어 있던 여자가 상학을 보더니 수세베기를 내밀었다. 소박맞은 시집에서 저고리 섶을 다섯 치 남짓 세모꼴로 잘라준 것이다.

이른 새벽, 수세베기를 최초로 만난 남자는 그녀를 데리고 살아야 한다. 이는 어길 수 없는 관습이요, 의무다. 또한 여자는 남자가 백정이건, 거지건, 부자건, 암행어사건 상관없이 살아야 한다. 총각이면 시집가면 되고, 결혼한 사람이면 첩으로 살면 된다.

상학이 후다닥 여인을 못 본 체하고 돌아서 걸었다.

지금이 어느 때인가. 과거를 보러 가는 길이다.

상수가 헐레벌떡 따라왔다.

"어쩌려고 그러나?"

"내가 알 게 뭐야? 어서 가자. 어서 가."

그들은 수세베기 여자가 따라올세라 허겁지겁 그 마을을 벗어났다.

해가 뉘엿 져 더 걸을 수가 없어 주막에 들었는데 막 잠자리에 들려다가 그들은 넘어질 듯 놀랐다.

인기척이 나 문을 열어보니 그 수세베기 여자가 머리를 산발하고 자신들을 지켜보고 있었기 때문이었다.

"그 길로 상학이 없어졌습니다."

상수의 말에 이천수가, '뭔 말이냐?' 하고 다시 물었다.

"그 여자 옆방에서 자는 것 같았는데 상학이 그 길로 그 여자와 없어졌다는 말입니다."

"그러니까 초저녁에 같이 잤는데 없어졌다?"

"그렇습니다."

"못난 놈!"

이천수가 주먹을 움켜쥐고 부들부들 떨었다.

"니미럴, 죽 쒀서 개 줬구나. 에이, 못난 놈!"

상학의 재주를 아꼈던 이천수는 그 일로 자리에 눕고 말았다. 길거리의 상쟁이로 만들지 않으려 그토록 가르쳤는데 팔자는 속이지 못한다며 헛소리를 해댔다.

상수도 한양으로 올라가 버리자 이천수는 지겸의 부축을 받으며 언제나 상학이 돌아올 고갯마루에서 살았다. 지겸이 찾아보면 고갯마루에 앉아 상학이 돌아올 길만 바라보고 있었다.

숨을 거두기 직전에 이천수가 물었다.

"올해 상학이 몇이냐?"

지겸이 갑자기 상학의 나이를 묻는 게 이상했으나 자기 나이와 상학의 나이를 비교해보다가 말했다.

"서른 아닙니까?"

"그놈의 상이 서른에 상처할 상이었다. 오늘이 며칠이냐?"

"음, 3월 20일입니다."

"맞다, 오늘이다."

밤이 되기를 기다려 이천수가 지겸더러 동구 밖으로 나가보라고 했다. 상학이 올 것이라고 했다. 지겸이 동구 밖을 돌아나가다가 엉덩방아를 찧었다. 정말 상학이 봇짐 하나 지고 돌아오고 있었기 때문이었다.

그날 이천수가 상학에게 물은 말은 이런 말이었다.

"왜 과거 버리고 시장바닥을 택했느냐?"

"그 여자의 상을 보는 순간, 1년 안에 죽을상이었습니다."

"그런데?"

"저의 상을 보면 3년 후 상처할 상이 아닙니까? 그럼 그 사람을 더 살릴 수 있다는 생각에……."

이천수가 허공을 향해 껄껄껄 웃었다.

"과연 너는 내 제자다."

"제가 오늘 돌아올 것은 어찌 아셨습니까?"

"희한하게도 아침 햇살에 너의 관상이 떠오르지 않겠냐. 오른쪽 미릉골(눈썹자리)에서 왼쪽 미릉골로 그 운기가 옮겨오고 있었다. 네 있던 곳이 오른쪽 어디였을 것이다. 이곳이 왼쪽 아니냐."

"과연 저의 스승이십니다."

"상학아."

이천수는 그렇게 부르고 머리맡에서 상자 하나를 꺼냈다. 아주 오래되어 낡은 목각 상자였다. 장식이라고는 없었다. 손바닥만 한 상자를 열자 그 속에서 도장 하나가 나왔다.

"이게 무엇인지 알겠느냐?"

"무엇입니까?"

상학이 물었다.

"육대를 내려온 상인이다. 너도 알다시피 이 나라 상학에는 다섯 대맥(大脈)이 있다. 그 중에서 아직도 살아남은 대맥이 해동초조 태고 보우를 조종으로 삼는 해동조파(海東祖派)요, 그보다 일찍이 상법을 연 상수학의 초조 도선국사파(道詵國師派)다. 도선국사파는 너무 먼 세월이라 일일이 법맥상을 열거할 수도 없거니와 중흥조로부터 나에게까지 그 상법은 칠대에 이른다. 그 중흥조가 법수화상이요, 이대가 인수대사다. 삼대가 법륜화상이며, 사대가 인조다. 오대가 범수화상이며 육대가 유정상. 칠대가 바로 나다. 이제 너에게 전하노니 이 법을 공고히 해야 할 것이다. 그리고 지겸아, 상학을 도와라. 너와의 인연이 곤궁치 않음을 나중에야 알 것이다."

"스승님."

"잘 있거라. 내가 죽은 후 오랜 세월이 흐른 후 상수가 목숨을 구걸하러 올 것이다. 내가 너희들에게 후사를 전하는 뜻도 여기에 있다. 명정(관 위에 덮는 천)에 그냥 공(公)자는 붙이지 말고 상인이천수지구(相人李天燧之久)라고만 써라. 나는 내 이름자처럼 하늘의 부싯돌이 되고자 했다. 이 세상을 다 밝히고 싶었어. 그러나 세상을 다 밝히지 못했으니 어찌 부끄러운 일이 아니겠느냐."

죽어가면서도 관상쟁이임을 잃지 않았던 스승. 공(公)자를 거부했던 관상쟁이.

그를 눈물로 묻은 지 벌써 수십 년이었다. 그런데 이제 스승이 예언했던 일이 벌어졌다. 이상하게 한양에서 온 손들이 가면서 말을 한 필 두고 갔다.

내경은 상학이 내민 서찰을 펼쳤을 때 그 이유를 알 것 같았다. 그것은 서운관으로 들어갔던 서상수의 서찰이었다.

간추린 내용은 이랬다.

이보게 상학, 얼마 전에 어전에 칼을 든 괴한이 침입하지 않았겠나. 금상을 시해하려고 말일세. 그 자리에서 용의자 셋을 잡았으나 그들은 현장을 지키던 금부 나졸들이었네.

금상이 의금부를 다그쳤으나 지금껏 잡아내지 못하니 서운관 책임자와 실무자를 불러들였다네. 그런데 관상 잘 보기로 천하제일이라 소문난 부정이 떠돌이 관상쟁이에게 당하고 벼슬을 버리고 떠나버렸으니 그 불똥이 나에게 튀었네. 내 어떻게 이곳에서 얻은 벼슬인가. 종4품 첨정(僉正)인 내가 먼저 불려 들어갔네. 이어 나와 함께 과거에 들었던 판관(判官)이 들었다네. 금상은 세 금부 나졸 중에 누군가의 지시를 받은 침입자가 있을 것이니 그를 가려내라고 하네.

나는 날이 좋은 날 찰색을 보아야 한다며 사흘만 말미를 달라고 했네. 만약 가려내지 못한다면 어떻게 되겠는가. 그동안 그 자리에 있으면서 거짓을 고해왔다는 것밖에 더 되겠는가.

주상이 우리를 시험하고 있는 것일세. 상학, 부디 올라와 주게. 올라와 용의자가 누구인지 지목만 해주게. 찰색기법이야 스승이 자네가 천하제일이라고 인정하지 않았는가. 스승의 진두가 그대에게 전해졌다 하여 그 때문에 소원해진 점이 없지 않으나 내 이렇게 되고 보니 그대를 인정치 않을 수 없네.

부디 올라와 주시게.

내경은 비로소 알 것 같았다. 스승이 어떤 세월을 살아왔는지.
그런데 이상한 환영 하나가 내경의 눈앞을 스쳤다. 뒤이어 다음과 같은 말이 입에 씹혔다.

섬면건항(蟾面建項).

무슨 말인가. 두꺼비가 성이 나 목을 바짝 세운다는 말이었다.

계속 목을 세운 두꺼비가 눈앞에서 어른거렸다.

그런데 또 하나의 상이 그 앞에 나타났다.

노사지상(怒蛇之相).

성난 뱀. 성난 뱀이 두꺼비를 노려보고 있다.

성난 뱀과 목을 세운 두꺼비. 그렇다면 그들은 상생상극이다. 말상의 사내. 그 뱀눈. 마면사안(馬面蛇眼). 그런 상의 사람은 지극히 순한 듯하나 심사는 매우 표독스러워 언제 어느 때 독기를 발산할지 모른다. 더욱이 뱀과 두꺼비는 상극이다.

내경은 머리를 내저었다.

"차비를 하셔야 될 것 같군요?"

 말은 그렇게 하였지만 뱀눈의 사내, 상수 스승의 아들 얼굴이 눈앞을 가렸다.

 내경이 말했을 때 두 손을 엉덩이 밑으로 찌르고 앉아 턱을 가슴팍에 파묻고 있던 스승이 시선을 들었다.

"내경아."

"네?"

"이제 세상으로 나아가야 하지 않겠느냐?"

"그게 무슨 말씀이십니까?"

"한양으로 네가 가거라."

 청천벽력 같은 말이 떨어지자 내경이 놀라, '무슨 말씀이십니까?' 하고 물었다.

"내게 더 배울 것이 없어. 한양으로 올라가 너를 한번 크게 시험해 봐라. 이런 기회가 다시없을 것인즉 그를 도와 서운관으로 들어가거라. 시장바닥에서 관상이나 보고 앉았을 수는 없지 않느냐."

"싫습니다. 어떻게 도반의 생명을 저의 수행과 맞바꾸려 하십니까? 그분이 알면 무엇이라 하시겠습니까."

"어찌 스승이 제자를 믿지 못하겠는가. 그리고 도반이 도반을 믿지 못하겠어?"

"그러니까 어찌 저로 하여금 도반을 배신하려 하십니까."

"그 사람이 나를 믿는다면 너도 믿을 것이다."

"글쎄 싫다니까요."

"기회다. 목숨을 내놓고 한번 달려들어 봐. 관상이 실전이라는 것은 네가 더 잘 알지 않느냐. 이 기회에 범인을 한번 찾아내봐."

"상수 어른도 못 찾아내는 것을 감히 제가."

상학의 눈에 불이 일었다.

"이놈, 어떻게 그런 신심으로 상을 보겠다는 것이냐. 이것은 내 명령이 아니라 너의 운명이 내리는 명령이야."

"스승님."

"가. 가서 이겨봐."

그렇게 말하고 상학은 턱을 다시 가슴팍으로 묻어버렸다.

2

길이 설었다. 우마차가 다니는 큰길을 벗어나자 샛길이 나왔다. 샛길은 두 갈래로 찢어져 있었다. 두 길 앞에서 어느 길을 택할까 생각하다 햇살이 가득한 길을 택했다.

어디선가 매미 우는 소리가 들려왔다. 길가 풀숲에서 여치가 날아올랐다.

내경은 주막에서 말먹이를 먹이고 요기를 한 다음 상을 서너 사람 봐주고 노잣돈을 좀 챙겼다. 잠시 쉬고 있는데 한 여인이 와 큰 절을 올리고 이렇게 말했다.

"도사님, 저는 소납에서 몸을 파는 기생 홍화라 합니다."

"누구시오? 내게 도사라니?"

여인의 시선이 내경의 전신을 훑었다. 도사라고 소문나 나이가 많을 줄 알았는데 보니 이제 이십대의 사내다. 여인이 믿어지지 않는다는 표정으로 고개를 갸웃하는데, '소납이 어디요?' 하고 내경이 물었다.

"서주에 있는 광산입니다. 부근에 임광이 있지요."

"그런데요?"

"오늘 임광에서 이곳으로 왔다가 손님들로부터 아주 용하다는 도사님의 소식을 들었습니다."

그녀가 왔다는 임광은 마을에 납이 많이 나 외지인에게는 아예 소납마을로 불린다고 했다.

"그런데 저와 함께 몸을 팔던 기생 하나가 그곳의 광주(鑛主)에게 죽었습니다."

"광주에게?"

"그놈의 납 때문입니다. 언젠가부터 왜인들이나 떼국 사람들이 납을 청금이라 하여 금보다 더 치니 말입니다. 납의 사용처가 그만큼 다양하기 때문이라 합니다. 하찮은 땜장이에게도 납이 있어야 입에 풀칠을 할 수 있고, 낚시꾼들에게도 가장 무겁게 나가는 납봉돌이 있어야 고기를 잡을 수 있으니. 그래서 왜인들이나 떼국인들이 때로 금보다 비싼 조선의 납을 거의 거둬가고 있는 실정이거든요."

내경은 그런 세계가 있다는 것에 놀라 탄성을 내질렀다.

"어릴 때부터 함께 자란 아이였는데 가정 형편상 색줏집에 팔려왔어도 정절을 지켰습니다. 그런데 광주가 말을 듣지 않는다고 남몰래 그 아이를 죽인 것입니다. 동헌에 신고를 하니 검험이 나와 현장을 자세히 보지도 않고 자살이라고 했습니다. 분명히 자살이 아닌데 말이에요. 그 원을 어찌 풀어주어야 할지 몰라 이렇게 도사님을 찾아온 것입니다. 저는 손님의 도움으로 다행히 이렇게 도망을 왔습니다만 그 일로 인해 더 큰일이 날 것 같으니 겁이 납니다."

"사정은 딱해 보이나 보다시피 나는 관상쟁이요. 상쟁이인 내가 무슨 도움이 되겠소?"

"소문을 들으니 상만 보고도 살림살이를 알 수 있다고 하니 억울하게 죽은 기녀의 한도 풀어줄 수 있지 않겠습니까. 부디 광주의 횡포를 밝혀주시면 해서 말입니다."

"그럴 힘이 내게 있을지……."

"상을 보아 그 사람 집에 숟가락 몇 개가 있는지 알 정도라면 그 아이를 누가 죽였는지 가려낼 수 있지 않겠습니까. 부디 그 아이의 한을 좀 풀어주세요."

내경은 얼마간 생각을 하고는 자리를 털고 짐을 챙겨 기녀와 함께 소납으로 갔다.

기생의 말이 사실이라면 사실을 밝히는 게 도리고, 천도제라도 올려주어야겠다고 마음먹었다. 그리고 소납의 일을 보고 바로 한양으로 올라가야지, 그리 생각했다.

소납마을은 주기적으로 홍등가로 변한다고 했다. 요릿집, 색줏집, 선술집, 잡화점 등이 빽빽하다. 술집에는 왜국 기녀들도 있는 것 같았다. 납을 캐는 봄, 여름, 가을 그렇게 몇 달간만 북적거리다가 철이 지나면 신기루처럼 사라져버린단다. 시전은 철시되었다가 다시 다음 봄이 되면 북적거리고.

그녀가 죽었다는 색줏집으로 들어가 기방 주위를 살폈다.

홍화가 일러준 대로 그녀가 죽어 있다는 곳을 찾았는데 금방 눈에 들어왔다. 시신은 아직 짚더미 속에 처박혀 있었다. 시신을 살펴보자 푸른 쇳독이 명궁을 덮었다.

유독 왼쪽을 푸르게 덮었으니 오행으로 보아 목성인 왼팔에 그 근원이 있다는 말. 왼편 신장이 쇳독에 절었다. 왼손을 살펴보니 주먹을 꼭 쥐고 있고 쇳독이 퍼져 시퍼렇다.

펴지지 않는 왼손 주먹을 억지로 폈다. 손안에서 뭉쳐진 금팔찌 하나가 나왔다. 금팔찌를 살펴보니 금맥을 한 납덩이다. 문양이 특이했다. 금팔찌 중앙에 새끼손가락 마디만 한 동그란 금덩이가 달렸고 그 위에 조선에서는 볼 수 없는 왜인들의 문양과 왜어가 박혀 있었다.

"이 증표 본 적이 있소?"

팔찌 속에 박힌 문양과 왜어를 보여주자 잠시 들여다보던 홍화가 말했다.

"이런 그림과 글이 박힌 팔찌를 광주가 팔고 있었습니다. 이 팔찌 맞아요. 광주가 끼고 나타났어요. 왜국에 이런 것을 만들어 파는 시전이 있대요. 그곳에서 만들어온 팔찌라고 했는데, 애들이 이 팔찌를 사고 싶어 안달했어요. 일송이는 제 서방 손목에 걸어주고 싶다며 환장을 했는데."

"서방이 있소?"

"기둥서방이지만 두 사람 많이 사랑하고 있었어요."

분명 납으로 반지나 팔찌 목걸이를 만들어 금칠을 해 왜국에서 들여와 조선인들에게 속여 팔고 있다는 판단이 섰다.

내경은 동헌으로 들어가 사또를 만나 전후 사정을 알렸다.

사또가 마뜩찮은지 입맛을 쩝쩝 다시다 내일 시간이 나면 들어가 보겠다고 했다.

다음 날 사또는 들어오지 않았다. 내경이 다시 동헌으로 갔다. 그제야 아랫사람을 보내겠다고 했는데 마침 모두 나가고 없었다. 오후에 검험이 아사리 하나를 데리고 어슬렁거리며 와 형식적으로 시체를 뒤져보다가 자살이 맞다고 했다.

　기녀들이 하나 같이 눈물짓는 걸 보고 내경이 동헌으로 다시 달려갔다. 웃전에 신고라도 해서 진상을 밝혀야겠다고 하자 사또가 미친놈이라며 곤장을 놓았다.

　내경이 다리를 절룩이며 도관찰사를 찾아갈 것이라고 해시야 사또가 직접 포졸들을 데리고 나섰다. 사건현장을 둘러보고 난 사또는 또 짜증을 내며 내경에게 눈을 흘겼다.

　"떠돌이 상쟁이 주제에. 내 알아보고 자살이 맞다면 네놈을 죽여놓을 것이니라."

　"참으로 답답하오. 이 얼굴을 보시오. 푸른 쇳독이 명궁을 덮었지 않습니까. 왼편 신장이 쇳독으로 뒤덮였소. 내가 의심스럽다면 이 시체의 왼손을 펴보시오."

　포졸들이 기생의 왼손을 펴보았다. 손안에 내경이 다시 넣어 쥐어놓은 금칠이 모두 벗겨진 납팔찌가 나왔다. 문양이 있는 쪽에 금칠이 벗겨지지 않은 걸 보면 그나마 두텁게 칠을 한 것이 분명했다.

　"저 가짜 금팔찌가 어디서 만들어진 것인지는 알겠지요? 모양새를 봐 조선에서 만들어진 것이 아니라는 걸 알 수 있으니 말이오."

　내경의 말에 사또가 몸을 호르르 떨었다.

　기녀들이 광주에게서 그 팔찌를 보았다고 증언하자 사또는 하는 수 없이 광주의 집으로 내경을 데리고 갔다.

　그때쯤 광주는 잃어버린 가짜 금팔찌를 찾고 있었다. 기녀를 목 졸라 죽이고 제정신이 아니었다. 도대체 어디서 잃어버렸는지 알 수가 없었다. 기녀의 목을 조르는 순간 손을 허우적거리는 것 같았지만 가짜 금팔찌를 뺀 것 같지는 않았다.

역시 광주에게는 가짜 금팔찌가 없었다.

사또는 광주를 옥에 가두었다. 하지만 다음 날 광주는 태연하게 동헌을 나왔다. 광주가 사또에게 술이 취해 정신 없는 사이 그 금팔찌를 누군가 빼갔다고 했기 때문이다.

사건은 심상치 않게 풀려갔다. 광주는 금팔찌를 훔쳐간 자가 범인일 것이라고 했다. 내경이 이번에는 도둑으로 몰려 한양으로 가려고 해도 갈 수가 없는 입장이 되어버렸다.

이 일을 어떡하나.

시각이 지날수록 내경은 속이 탔다. 바로 한양으로 올라갔어야 했는데 그러지 못했으니 큰일이었다. 상수 어른이 어떻게 될지 모르는 마당인데.

말로 줄곧 달린다 하더라도 그렇게 가까운 거리도 아니거니와 가려고 해도 갈 수도 없게 되어버렸다. 그리고 갈 수 있다 하더라도 그대로 떠난다면 기녀들의 목숨을 보장할 길이 없었다. 이참에 밝히지 않는다면 광주의 횡포로 수많은 사람이 고통받을 것이 뻔했다.

내내 이상한 꿈자리에 내경은 시달렸다. 말의 얼굴을 한 뱀과 목을 세운 두꺼비가 독을 품으며 싸우는 꿈이었다. 스승 곁을 떠나올 때도 그 환영이 보이더니만 이상했다.

아침에 일어나 꿈 생각을 하고 있는데 이상한 소리가 들렸다. 드디어 소납의 기녀들이 일어났다고 했다. 그날 기녀 일송이를 광주가 손목에 낀 금팔찌를 주겠다며 어르다가 억지로 끌고 나가는 걸 보았고 짚덤불에 눕혀놓고 달려드는 모습도 보았다는 것이다. 그러나 죽이기까지야 하랴 싶어 손님들을 받느라 신경 쓸 사이가 없었다는 것이다.

그래도 사또는 증거가 충분치 않다고 하여 광주를 다시 구속하지 않았다. 어이없는 일이었다. 기생들이 동헌으로 몰려가 항의했지만 그래도 소용이 없었다.

결국 죽은 기녀의 기둥서방이 광주를 칼로 살해하고 말았다. 그러고는 소납 앞강에 몸을 던져 앞서간 기녀를 따라가고 말았다.

내경은 어이가 없었다.

아뿔싸!

내경은 퍼질러 앉아버렸다. 한양으로 가기는 이미 틀어졌다.

그런 와중에 중앙에서 사건의 진상을 밝히기 위해 담당 관리들이 내려왔다.

3

내경이 사람들과 함께 기녀의 영혼을 천도하기 위해 산기슭을 향해 나아가고 있는 사이 멀리서 먼지를 일으키며 장정들이 탄 말무리가 군마처럼 달려왔다. 족히 스무 명은 됨직했다.

그들은 내경의 무리를 지나쳐 달렸다. 말무리는 금방 신작로 저쪽으로 사라져버렸다.

그날 저녁 곽산 기슭.

가렛 동구를 들어선 그 말무리가 내경의 스승 상학이 있는 동굴로 올랐다.

상학이 동굴 입구에서 장작을 패다 그들을 돌아보았다. 상학은 다가오는 장정의 무리를 보는 순간 피 냄새와 살기를 동시에 맡았다.

그들은 동굴 앞에 말을 멈추고 말에서 뛰어내렸다.

"누구시오?"

상학이 불안한 어투로 물었다.

"나를 모르시겠습니까?"

앞장 선 사내가 그렇게 물으며 과라립을 벗었다.

서상수의 큰아들이었다.

"어찌 되었나?"

상학이 묻자 사내의 입가에 냉엄한 조소가 떠돌았다.

"어찌 된 것 같습니까?"

"내 제자를 보냈는데……"

"아버지는 그대를 원했지 제자를 원하지 않았잖습니까. 아무려면 내 아버지가 그대의 제자보다 못하겠습니까."

"실패했단 말인가?"

"그대의 제자는 오지도 않았습니다. 와도 아무 소용없었을 테지만. 잘됐지 뭡니까. 달아나버린 것이……"

"그래서?"

"그래서 어떻게 되었겠습니까. 내 아버지는 벼슬과 두 눈을 잃었지요. 관상쟁이에게 눈이 없다면 죽은 몸 아닙니까. 거기다 옥에서 죽어가고 있으니. 백성을 속인 죄 치고는 가볍다고 하지만……. 상학 어르신 이제 그대 차롑니다."

사태를 짐작한 상학이 물러섰다.

"왜 이러시나?"

"몰라서 묻는 것 같지는 않은데 말입니다. 아버지는 말리셨지만 분이 풀리지 않아서. 애들아, 쳐라."

장정들이 우르르 상학을 향해 달려들었다. 몽둥이가 사정없이 상학을 향해 날았다. 얼굴이 터져 피가 흘렀다.

매질은 소나기가 내릴 때쯤 끝났다.

그들이 돌아가고 나서야 걸레쪽처럼 늘어진 상학을 향해 동네 사람들이 몰려들었다.

"죽었는가?"

나이 든 사람이 가까이 다가간 젊은 사람에게 물었다.

코 밑에 손을 대본 젊은이가, '숨은 붙어 있는 것 같습니다' 하고 말했다.

"그럼 옮기고 보자."

상학의 몸이 사람들에 의해 동굴 안으로 옮겨졌다.

가까이서 까옥까옥 까마귀가 울었다.

4

주막은 비어 있었다. 꼭 두 달 만이었다. 이왕 늦은 것 기녀들의 사십구제까지 챙기느라 더 늦어진 셈이다. 주막 앞에 말을 메고 안으로 들어갔다. 주모가 달려 나오다 멈칫했다.

"아니 자네 내경이 아닌가?"

"그동안 잘 있었습니까?"

"이 사람아!"

주모가 달려와 내경을 평상에 앉혔다.

주모의 행동에서 이상함을 느낀 내경이 그녀의 표정을 살폈다.
"왜 그러십니까?"
"모르고 있는 게야?"
"뭘 말입니까?"
주모가 어이가 없는지 되뇌었다.
"이 사람아, 어떻게 된 거야?"
"왜 그러냐니까요?"
"아이고 정말 모르나 보네. 자네가 한양으로 가고 난 얼마 후 한양에서 한 무리의 장정들이 몰려왔지 뭔가."
"그래서요?"
"이유도 없이 토굴로 올라 자네 스승을 패 조졌다니까."
"그게 무슨 말입니까?"
"몰라 나도. 누군가 그러는데 보복을 당했다고 하던가. 관상쟁이가 입을 열지 않는데 우리가 어떻게 알아."

내경은 그 길로 주막을 나와 동굴로 달렸다.
언젠가 보았던 뱀눈을 한 그 말상의 사내. 그리고 맹꽁이상의 스승. 그들이 목을 세우고 싸우던 꿈.
내경을 겨우 알아본 스승이 저주스럽게 내뱉었다.
"이놈, 너는 무엇 하는 놈이냐?"
"스승님!"
"목숨이 그리 아깝더냐? 그래서 도망을 간 게야?"
"아닙니다, 스승님."
"내 알아보았다. 네놈이 시장바닥의 관상쟁이밖에 되지 못하리라는 걸. 나 역시 거리의 관상쟁이였다. 그래 가르치려 했는데. 나 같은 상쟁이를 만들지 않기 위해서 말이다. 어찌 그런 신심으로 저 거리를 벗어날 수 있겠는가. 나와 다를 바 없으니 나가거라."

내경이 무슨 말이라도 하려고 머뭇대자 스승은 계속 나가라고 소리쳤다.

"나는 너와 같은 놈을 가르친 적 없다. 짐승 같은 놈. 나가. 나가라고 하지 않느냐."

내경은 그 길로 말 한마디 못하고 산을 내려왔다. 갈 곳도 없고 가야 할 곳도 없었다. 있을 곳은 시장바닥뿐이었다. 스승이 자신을 잘 보았다는 생각이 들었다.

시장바닥에서 돗자리를 펴고 상을 보았다. 수입이 꽤 괜찮았.

그렇게 돈이 생기면 술을 마셨다. 한 잔 술에 몸을 맡기면 세상이 돌았다. 모든 것을 놓아버리자 세상이 내 것이었다. 무엇하러 아득바득 살았을까 싶었다. 상을 봐준 돈으로 밥을 사먹고 술을 마시고 계집을 샀다.

술을 마시다 술값이 모자라면 그 자리에서 기녀들의 상판을 봐주고 술을 마셨다.

어느 날 꿈인 듯 생시인 듯 흰 빛무리가 몰려오더니 물었다.

"일상(一相)이냐, 이상(二相)이냐?"

"일상입니다."

그렇게 대답했다.

흰 빛무리가 고개를 내저었다.

"틀렸다."

"무상(無相)이다."

"무상?"

"상은 없다. 상이 어디 있느냐?"

어느 날 다시 흰 빛무리가 와 물었다.

"일상이냐, 이상이냐?"

"무상입니다."

"틀렸다."

"무슨 말씀이십니까?"

"네놈이 무상이라고 했을 때 이미 무상은 날아가 버렸다."

"누구십니까?"

"진리는 결코 말로도 문자로도 세울 수 없다. 마음으로도 세울 수 없다. 불립문자 언어도단 심행처멸(不立文字 言語道斷 心行處滅) 그대로다. 그런데 무상이라니? 네놈이 무상을 안다? 진리는 그 위에 있는 것. 자, 어떻게 대답할 테냐. 만약 대답한다면 칼날이 네 입속으로 들어가리라."

내경은 그만 얼어붙고 말았다.

"아직도 멀었다. 너는 상을 이해하려 한다. 상은 이해되어지는 것이 아닌 것. 오로지 체험으로 얻어지는 것. 그것이 진리다. 잘 들어라. 지혜의 눈에는 본다는 것도 보지 않는다는 것도 없다. 이것이 나의 본모습이며 그것을 알지 않고는 저잣거리를 떠도는 기생 하나도 구하지 못할 것이다. 죽여라. 모든 것을 죽여라."

"죽이라니요?"

"나를 만나면 나를 죽이라는 말이다. 왜 죽여야 할까. 그것은 곧 네 마음속의 번뇌이기 때문이다. 상을 알려고 하면 상이 번뇌가 된다. 진리를 알려고 하면 진리가 번뇌가 된다. 그 번뇌를 죽이라는 말이다. 그렇게 모든 것을 죽이고 나면 무엇이 남겠는가. 오로지 텅 빈 곳에 우주의 심장인 상만 살아남으리라. 그 상이 진실한 너의 모습이다. 그것을 잡아야 하느니라."

그렇게 말하고 흰 빛무리는 다시 말하였다.

"돌아가거라. 네 스승이 대답해주리라. 그 대답이 네 것이 된다면 그때 만나자꾸나."

흰 빛무리는 그 말을 남기고 석실 속으로 사라졌다. 내경이 눈을 떠보니 빛이 사라진 석실이 골짜기로 바뀌면서 그곳에 연꽃이 피어나고 있었다.

눈물이 쏟아졌다. 그러나 돌아갈 엄두가 나지 않았다.

내경은 그 길로 전국의 가람을 돌며 도심을 키우는 데 전력했다. 가는 곳마다 큰스님들이 있었고 그들과 법담을 나누면서 도심을 키웠다.

가끔 소납의 꿈을 꾸기도 했다. 스승이 소납의 그 모래 언덕에 서 있었다. 그곳의 흥청거림이 들려오는 듯하였다. 어부들의 거친 말소리와 육두문자, 기녀들의 구슬픈 노랫가락 소리. 그 위로 스승의 얼굴이 떠올랐다.

어느 날 시장바닥을 헤매다 한 농가에서 짚덤불을 뒤집어쓰고 자고 있는데 꿈자리가 이상했다. 분명 스승이었다. 스승이 핏기 없는 모습으로 오라고 손짓하고 있었다.

"돌아오너라. 돌아오너라."

그 곁에 누군가 있었다. 바람에 날리는 치맛자락.

저 여자가 누군가.

그러다 잠을 깼을 것이다.

비로소 돌아가야 되겠다는 생각이 들었다. 분명 스승에게 무슨 일이 난 모양이다.

그 길로 월래암으로 걸었다. 산천은 그대로였다. 풀잎 하나, 바람 한 줄기, 저 꽃잎들…….

스승이 계신 토굴로 오르자 햇살 속에 빨래를 널고 있던 여자가 고개를 돌렸다.

내경은 깜짝 놀랐다.

"홍화!"

홍화였다. 소납에 있던 기녀. 그녀가 뜻밖에도 그곳에 와 있었다.

눈에 눈물이 어렸다.

"어떻게 된 일이오?"

"도사님이 떠난 후 사또는 삭탈관직되어 한양으로 압송되었습니다. 그러나 새로 부임한 사또 역시 고약해 더 많은 사람들이 해를 입었지요. 그래 물어물어 이곳으로 온 것입니다."

"미안하오. 힘이 되어주지 못해서."

"도사님이 왜요. 스승님이 기다리고 계십니다."

이미 스승 상학은 그녀로부터 모든 사실을 듣고 알고 있었다.

스승은 건강이 더 나빠져 있었다. 이상하게 상처가 낫지 않는다고 하였다. 사고가 난 지 이태가 넘었는데도 상처도 낫지 않고 골절된 다리도 낫지 않는다고 하였다. 이제 상처 난 곳에서 구더기가 나온다고 하였다.

내경이 스승님, 하고 절을 올리자 스승이 희미하게 웃었다.

"왔구나!"

"스승님!"

"너를 기다렸느니라. 다 내 죄다. 저잣거리에서 이 입을 잘못 굴린 죄. 이 다리로 걸어 다니며 이 팔로 휘두르며 그들의 상을 훔친 죄. 그

보를 받는 것이야."

"스승님, 왜 그런 말씀을 하십니까?"

"그래, 돌아올 줄 알았다. 이제 가도 되겠구나. 가도 되겠어. 보았다, 네놈이 돌아오는 모습을."

5

소나기가 지나가는가 했더니 매미소리가 더욱 요란해졌다. 거기다 뻐꾸기 울음소리가 초저녁까지 계속되더니 밤이 되면서 비가 쏟아졌다.

홍화에게 산을 내려가라고 해도 싫다고 했다. 세상이 손가락질할지 모른다고 했으나 기녀는 들은 체도 안 했다.

스승도 희미하게 웃으며 그냥 두라 했다.

"좋은데 왜 그러느냐. 내가 복이 많은 놈이다. 이 나이에 분 냄새 나는 것의 수발을 받을 줄이야. 하기야 내가 여복이 많은 편이지."

"스승님도!"

"네 인생을 살아라. 남의 눈치를 보다 보면 평생 네 인생 못 산다. 누가 뭐라고 하든 그게 무슨 대수더냐."

일찍 일어나 앉았는데 아무래도 어젯밤 꿈자리가 이상했다.

꼭 생시 같았다.

비가 그쳤는가 했는데 어느 한순간이었다. 우장창 그릇 엎어치는 소리가 갑자기 들려왔다.

"뭐야?"

그러면서 밖을 내다보았다.

"산짐승이 또 내려온 것인가?"

그때였다. 7척 거구에 머리를 산발한 사내가 하나 들어섰다. 칠순이 넘은 늙은이였다. 얼굴은 그렇게 보였는데 몸은 꼭 이십대의 장골이었다.

그는 말없이 들어서서 주위를 살펴보다가 스승이 있는 동굴로 내려갔다. 슬금슬금 뒤를 따랐다.

동굴로 노인이 들어갔다.

스승이 노인을 보더니, '스승님!' 하고 깜짝 놀라 일어났다.

스승님?

내경이 그가 스승이라고 하는 사람을 쳐다보았다.

노인의 눈에서 시뻘건 불줄기가 터져 나왔다.

"네 이놈, 네놈이 내 밑을 떠나 결국 이곳에 처박혀 있었더냐. 내 무어라고 했느냐. 아무리 이 법으로 신선의 경지에 갈 수 있다고 하나 그것이 끝이 아님을 그렇게도 일렀건만."

"스승님!"

"어리석은 놈."

노인이 덥석 스승의 뒷덜미를 낚아챘다. 스승이 노인의 손아귀에서 벗어나려고 버둥거렸는데 노인의 완력은 완강했다. 내경은 자신의 눈을 의심하지 않을 수 없었다. 뒷덜미를 움켜쥔 손아귀는 결코 풀리지 않았다. 노인은 그대로 스승을 동굴 밖으로 끌어내었다.

내경은 어이가 없었다. 아무리 병자라 하더라도 늙은 사내의 힘을 당하지 못하고 꼼짝없이 끌려 나가는 게 믿어지지도 않았거니와 그들이 나간 동굴 밖으로 나가보니 이미 그들은 어둠 속으로 사라지고 없었다. 실랑이 소리도 들려오지 않는 걸 보면 참 이상하다는 생각이 들었다.

분명 꿈은 그러다가 깬 듯했다.

내경은 벌떡 일어나 스승이 있는 동굴로 내달렸다. 동굴 입구가 가까워져오자 찬기가 느껴졌다. 검은빛이 동굴 입구를 가리고 있었다. 사기였다.

동굴로 뛰어들면서 내경은 벼락처럼 소리쳤다.

"스승님!"

상학이 기다리고 있다가 스르르 시선을 돌렸다. 홍화는 보이지 않았다.

내경이 스승 곁으로 가 앉자 상학이 무엇인가를 내경에게 밀었다.

"무엇입니까?"

"진두이니라."

"스승님."

상학이 손을 떨며 힘들게 상자를 열었다. 푸른 상인이 드러났다.

"이 보자기는?"

하다가 내경은 눈을 크게 떴다. 골상 공부를 시킬 때마다 꺼냈던 해골을 싼 보자기라는 생각이 들었기 때문이었다.

"끌러라."

내경이 보자기를 풀었다. 역시 해골이었다.

상학이 고개를 흔들었다.

"보자기. 보자기를 다오."

내경이 보자기를 건네자 상학이 보자기 끝을 잡아 확 당겨버렸다.

해골이 우르르 바닥으로 쏟아졌다. 여기저기 뼈가 흩어지고 두상이 떼굴떼굴 저만큼 굴러가 멈추어 섰다.

"스승님!"

내경이 놀라 소리치자 상학의 눈에 촉촉이 눈물이 어렸다. 잠시 후 젖은 음성이 내경의 귓속으로 파고들었다.

"이제 작별을 하자. 모두 건네었으니. 내 이것을 너에게 전하지 않고는 죽을 수 없었느니라. 비로소 너에게서 관상쟁이의 진정한 모습을 보았다. 너는 이 진두의 임자가 될 만해. 그렇다고 공부를 게을리해서는 안 될 것이다. 초발심. 초발심을 잊지 말고 뼛조각을 거두어라."

"스승님!"

"생각이 나는구나. 내가 처음 스승을 만나던 날이. 정말 이상한 양반이었다. 관상으로 일세를 풍미해보겠다고 눈까지 쑤셔버리고 찾아간 내게 가르쳐주겠다는 관상은 가르쳐주지 않고 공동묘지에서 파왔을 인골의 뼈다귀나 살피고 맞추게 하는 게야."

내경의 눈에서 눈물이 흘러내렸다.

"하루 종일 인골의 뼈나 살피고 맞추는 게 일이었다. 내가 사람 뼈다구를 본 적이 있어야지. 나중에는 몸서리가 나더구나. 에이, 치우자. 내가 세상의 상을 아무리 잘 본다고 해도 어찌 남의 상판에서 앞날을 읽을 수 있을 것인가. 관상 배우기를 포기하고 도망가려고 하는데 그제야 스승이 내게 그 인골의 출처를 가르쳐주더구나. 어쩌면 그 인골이 공동묘지나 제 아비의 무덤에서 파온 것이리라 생각했는데 아니더구나."

내경이 젖은 눈매를 들었다.

"하늘같은 이의 인골이었어."

"네?"

"그래, 그 인골은 중흥조인 법수화상이 남긴 것이었다."

"법수화상?"

내경이 젖은 음성으로 되뇌었다.

"맞아. 그 스승님의 해골이라 하더구나. 그 양반 죽어가면서 제자에게 공부하라며 자신의 신체를 남겼다는 것이야. 제자 인수대사는 스승의 몸을 받고 스승의 몸에 칼을 대었다고 한다. 찰색이 어떻게 일어나는지 간을 살피고, 콩팥을 살피고 그렇게 오장육부를 살폈다는 것이야. 오장육부는 얼굴의 어느 부위와 밀접한 관계가 있으며 어떻게 나타나는가. 오장육부의 기운. 그 기운이 어떻게 신체의 맨 위 꽃인 얼굴로 나타나는가. 정, 신, 기, 혈, 혼, 백은 어떻게 저장되어 얼굴에 반영되는가. 아하, 오장은 생명을 주재하는 주체인 오신의 저장로구나. 그렇게 그분은 오장육부를 통해 생체의 중요한 기능을 분석해 나갔다는 것이다."

상학은 숨을 몰아쉬었다가 잠시 후에야 말을 이었다.

"오장은 폐장, 비장, 신장, 간장, 심장을 가리키는 말이 아니냐. 그분은 비로소 오장은 각기 제 색이 있다는 걸 알게 되었다. 스승의 속을 열어보지 않았다면 그저 남의 이론에나 기댈 일이었지. 폐장의 흰색, 비장의 황색, 심장의 적색, 신장의 흑색, 간장의 청색. 그 다섯 색이 적당히 어울려 나타나는 것이 찰색이라는 것을 비로소 알게 된 것이야. 그리하여 그분은 비로소 스승의 살을 벗겨내고 해골의 모습을 보았다고 한다. 그분은 그것으로 인간의 뼈대를 알았으며 골상법을 완전히 하였다는 것이야. 그 정진이 오죽했겠느냐."

어금니를 문 내경의 볼 위로 눈물방울이 흘러내렸다.

"그 사실을 알고 나는 눈물을 흘리며 해골을 안고 살았다. 그렇게 모질게 상을 배웠어. 비로소 세상의 상을 모두 볼 수 있게 되던 어느 날 하늘의 상을 살펴보니 세상 벽에 등불 걸려는 인물이 태어나고 있지 않겠느냐. 새 생명 하나가 상대에게 돌 두 점을 주고 한 점을 가져가는 것이야. 나는 그 길로 그 상속으로 들어갔다."

"아아, 스승님!"

"내경아, 이 세상은 하나의 거대한 바둑판이다. 관상쟁이는 언제나 불쌍한 사람을 가엾게 여겨 돌 두 점을 주는 사람이다. 그리하여 한 점을 가져오는 사람이야. 이기려 하지 말거라. 언제나 져야 한다. 장자는 말했다. 배를 타고 건너가다가 빈 배가 와서 부딪치면 아무리 성격이 나쁜 자라도 화를 내지 않는다. 그러나 사람이 있다면 피하라고 소리치는 사람이 있는가 하면 저주를 퍼붓는 사람도 있다. 모든 것은 그 배에 누군가 있다는 상대성으로부터 일어나는 것이다. 그렇다. 상대적 생각을 가지고 대하니 미워하고 대립하고 죽고 죽이고 하는 것이다. 먼저 세상의 강을 건너가려면 너의 배부터 비워야 한다. 채우려 한다면 그 삶이 복잡하고 고단해. 남을 지배하는 자나 남에게 지배를 받는 자는 그 삶이 슬프다. 모난 돌은 정 맞기 마련이며 고여 있는 물은 썩기 마련이다. 물처럼 도와 함께 흘러다니는 자는 결코 흔적이 없다. 세상의 상을 살피며 흔적 없이 살아라. 구함은 잃음의 시작인 법. 그 법을 모른다면 진정한 너를 만날 수는 없을 것이다. '누구요?' 하고 물어도 너는 너를 대답할 수 없다. 언제나 너에게 '누구요?' 하고 물어라. 바로 그것이 상대에게 누구냐고 묻는 거와 같다. 관상쟁이가 세상을 향해 돌 두 점을 주는 이유가 여기에 있다. 주지 않고는 결코 너의 상도 타인의 상도 열 수가 없다. 네가 네 마음을 열지 못하고, 상대가 마음을 열지 않는다면 무슨 소용이 있겠느냐. 나 가거든 명정에 그냥 관상쟁이 이상학이라고만 써라. 지구도 빼버리고 몸을 깨끗이 씻겨 불에 태워버려라. 나의 호 천수(天燧)는 내 스승의 함자였다. 나의 스승은 내가 자신처럼 하늘의 부싯돌이 되기를 바랐다만 진정으로 세상을 밝히지는 못한 것 같으니 말이다."

"스승님!"

"그럼 인연 있으면 다시 보자. 중흥조의 그 인골, 그것이 무려 너에게까지 구대를 내려온 것이니 존엄하게 거두어 모시어라."

"스승님."

상학이 내경의 손을 잡으며 희미하게 웃었다.

"그럼 다시 보자."

"스승님!"

"계유년이다. 돈 많은 과부보다 저승사자가 먼저 인사 올 것이다. 그 해를 조심하거라. 물이다. 길 가다 물 한 사발 얻어먹을 때도 조심하여라."

그렇게 말하고 상학은 눈을 감았다. 이 세상 마지막 숨을 놓으면서도 제자 걱정을 하는 스승 앞에 내경은 비로소 무릎을 꿇고 통곡하기 시작했다.

내경, 인연에 눈멀다

　밤이 깊다. 바람소리뿐. 가끔 산짐승의 울음소리가 들려온다. 내경은 명상에 들어 있는 동안 귀신들의 웅성거리는 소리를 들었다.
　"지독하구만 그래. 여기가 어디라고 기어 들어와."
　"세상 돌아가는 것도 모르나."
　"어떻게 알 것이여. 산 아래로 내려간 적이 없는디."
　"암튼 지독한 화상이여."
　"말 조심혀. 신선의 경지에 들었는데 그러다 경칠라."
　"경을 쳐봤자지. 우리가 두 번 죽겠어."
　내경은 스승이 머물던 동굴에서 그렇게 귀신의 웅성거리는 소리를 듣고 있었다. 그때까지도 스승을 태운 한 줌의 재는 내경 앞에 놓여 있었다. 그동안 모았던 돈을 쥐어주며 홍화를 산 아래로 내려보낸 지가 언제인지 몰랐다. 울며 가지 않겠다고 했으나 내경도 그곳을 떠날 것이라는 느낌이 들었는지 몸을 돌렸다.
　명상에 들고 얼마 후 스승이 왔다.

"내가 예전에는 저 강바닥을 황룡이 되어 건넜는데 이제는 사람의 상판대기도 건너기 힘들구나. 네가 능히 황룡이 되면 역사의 강을 건너갈 수도 있으리라. 상판대기나 보는 관상쟁이로서 역사의 받침돌이 될 수도 있겠구나."

머리는 봉두난발이 된 지 오래였다. 물 한 모금 마시지 않았다. 옷은 해어져 걸레쪽 같았다. 햇볕 한 줌 들지 않은 동굴은 습기로 가득 차 있었다. 정적을 깨고 들려오는 새소리, 밤이면 울어대는 산짐승들의 울음소리…….

수염은 이미 어깨를 덮었고 가끔씩 뱀이 무릎으로 기어올라 오수를 즐겼다 가기도 했다. 새들이 동굴 속으로 들어와 내경의 어깨 위에서 놀다 가기도 했다. 하루 종일 앉아 있어도 배가 고프지 않았고 고통을 느낄 수 없었다. 열흘을 앉아 있어도 하루 같았다.

내경은 모든 것을 비워나갔다. 마지막 순간, 그동안 자신을 조종하던 또 하나의 그가 나타났다. 그는 악마의 모습을 하고 있었다.

내경은 또 하나의 나를 부숴내었다. 그러자 형용할 수 없는 환희가 거대한 파도처럼 밀려들었다. 천지가 황금빛이었다. 내경은 그 꽃밭을 천천히 거닐었다.

적막한 밤. 문득 내경이 눈을 떠보니 스승이 다시 앞에 와 있었다.

"손바닥을 한 번 쳐보거라. 물러가라 하고. 내가 너를 이기지 못하고 물러난다면 너의 입정(入定)을 인정하마."

내경이 비시시 웃다가 손바닥을 탁 쳤다.

스승의 모습이 사라져버렸다.

잠시 후 스승이 다시 오더니 히물히물 웃다가 중얼거렸다.
"허, 제법일세."
"얼굴이 왜 그러십니까?"
"이놈아, 네가 메다 박지 않았느냐."
"스승님도."
"하기야 제자의 진경(眞境)을 보는 기쁨을 어디에 비할꼬."
 그렇게 말하고 스승은 돌아섰다.
 그는 한참을 뒤돌아서 있다가 고개도 돌리지 않고 말하였다.
"이제 나가자꾸나."
"어디로 가시려고요?"
"시장바닥으로 가야지."
 그제야 일어났다. 새벽바람을 타고 내경은 스승을 위해 마지막으로 아침 이슬에 젖은 산딸기를 따와 올렸다.
"들고 가십시오. 가는 길이 멀 겝니다."
 마지막으로 절을 올리고 산꼭대기로 올라 스승의 재를 바람에 탁탁 털어버렸다.
 산을 내려오는 눈에서 눈물이 흘러내렸다. 시선을 들었을 때 눈부시게 떠오른 해가 자신을 내려다보고 있었다. 내경은 그 햇살 속에 서서 이제 자신은 저잣거리로 내려가 고통 받고 신음하는 사람들을 건져야 할 것이라고 생각했다.
 앞날이 간단치 않을 것이었다. 내경은 어두운 세상을 향해 등불을 켜들고 지옥의 불구덩이 속으로 걸어 들어가는 느낌을 어쩌지 못하며 호르르 몸을 떨었다.
 동굴로 들어가 여장을 챙기고 있는데 내경의 소식을 들은 듯이 문득 한 중늙이가 나타났다.

"누구시오?"

내경이 물었다.

"이곳에 생불이 났다기에 이렇게 올라왔소이다. 사실이었구려."

"난 생불이 아니오."

그는 정몽주의 문하에서 촉망받던 류방제의 4대손 류익봉이란 사대부였다.

"그대 같은 분이 내게 무슨 볼일이 있다고?"

"제게 딸이 하나 있소. 그 딸이 눈이 멀었소. 너무 갑작스럽게 눈이 멀어 그 이유를 모르겠으니 이 일을 어찌하면 좋겠소."

"난 의원이 아닙니다. 그런 일이라면 의원을 찾아보십시오."

"어의가 와도 그 눈을 고치지 못하였소. 아니 그가 그랬소. 혹 김내경이란 관상쟁이 소식을 들어보았느냐고. 찰색으로 병의 원인을 잡아내기도 한다는데 그 사람이라면 병의 원인을 알아낼지도 모르겠다고……."

내경이 웃음을 터트렸다.

"난 관상쟁이일 뿐입니다."

"이보시오. 날 아주 관상에 문외한인 줄 아는 모양인데 예전에 궁에서 찰색으로 범인을 잡아내는 관상쟁이들을 보았소. 어떻게 그럴 수 있을까 싶어 알아보았더니 우리 몸은 외부에 노출되었을 때 그 기색이 얼굴에 나타난다고 합디다."

생각에 잠겨 있던 내경은 고칠지는 모르겠으나 일단 가보자고 했다.

그를 따라 솟을대문 앞에 서니 별천지 같다. 언덕바지에 올라앉은 대가의 모습이 아름답기보다는 장엄할 정도였다. 문중 사람들이 큰사랑에 모여 있다 더러 내다보았고 노소 하인들이 지나가다 허리를 급했다.
 대문을 여덟 개를 통과해서야 내경은 병자를 만날 수 있었다.
 병자는 안방에 발을 치고 누워 있었다. 다가가 얼굴을 내려다보는 순간 쿵 하고 가슴이 내려앉았다. 얼굴이 어찌나 희고 고운지 눈이 멀 지경이었다. 이제 스무남은이나 되었을까. 코가 오똑하고 입술이 그려놓은 것 같았다.
 처자가 '아버지세요?' 하고 물었는데 그 음성이 새벽 대밭에 드는 바람소리 같았다. 대나무 빈 속으로 그대로 들어가 앉는 바람의 모습이 그러할까.
 "너를 살릴 의원을 데려왔다."
 내경이 다가들자 처자가 느낌이 이상한지 이맛살을 찌푸렸다.
 떨리는 손으로 눈꺼풀을 뒤집어보았다. 살결이 분통 같다. 어찌나 보드라운지 솜뭉치 아니 어린아이 살을 만지는 것 같았다.
 이미 눈은 나무 눈이었다. 눈동자가 꼼짝을 하지 않았다. 흰자위를 살폈더니 어혈뭉치가 쌀알처럼 여기저기 박혔다. 간에 울혈이 맺혔다는 증거다. 간이 굳어가고 있었다. 독이었다. 누군가 독을 먹였다. 간과 시신경은 연결되어 있다. 간이 상하면 제일 먼저 타격 받는 부위가 눈이다.
 "언제부터 이랬습니까?"
 "어제 낮부터요."
 "아침에 무엇을 들었습니까?"
 "아침은 먹지 않았다고 하오."
 "그래요? 그럼 점심은?"
 "어죽을 조금 들었다고 하오."
 "그 어죽 어디 있습니까?"

"왜 그러오?"

"어서요."

내경의 재촉에 류익봉이 아랫것을 불렀다.

열일곱쯤 된 계집종이 달려왔다.

"아침에 아씨에게 올린 죽 어딨느냐?"

"소향이가 버렸는데요."

"소향이가? 왜 버려?"

"몰라유. 그렇잖아도 왜 버리느냐고 하니까 그냥 버리더라구요."

"죽을 먹고 증상이 일어난 것이 언제입니까?"

"반각쯤 지나서요."

"그런데 곧바로 버렸다?"

내경이 계집종을 쳐다보며 물었다.

계집종이 겁먹은 얼굴을 끄덕였다.

"소향이란 계집 어딨느냐?"

"부, 부엌에요."

내경이 부엌으로 달려가자 이미 소향이란 계집은 하얗게 질려 있었다.

"네년 소행이구나."

내경이 다가서며 물었다.

얼굴이 사각이다. 이마도 각이 졌고 광대뼈도 사각이다. 하관도 육식을 좋아하는 사내처럼 툭 불거져 사각이다. 이런 형은 사람이 모질다. 남자가 이런 상을 하고 있으면 때로 남성다워 보이지만 그 속이 난폭해 남에게 해를 끼칠 유형이다.

그녀의 가슴을 헤치려고 내경이 달려들자 계집이 자지러졌다.

"왜, 왜 그러셔유?"

"가만히 있지 못하겠느냐."

내경이 나직하면서도 위엄 있게 내질렀다.

갓을 쓴 사내 하나가 달려오더니 뒤에서 계집을 잡았다. 아마도 방 안에 누운 병자의 오라비 아니면 동생이지 싶었다.

사내가 뒤에서 잡자 내경이 계집종의 가슴을 헤쳤다. 가슴에 반점이 돋아 있었다. 머리 밑을 헤쳐 보았더니 이미 종기가 터져 피딱지가 앉아 있었다.

사람을 해치려고 하니 심장에 열이 채여 정수리로 올라챘다는 증거다.

"왜 아가씨를 죽이려 했느냐?"

내경이 물었다.

"모, 몰라유."

"몰라? 보아하니 독을 한두 번 먹인 것이 아니다. 나머지 독이 있을 것이다. 어딨느냐?"

계집종은 그래도 고개를 내저었다.

"물고를 내야 불 모양입니다."

내경이 그렇게 말하자 류익봉의 눈에서 불이 터졌다.

"저년을 묶어라."

계집종이 묶였다.

"달아매라."

계집이 양 팔을 벌리고 매달렸다.

"저년의 사지를 찢어 발겨라."

류익봉이 소리쳤다. 글만 아는 서생인 줄 알았더니 자신의 새끼를 죽이려 했다고 하자 눈이 뒤집어졌다.

"나무 의자를 발밑으로 가져다 놓아라."

집사가 눈치를 채고 아랫것에게 명령했다.

나무의자가 그녀의 발밑에 놓였다.

"실토를 하는 게 좋을 것이다."

집사가 류익봉의 눈치를 보며 계집종의 귀에 대고 일렀다.

"몰라유."

계집종이 울며 말했다.

"이년의 발가락을 한 마디씩 분질러라."

집사가 소리쳤다.

상머슴이 주저하자 류익봉이 곁에 있다 그를 노려보았다. 그래도 주저하자 류익봉이 발길로 상머슴의 가슴을 찼다. 상머슴이 넘어지자 류익봉이 달려가 망치를 집어 들고는 그녀의 엄지 마디를 사정없이 쳤다. 엄지 마디가 그대로 뭉개졌다. 피도 튀지 않았다. 엄지발가락이 어린아이 주먹만큼 부풀어 올랐다.

"이년, 말하거라. 아니면 아주 발목을 분지를 게다."

류익봉이 소리치자 계집종이 비명을 지르다가 넋을 놓아버렸다.

"실신했습니다."

류익봉이 그만한 일로, 하는 표정을 짓다가 명령했다.

"물을 퍼부어라."

아랫것이 달려 나가 물을 가져왔다.

"끼얹어라."

류익봉의 말에 집사가 물통을 받아들고 계집종의 얼굴로 끼얹었다.

계집종이 깨어나자 류익봉이 집사에게 망치를 건넸다.

"다시 발가락 마디마디를 분질러라."

집사가 벌벌 떨며 망치를 받아들었다.

발가락 두 마디가 분질러져서야 비명을 지르던 계집종이 중얼거렸다.
"마, 말할게유."
내경이 나섰다.
"어디냐? 독을 숨긴 곳이."
"살강. 살강."
"살강? 살강 어디?"
"살강 구석."
집사를 앞세우고 내경이 부엌으로 내달렸다.
살강이 뒤집어졌다. 살강 구석 바닥에 무심히 던져진 기름종이. 그 기름종이를 헤쳐 보던 내경이 입을 딱 벌렸다.
네 개의 바늘이 빛을 번쩍이고 있었다.
"바늘 아니오?"
류익봉이 물었다.
"복어 독입니다."
바늘의 냄새를 맡아보던 내경이 말했다.
"복어의 알을 찌른 바늘들이지요. 복어는 몸에 고통이 강해질 때 가장 독해지기 마련입니다. 그 독이 이 바늘 끝에 묻어 있습니다. 단박에 죽이려고 하지 않은 걸 보면 무슨 음모가 있는 게 분명합니다."
사람들이 다시 광으로 달렸다.
"누가 시켰느냐?"
류익봉이 계집종에게 물었다.
계집종은 말이 없었다.
"또 발가락이 분질러져야 말할 테냐?"
"말, 말할게유."

"말해라. 누구냐?"

"건넛마을 꼽추 도령……."

"범행을 사주한 이가 꼽추도령이란 말이냐?"

내경이 물었다.

뒤에서 류익봉이 바드득 이를 갈았다.

"꼽추 도령이라니?"

내경이 물었다.

계집종의 입에서 사건의 내막이 서서히 밝혀지기 시작했다.

어느 날 꼽추 도령이 시장바닥에서 류익봉의 딸을 보았다. 류익봉보다 관직이 한 품 높은 이필모의 막내아들이었다. 그는 날마다 류익봉의 딸에게 장가를 들겠다고 떼를 썼다.

드디어 오지랖 넓기로 소문난 매파가 떴다. 소식을 들은 류익봉은 어이가 없었다. 어이가 없을 정도가 아니었다. 눈에 넣어도 아프지 않을 딸아이를 꼽추 놈이 달라고 하니 화가 나지 않을 수 없었다.

"이 집안을 어떻게 보고……."

류익봉은 아들 팽헌을 불렀다.

"그놈이 감히 이 집안을 어떻게 보고……. 아예 다리를 분질러버려라. 그래야 결혼하자는 말도 없을 게 아니냐."

"알겠습니다."

내경이 소향이란 계집종의 가슴을 헤칠 때 계집종을 뒤에서 잡았던 사내가 팽헌이었다.

"가자."

한 무리의 장정들이 건넛마을로 흘렀다.

대문이 굳게 잠긴 것을 확인한 장정 하나가 화초담을 넘어 대문을 땄다. 장정들이 일시에 들이쳐 몽둥이를 휘둘렀다.
 삽시간에 집안이 박살났다. 아랫것들이 달려들었으나 장정들의 상대가 되지 않았다. 꼽추가 오일장에서 돌아오다가 장정들에게 붙들렸다.
 "묶어 갈 것도 없다. 다리를 분질러버려라."
 팽헌의 명령이 떨어지기 무섭게 장정들이 달려들어 꼽추의 다리를 분질렀다.
 꼽추의 비명이 온 집 안을 흔들었다. 꼽추의 아비인 대주는 마실 중이었다. 꼽추의 어미와 할미가 맥없이 장정들에게 질질 끌려 광에 가두어지고 사내들은 하나 같이 몽둥이에 맞아 엎어졌다.
 그들이 바람같이 사라지고 대주가 돌아와 보니 집안이 말이 아니다.
 "아니 이 무슨 일인가. 불문곡직하고 이 지경을 당했다니?"
 관에 알리려고 하다가 아무래도 이상해 집 안을 샅샅이 뒤지다 보니 못 보던 호패 하나가 나왔다. 팽헌이 마을 장정들을 동원할 때 끼어든 윗담 도몰이의 것이었다.
 은밀히 도몰이의 뒤를 조사하던 대주의 아랫것들이 야밤을 이용해 그의 집을 들이쳤다. 도몰이가 끌려나와 묶였다.
 "불어라, 왜 그랬는지."
 도몰이가 불지 않자 입에 재갈을 물리고 고문이 시작됐다. 팔과 다리가 분질러지고 나서야 도몰이가 실토했다.
 "내 그럴 줄 알았다."
 대주가 이를 갈았다. 대주는 눈치 밝은 종 곰내를 불렀다.
 "류익봉의 여종 중에 소향이란 계집아이가 있다고 하니 그를 꼬드겨내라. 이 돈이면 될 것이다."
 곰내는 그 길로 류익봉의 집 사정을 잘 알고 있는 매파를 꼬드겼다.

그녀를 시켜 곰내가 소향을 불러냈다. 소향은 말을 듣지 않았다. 돈을 내놓아도 자신이 모시던 아씨를 죽일 수 없다고 했다.

"그년을 죽이지 않으면 네 어미와 여동생을 죽일 것이다. 그들이 어디 있다는 것도 알고 있으니까."

소향은 역적의 자식이었다. 그의 아비가 잘못 되는 바람에 혈족들이 공신들의 종으로 뿔뿔이 흩어졌던 것이다.

그제야 소향이 눈물을 흘렸다.

곰내가 복어 독을 묻힌 바늘을 소향에게 주었다.

"그녀의 음식에 조금씩 풀면 된다."

"바늘을 넣으란 말이오?"

곰내가 눈을 뒤집었다.

"이년아, 생각해보아라. 단숨에 죽이면 네년의 목숨도 성치 못해. 그러니 서서히 죽여야 눈치를 못 챌 것 아니냐. 그러니 바늘의 독을 음식에 풀기만 하면 된다."

"그럼 국에다 풀어 바늘은 버리란 말이오?"

"맞아."

소향은 그날로 곰내가 준 바늘을 살강 구석에 숨기고 때마다 복어 독을 풀었다.

"아, 내가 무슨 짓을 한 것인가!"

모든 사실을 알고 난 류익봉이 그제야 소리치며 두 손으로 얼굴을 싸안았다.

"어떡하면 좋겠소?"

눈이 마주치자 류익봉이 내경에게 물었다.

"복어 독에는 약이 없습니다. 나비가 날면 복어는 먹지 않는다는 말이 있습니다. 산란기에 그 독이 가장 강해지니 말입니다."

"그럼 어쩌면 좋겠소."

"감염된 독은 그 복어로 풀어야 합니다."

내경이 말했다.

"……"

"나를 믿지 못한다면 의원을 부르지 그러십니까?"

"아니외다. 살려주시오."

"그럼 장에서 복어 댓 마리만 사다주십시오."

"그러리다."

오일장을 기다릴 수 없어 장이 서는 곳으로 가 아랫것들이 복어를 구해왔다. 내경은 복어 등에 난 지느러미와 꽁지를 떼 말려 불에 태워 재를 만들었다. 한의원에서 해독제를 사오고 뒤꼍으로 가 대를 잘라 대통을 만들었다.

"천일염을 가져오십시오."

천일염을 가져오자 그것을 대통에 꼭꼭 다져넣고 봉했다. 그 위에다 황토를 발라 싸고 땅을 파 작은 가마를 만들었다. 옹기를 굽듯 대통을 굽기 시작했다. 화력을 높이기 위해 갈수록 장작을 옹기 속으로 더 밀어넣었다. 그렇게 아홉 번을 구워서야 꺼냈다. 황토 속에서 대통과 소금이 하나로 엉클어져 자색의 돌이 되어 있었다.

"신기하구려."

"저도 제 스승에게 배운 것입니다. 제가 살모사에게 물려 사경을 헤맬 때 바로 이렇게 하여 절 살렸지요."

"보기에 쉬워 보이나 예사롭지 않소."

류익봉이 말했다.

"문제는 화력입니다. 갈수록 화력을 더해야 되는데 그 열기를 가늠할 수 있어야 합니다. 그렇지 않고는 이렇게 영롱한 자색의 보석을 얻을 수 없습니다. 살균력에 있어 이것을 따라갈 약재는 없습니다. 독소 제거에 제일이지요."

내경이 그것을 가루 내어 앞서 마련해놓은 약재와 섞어 갰다.

일일이 환을 내어 따뜻한 물로 먹이자 한 식간이 안 되어 병자가 온몸을 떨다가 늘어져버렸다.

류익봉이 방으로 들어가 보니 딸이 게거품을 내며 사경을 헤매고 있다.

"이게 어떻게 된 것인가?"

내경이 병자가 죽어간다는 소리에 놀라 방으로 달려 들어가자 전신이 굳어가고 있었다.

"어떻게 된 것이오?"

류익봉이 사색이 되어 물었다.

"독이 올라챘습니다. 아래로 내려가 곡도(항문)로 내보내야 할 독이 위로 올라채 그렇습니다. 환을 늘려야 할 것 같습니다."

딸이 정신줄을 놓고 피를 토했다.

류익봉이 놀라 어찌할 바를 몰랐다.

"이러다 죽이겠소."

"조금만 참으십시오. 독기가 위로 올라채 토하는 것입니다."

도저히 더 보고 있을 수 없다고 판단한 류익봉이 아랫것을 불렀다.

"안 되겠다. 이러다가 죽이겠어. 어서 가서 김봉사를 모셔오너라."

김봉사는 얼마 전까지 어의를 지냈던 당대 제일의 의원이었다. 평소 친분이 두터웠던 김봉사가 침통을 들고 득달같이 달려왔다.

"생전 보지 않을 것처럼 하더니 어떻게 된 것인가?"

"그리 되었네."

"아직도 그러고 있는 겐가?"

"어서 들어가 보게. 어서."

김봉사가 들어가 류익봉의 딸을 진맥해보니 이미 늦었다.

가망 없다는 김 봉사의 말에 류익봉이 넋이 나갔다.

"뭐?"

"독이 온몸으로 퍼졌어."

류익봉이 멍청히 딸을 쳐다보다가 벌떡 일어나 밖으로 달려 나갔다.

"내가 미친놈이다. 내가 미친놈이야. 관상쟁이에게 딸의 생명줄을 걸다니. 여봐라, 저놈을 잡아라."

아랫것들이 내경을 잡았다.

"저놈을 묶고 아주 요절을 내어라."

"이보시오. 복어 독이 전신에 퍼진 것이 아니라 위로 뻗친 것이라고 하지 않았소. 그대로 두면 한 식경 안에 머리와 얼굴에 부스럼이 생기기 시작할 거요. 그것을 그대로 두면 다시 두 식경을 넘기지 못하고 죽게 될 것이외다. 이럴 때가 아니오."

내경이 사지를 묶이면서도 소리쳤다.

"이놈, 아직도 주둥이가 살았구나."

매질이 시작되었다.

내경이 혼절을 해서야 류익봉은 그를 광에다 집어넣었다.

류익봉이 딸의 방으로 향하는데 계집종이 달려왔다.

"왜 그러느냐?"

"큰일 났습니다."

"왜 그러냐니까?"

"그 관상쟁이 말대로 아씨의 얼굴에 부스럼이 솟아나 터지고 있습니다."

류익봉이 달려가 보니 종의 말이 사실이었다. 시선을 돌려보자 김봉사가 침 몇 대 찔러놓고 어쩔 바를 모르고 있다.

"김봉사, 어쩌면 좋겠나? 이렇게 보고만 있을 것인가?"

김봉사가 한숨을 쉬며 고개만 내저었다.

그 모습을 보던 류익봉의 뇌리로 무엇인가 스쳤다.

부스럼이 날 것을 미리 알고 있었다?

류익봉이 이번에는 광으로 달렸다.

광문을 열자 겨우 의식을 차린 내경이 기어 나왔다.

"어찌 되었소?"

그 와중에도 내경은 류익봉에게 그렇게 묻고 있었다.

"그대의 말대로 얼굴에 부스럼이……."

"나를 일으켜주시오."

아랫것들이 내경을 그녀의 방으로 데려갔다.

내경이 환을 가루 내어 부스럼에 바르고, 다시 물에 개어 병자의 입으로 흘려넣었다. 입으로 흘려넣을 때마다 입술 사이로 흘러내렸으므로 기름종이를 나팔처럼 만들어 그녀의 입에다 꽂고 그 위로 약물을 떠 넣었다.

그녀가 의식을 차린 것은 다음 날 새벽이었다. 점차로 얼굴의 부스럼이 가라앉는가 했더니 의식이 돌아오기 시작했다.

딸이 사흘 만에 눈을 뜨자 류익봉이 무릎을 쳤다.

"고맙소, 고마워. 내 그것도 모르고 그대를 이렇게 대했으니……."

"제가 아비라도 어찌 그렇지 않겠습니까."

"정말 고맙소이다. 그렇게 너그러이 이해해주니."

류익봉의 딸 아연이 눈을 떠 처음 본 것은 바로 눈앞의 내경이었다. 반듯한 사내 하나가 자신을 내려다보고 있었다.

어디서 보았더라. 그녀가 맨 처음 한 생각이었다.

내경이 그녀에게 약을 챙겨 먹이다 보니 두 사람은 급속도로 가까워졌다. 그녀를 처음으로 연못으로 이끈 이도 내경이었다.

류익봉이 보니 김내경과 자신의 딸 아연이 연못에서 정답게 담소를 나누며 활짝 웃고 있다. 연꽃이 핀 연못가를 배경으로 그들의 모습이 아름다웠다. 더욱이 그들의 뒤로 철 늦게 핀 꽃들, 하늘의 구름송이, 먼 산 그림자……

한 폭의 그림 같은 모습에 류익봉은 덜컥 가슴이 내려앉았다. 내경의 옥돌 같은 모습.

설마 싶었다. 아무려면 상이나 보는 관상쟁이에게 정을 주랴 싶었다.

그때까지도 류익봉은 눈치 채지 못하고 있었다.

아연의 몸이 완전히 회복되었을 때 그들은 이미 마음을 드러내는 사이가 되어 있었다. 사람의 인연이란 알 수 없는 것이었다.

내경이 어느 날 아연의 얼굴을 살폈더니 횡액이 끼어 있었다. 물 낯 바닥에 비친 자신의 얼굴에도 마찬가지였다.

"모레구나, 모레. 류익봉이 우리의 사이를 알게 되겠구나."

자신이 류익봉에게 당할 것이 겁이 난 것이 아니라 그로 인해 상심하고 다칠 아연을 두고 볼 수 없을 것 같아 내경은 아연의 곁을 떠나기로 했다.

비로소 자신의 실상이 보이기 시작했다. 그동안 아버지와 김종서를 잊고 있었다는 생각이 들었다. 자신은 언젠가 아버지를 죽인 그자를 죽여야 할 몸이었다. 복수를 위해서라면 하찮은 연정 따위에 연연할 수 없는 몸이었다. 내가 미쳤었구나. 미쳤어.

깊은 밤. 내경은 아연의 집을 소리 없이 나왔다. 반쯤 이지러진 달이 가지 말라는 듯 뒤쫓아왔다. 바람이 옷깃을 자꾸만 휘감았다.

어디를 어떻게 헤매었는지 몰랐다. 잘 곳이 없어 남의 외양간에서 자며 그녀를 잊어야 한다고 생각했다.

내경은 시장판에 가마니를 깔고 관상을 보며 그녀를 잊으려고 했다. 그러나 한 잔 술에 취해 잠이 들면 그녀가 부르고 있었다. 그 뒤에 눈을 부릅뜬 류익봉이 바라보고 있었다. 김종서의 사나운 얼굴이 자신을 지켜보고 있었다.

"어딘가요? 어디에 계신 거예요?"

아연이 눈물을 흘리며 자신을 찾고 있었다.

아연, 보고 싶구나. 보고 싶어.

수염은 성성이 자랐고 머리는 봉두난발이었다. 쏟아지는 계곡물에 몸을 맡기고 결가부좌로 마음을 다스려보았지만 아연을 향한 불길은 꺼지지 않았다.

어느 날 눈을 감으니 아연의 얼굴이 흑빛이었다.

"왜 그러오?"

아연은 눈물만 흘렸다. 그 곱던 얼굴에 죽음의 기운이 어른거렸다.

내경은 아연을 향해 달렸다. 그녀의 아버지 류익봉에게 목숨을 잃는 한이 있더라고 아연을 만나야 할 것 같아서였다.

(계속)